U0506599

龍榆生全集

張暉　主編

忍寒詩詞歌詞集

圖書在版編目(CIP)數據

忍寒詩詞歌詞集／龍榆生著.—上海：上海古籍
出版社，2017.6
（龍榆生全集）
ISBN 978-7-5325-8458-1

Ⅰ.①忍… Ⅱ.①龍… Ⅲ.①詩詞—作品集—中國—
當代②歌詞集—中國—當代 Ⅳ.①I227

中國版本圖書館 CIP 數據核字(2017)第 111670 號

龍榆生全集

忍寒詩詞歌詞集

龍榆生　著
上海世紀出版股份有限公司
上　海　古　籍　出　版　社　出版
（上海瑞金二路 272 號　郵政編碼 200020）
（1）網址：www.guji.com.cn
（2）E-mail：guji1@guji.com.cn
（3）易文網網址：www.ewen.co
上海世紀出版股份有限公司發行中心發行經銷
浙江臨安曙光印務有限公司印刷
開本 890×1240　1/32　印張 12.625　插頁 5　字數 316,000
2017 年 6 月第 1 版　2017 年 6 月第 1 次印刷
印數：1—1,300
ISBN 978-7-5325-8458-1
I·3163　定價：48.00 元

如有質量問題，請與承印公司聯繫

1931 年與父親龍廣言及繼母等人合影

劉雪盦　胡郜翔　嚴粹倫　陳又新　溫福民　勞景賢　丁善德

韋瀚章　　青自　　蕭友梅　　沈仲俊　　龍沐勛

1931 年與音樂藝文社幹事會成員合影

陳衍致龍榆生函，內附詩詞改稿

陳三立題《忍寒廬詩詞稿》

整 理 説 明

龍榆生先生《忍寒詩詞歌詞集》，復旦大學出版社 2012 年 12 月出版，有關此書輯録歷程及整理情況，見前言與後記。全集即用復旦大學出版社本作底本，據作者手稿加以校正。

兹集上編《忍寒廬吟稿》中《忍寒詞》原有刊印本。下編《葵傾室吟稿》中《葵傾集》、《外岡吟》、《丈室聞吟》三本，用毛筆謄録，爲定稿本；尚有小册子十二本，用鋼筆或紅藍圓珠筆書寫，爲初稿本，是作者"平時隨身攜帶備捕捉創作靈感用的"（見前言）。龍厦材先生《〈忍寒吟稿〉説明》："（小册子）有若干地方字跡模糊，勾改甚多，辨認困難，錯誤難免。"基此原因，龍先生子女特提供《葵傾室吟稿》手稿複印件，供全集校訂參考。

通過手稿對校，下編偶有錯訛者，出於小册子爲多。先前發現聲律未諧、文字難解，或疑而未決者，往往迎刃而判；同時據是書本校，依格律參訂。如"微誠鑒取仰奇娥，願學愚公志鬢旛"（《早春即事》），經細辨手稿，"奇"、"志"乃"夸"、"忘"之形訛。"夸娥"、"愚公"，事見《列子·湯問篇》。"忘鬢旛"，忘老之意。又"□□□□頗難諳"（《己亥夏至後一日昧爽枕上有作寄謝嗇庵丈北京》），其中闕字，詳手稿爲"謂姑食性"，語見王建《新嫁娘詞》："未諳姑食性，先遣小姑嘗。"作者《蝶戀花·炊婦詞》"食性初諳深自愧"，亦用其語。又"拚將身許伊，白首倘同歸"（《菩薩蠻》），按"倘"爲假設之辭，蓋"身許伊"者，以"白首同歸"爲前提，必後句置前，於律始符，於義方通。查手稿兩句有鉤

1

乙。凡此之類，將手稿放大數倍，模糊字跡，再三辨認；勾改地方，反復推求，然後據文理，定是非。凡明顯訛誤者，逕改。有必要說明者，則加"補校"二字，與原校區別。然仍有若干文字，無法辨識復原，姑仍其舊，讀者諒之。《葵傾集》、《外岡吟》原有小引，兹補入。若干詩詞後有跋語，亦補入。并酌補未刊及新發現詩詞、歌詞三十餘首。

承雅宜、英才兩先生不棄，去歲請予擔任兹書三校工作，今歲復見邀全集編輯工作，信任殊可感也。其尊公榆生先生，予心儀已久，雖不獲親承音旨，但能參與校字，亦幸矣。摩挲手稿，前輩作詩吐屬不凡，推敲至細，必極工而後已，洵後學之楷模。倘不是歷史原因，小册子生前必寫定，《葵傾室吟稿》亦必刊行矣。悼斯人之長逝，幸手稿之猶存，校字之餘，不禁感慨係之。

二〇一三年仲冬，後學黃思維謹記。

忍寒詩詞歌詞集

復旦版前言──輯録歷程

　　父親龍榆生(一九〇二──一九六六)於一九六四年所留遺囑《預告諸兒女》中對個人詩詞創作曾作安排："歷年日記中所存創作詩詞，一一録出，按年編次，參以其他手稿並鉛印本《忍寒詞》等，分作《忍寒廬吟稿》、《葵傾室吟稿》兩編，以解放前後爲斷。"一九六六年"浩劫"將臨，父親於抄家狂潮迫近前，忍淚親手將日記全部銷毁，十一月中旬，父親在上海華東醫院，因肺炎併發心肌梗死，病逝。

　　動亂初定，兒輩即著手遵照父親遺意開始詩詞稿的搜尋整理編排工作。"文革"中因遭迫害雙眼幾乎失明的長女順宜在其就職的北京圖書館首先通過多種渠道，查閱舊報刊，父親過去親友、門人及關心詞人的熱心讀者互相傳告回憶並回饋之外，尤其重要的是，父親在入院前夕倉促中將平時隨身攜帶備捕捉創作靈感用的草稿小册子先後積累共十二本，交給幼子英材的未婚妻邵慎平冒風險保存。另，上海圖書館諸君不爲當時的濁流所左右，從抄家書物中檢出父親的三本手稿──《葵傾集》、《外岡吟》、《丈室閒吟》──並妥予庋藏。

　　搜尋初獲成果，長子廈材即開始整理：辨認草稿字跡，判定寫作年月等。經謄清編排，彙録成册。其編排原則依父親遺意定爲"按年編次，詩詞混編"，以期每首詩詞盡可能與父親當時的感情起伏變化及其他主客觀條件變化相契合。

　　《忍寒詩詞歌詞集》還包括父親在一九四九年以前的歌詞創作，從中可略見父親對詩詞"古爲今用"的嘗試實踐和努力。

綜觀父親一生的詩詞創作，一九四八年末曾由上海音專門人錢仁康、戴天吉出資校印《忍寒詞》，分甲乙兩稿，甲稿（一九三〇——一九三六）爲《風雨龍吟詞》，乙稿（一九三七——一九四七）爲《哀江南詞》，初稿經多方反覆酌定，刪棄過半後纔付印。一九四九年後，父親在不同時期，寫定有《葵傾集》（一九五二——一九五五，詩詞混編）、《外岡吟》（一九六一年五—九月，詩詞混編）、《丈室閒吟》（一九六四年五—十一月，詞若干首單獨編彙）三本手稿，生前未能出版。

在本集全部詩詞中，部分絕、律、古詩、長歌及詞右下方綴有"忍寒詞"、"忍寒詞棄稿"、"葵傾集"、"外岡吟"、"丈室閒吟"，以資識別，庶幾有助於閱讀時對本集全貌的準確理解。

《忍寒詩詞歌詞集》之編排表達方式異於傳統做法，幸讀者鑒之。編製全過程中，父親昔日門人任睦宇、喻蘅、張壽平及張珍懷、富壽蓀諸先生始終關心，並通覽全稿，糾正訛誤，提出中肯意見，出力最多，他們的深厚情誼將永誌於心。父親於一九三七——一九三八年，曾任教復旦大學，七十多年後，他的詩詞歌詞集將由復旦大學出版社出版，因緣再續，亦盛事也。

長子厦材、四女雅宜、五女靜宜、幼子英材，時天各一方，共識於公元二〇一〇年七月。

此文由厦材執筆。

4

序一：風雨龍吟室詞序

一九三七年

　　榆生初自閩來，爲海上文學教授。歸安朱古微侍郎，一見歎賞。侍郎爲東坡詞編年，榆生踵而箋注，予曾序之矣。其文章爾雅，詞宗清真、夢窗，兼嗜蘇辛。蓋其旨趨與侍郎默契，所取法爲詞家之上乘也。乾嘉人類皆學白石、稼軒、玉田、草窗、碧山。是數家者非不可學，學之者易之，而其實又皆學其同時人之所爲，於諸家無所得也。侍郎出，斠律審體，嚴辨四聲，海內尊之，風氣始一變。侍郎詞蘊情高夐，含味醇厚，藻采芬溢，鑄字造辭，莫不有來歷。體澀而不滯，語深而不晦，晚亦頗取東坡以疏其氣。學者不察，或餖飣破碎，填砌四聲，甚且判析陰陽，以爲此即符合音律。古今來文人操筆，未有若是之自求桎梏者也，豈非好爲其難哉。大抵有韻之文，或可入樂，或不入樂。詞者，韻文之一體耳，士製其文，工諧其律，作者初無事乎拘牽。而詞旨之美，則在其人之胸臆吐屬，與夫情感優尚。言而無物，雖可入樂，無取也。榆生固深韙吾言者，因書簡端，俾讀榆生詞者知其旨也。

　　　　　　　　　　　　　　丁丑仲冬，夏敬觀

5

序二：風雨龍吟室詩詞叙

一九三九年

　　南宋困於夷，羞惡之良未替，宗岳則發於武力。稼軒不如意，悲壯憤怒，一寓諸文字。纖絃微吟，忽變鼓鼙之聲。自我開先，遂成風氣。改之、後村、龍川、放翁，和者累累。千載而下，瘰癧起痼，矧當時哉。南渡之氣不在士大夫，而在君王；今日之氣不在君王，而在士大夫；然亦不可謂國遂無人也。榆生詞學蘇辛頗相似，詩亦工穩。予欲糾諸子共發夏聲也，羈滯上海不果，惜哉。風雨龍吟室詩詞成，索叙應之。

　　二十八年秋，歐陽漸叙於江津支那內學院蜀院

7

序三：龍榆生詞序

一九四二年

榆生裒其生平所爲詞若干闋，將付寫官，屬余一言。余嘗謂乾嘉以來詞人，大都取徑於南宋。其宗豪放者，則又艷稱蘇辛。實則蘇辛非一派也，蘇爲北宋別祖，辛實南宋開宗。自來詞家不知南北宋之所以不同，貌稼軒則有之矣，無一人能學東坡者。惟朱彊村侍郎詞，晚年頗取法於蘇。榆生學於侍郎者，曩嘗評榆生詞似晁無咎，夫東坡不易學矣。學東坡者必自無咎始，再降則爲葉石林，此北宋正軌也。由稼軒必不能復於東坡，極其所至。上焉者不過龍洲、後村，下焉者則如仇山村所譏，拊几擊缶，如梵唄，如步虛矣。榆生年力方富，固嘗以余爲知言者。由是而之焉，鍥而不舍，吾又安知夫異日者不一躍而爲東坡哉。是又在乎榆生所自信者何如矣。詞小藝也，其遂於道也蓋末。然而斯文之一綫，未嘗不可於此徵焉。今中國文化將亡矣。四夷交侵，王風委草。榆生獨奮於擧世沈晦之中，盡其心力以從事於此，其亦有空谷跫音之感歟。斯則余與榆生有同情也。

壬午十月，嘉遯翁張爾田引

序四：丈室閒吟序

一九六五年

清季自詞學重振於粵西，王幼遐、朱彊村、鄭叔問、況藥笙、沈乙庵以聲氣相賡鳴，海內競爲南宋矣。夏映庵、陳仁先晚歲始爲詞，亦其流派。孤標異幟，與諸公抗手者，則爲文芸閣，爲蘇辛派領袖。再晚則周癸叔，以宗二窗鳴於蜀。喬大壯、向迪琮繼之，亦一時名家。獨旌德呂碧城以一女子，無所師承而詞旨高騫，遠追北宋，殆今世之李易安，無所儕偶也。袁寒雲以貴公子沈湎於醇酒婦人，專爲花間，亦戛戛獨造。龍榆生君視諸公尤後，宗清真夢窗，旁及蘇辛，與彊村晚年宗旨默契，乃傳以硯，蓋儼然及門。其《忍寒詞》二稿，早歲刊布，夏映庵、張爾田各爲一序，論其造詣與師承，已言之詳矣。自兹以後，政局驟變，思潮所振蕩，深入文學之髓，千年師法，已難默守。君病中所得《丈室閒吟》，已蒙時代之烙印，則詞雖小道，百尺竿頭，且將繼進而開新生面，則又豈咕啜推敲聲韻之舊日詞人，所能企及。南城歐陽仙貽翁，丁抗日戰爭之會，以滿腔愛國熱忱，和《庚子秋詞》，以小令體裁百餘闋，爲《曉月詞》四卷，其慷慨激烈，雖岳宗武之《滿江紅》、張孝祥之《六州歌頭》不能出其右，與榆生殆爲吾鄉二傑。南北賡和，殆將爲詞另闢蹊徑耶，企予望之矣。

乙巳大寒，新建胡先驌

目　録

上編　忍寒廬吟稿

15

目　録

目　録

19

目　録

目　録

23

26

下編　葵傾室吟稿

目　録

時,予從真如暨南大學扶攜老幼潛行入法租界,避居國立音樂院汽車間內者彌月。一夕,於音樂會上偶有所觸,隨取片紙,率書數語付黃今吾「先生。翌晨見告,會後即爲譜曲,頃刻而成,亦頗自詡爲神來之筆。嗣是盛播歌壇者且三十年,國外有采入《世界名歌選》者。宋人柳永、秦觀皆排行第七,以歌詞擅名當世,又皆落拓飄零,憔悴以死。予幸晚際休明,竊願重創新聲,仰贊河清偉業,雖皤然雙鬢,猶當鼓勇以赴之。漫綴此詞,用資策勉。一九六三年元旦寫寄厦材長男吟諷 ……………………………………… 338

目　錄

目　録

61

蜀王秀以開皇十七年入朝,仁壽二年被禁廢,《誌》稱董美人以開皇十七年卒於仁壽宮,似難如此巧合。嘉興張叔未_{廷濟}已疑之。《誌》文作駢儷語,惝恍迷離,亦難辨其身分。末題蜀王製,語頗不倫。楊堅既平江南,悉以陳宮人入宮,或分賜諸王,致有聚麀之事。宣華、容華兩夫人,其著見於《后妃傳》者也,董氏雖籍開封,料亦所謂亡國賤俘之一,偶以歌舞取容,終致夭折,亦固其所。姑無論此誌真贋,要爲悽艷可傷耳。

上編　忍寒廬吟稿

一九二四年

五律

渡 洞 庭

少有江湖興,歸舟此路行。浮天秋水碧,落日片帆明。野性盟鷗鳥,神游接太清。不將愁與恨,併作浪頭聲。

一九二五至一九二八年

七絕

山 桃

十月山桃傍水開,欺霜黃葉挾春回。覊心不逐南枝暖,錯向江頭認早梅。

七律

苦 雨

日日窮陰壓小樓,冷風吹浪打汀洲。寒侵書幌歸雙燕,雨閣疏簾見一鳩。幽興漸同花黯淡,好春惟與夢沈浮。匡廬黛色應如染,肯許飛來赴客愁。

一九二七年

七律

九日天馬山登高

舉磾何嫌一徑微，故山風物記依稀。極天烽火悲重九，撼地寒潮逼四圍。無佛稱尊聊復爾，記平山堂聯有"無佛處稱尊"句，虎丘聯有"一丘聊復爾"句，合成一語，以贈山靈。有花堪折亦忘歸。傷心懶數南飛雁，獨立蒼茫未覺非。

七絕

月夜望寶珠嶼

淡淡遙山見黛痕，寶珠嶼在廈門海港中似阮公墩。縱然不及湖煙好，他日猶應繞夢魂。

七絕

牯嶺道中口占

籃輿一徑任盤旋，行到廬山便欲仙。半嶺風來搖萬綠，滿林嬌鳥雜哀蟬。

長歌

三疊泉歌

何年老龍垂饞涎，下飲百丈之深淵。天寒地凍崖谷裂，涎也隨風舞迴旋。拋珠貫玉墜復懸，縞衣素裳作春妍。繅絲出釜遜此鮮，淡煙濃霧相紏纏。少焉日出明冰絃，欲往撫按隔層巔。乍顧三叠轉悠然，淵淵廣樂出鈞天。主客拱揖似讓賢，雙流對瀉媚便娟。獨遊到此飢忘食，勝景差喜我得專。人言瀑瘦少奇致，寧知飛燕當風更可憐。雁宕飛瀑我未見，對此不覺神魂爲倒顛。安得買山構屋錦屏上，與汝更結不解緣。

七絕

海　會　寺

排雲五老飲湖光，梵唄蟬聲鬧夕陽。欲識廬山真面目，萬松如海一庵藏。

七古

從海會望五老峯

五老蒼然可自閒，倚天萬古露孱顏。蓬萊瀛洲不可到，低眉俯首愁人間。我來訪勝向山麓，蒙茸仄徑虞顛仆。倦鳥峯頭自往還，薄雲巖際相追逐。須臾幻出兜羅綿，石罅油然吐白煙。似憐五老慘不樂，爲剪冰綃被兩肩。雲海茫茫波浪湧，一時震撼羣峯動。疑有大力負以趨，不見五老增惶恐。萬方儀態變陰晴，更向山中待月明。海會寺前秋色好，鄱陽湖畔夜潮生。打包一宿招提境，五老排雲爭寫影。爲愛嵐光耿無眠，欹枕不嫌清漏永。

七絕

又口占一絕句

五老掀髯待我來，湖光更逐錦屏開。謫仙已杳坡仙死，誰是當年賦詠才。

七絕

過柴桑得句寄呈大人

幽棲好傍歸來館，廬阜晴光照眼明。但得兒曹腰脚健，筍輿盡日作山行。

七律

宿 秀 峯 寺

寂寞禪關夜不扃，莊嚴古佛一燈青。虛簷未礙流螢度，飛瀑聊從破壁聽。欲話開元摩斷碣，乍攀雙桂問山靈。讀書臺上真堪隱，容我來翻貝葉經。

一九二九年

七絕

病起移居真如

桃杏飄殘萬點紅，青青楊柳舞悲風。江南春盡猶堪畫，著我疏籬落照中。

七絕

暨南村玩月示肇祥

閒對阿連興不孤，池塘蛙鼓助清娛。月明應數江南好，看到微雲淡欲無。

七絕

口占贈暨南童子軍
華北徒步旅行隊

且逐颺輪不計程，芒鞋布襪一身輕。若教奪得胡兒馬，辛苦寧辭塞上行。

七絕

雨　後

雲容乍歛暮蟬急，風入垂楊作淺寒。好是郊原新出浴，參差樹色當山看。

七律

己巳重陽前十日，約集散原、彊村、病山、十髮、映庵、復園、蒼虯、伯夔、公渚諸公於真如張氏園，別後率成長句。時散原丈將離滬入廬山，尤不勝別情之搖撼也

欲憑諸老塞憂端，借得林亭只暫看。秋士寧容分主客，家山比似欠峯巒。暮色待溫湖上夢，敗輪留取片時歡。義寧詩老傷離甚，每味清言動肺肝。

附　　　　榆生招遊真茹張氏園，因於座中得識
尊翁蛻菴老人，歸成長句以報

夏敬觀　映庵

歸因投轄故遲遲，林外霞光悅崦嵫。曲徑引人臨水罷，修塍
送客點燈時。車塵又落屠沽側，鄉論徒邀父子私。我始座間覘
老鳳，欲爲君賦木山詩。

巳巳秋月，散原丈將北上，榆生招同病山、彊村、仁先、
復園、劍丞、伯夔、十髮諸公，假真茹張氏園，爲散
丈祖行，兼攝影以紀。榆生有詩索和，因賦

黃孝紓　公渚

板閣鈎簾晚更幽，蕭森梧竹對冥搜。斜陽池館娛殘世，別路
風霜及杪秋。目極空郊增意氣，座饒佳客足淹留。盍簪亦有摶
沙感，鏡裏逋光那易求。

榆生招同散原、古微、病山、復園、伯夔、劍丞、公渚
飲集暨南林亭，攝影，即謝其尊甫蛻菴先生

程頌萬　十髮

勝日林亭橫舍里，殘秋尊酒老人前。不關兵火惟羣石，代有
詩書當力田。陔養衍蘭隨處好，籬偏對菊等悠然。要圖洛社爲
淞社，憑道知天是樂天。

榆生招陪散原丈祖席，酒罷，偕遊真茹張氏園，攝影賦詩。
余與榆生初識面，又得見其尊人退庵先生，
喬梓皆詩人也。紀茲勝蹤，用答高致

袁思亮　伯夔

醉飽良可懷，郊園亦多欣。最難一日間，論交獲紀羣。結客

爲親娛，求友以聲熏。少年謗前輩，子獨能翹勤。嘉會不可常，秋色黯臨分。園留鏡中影，詩濕紙上痕。利交須黃金，義交惟素文。一笑冠蓋場，酢酬徒紛紛。

榆生寄張園雅集照片，感成，並示圖中諸舊好
陳 衍 石遺

頻年飢渴許多人，忽現圖中徑寸身。別後須眉都宛爾，老來江海作比鄰。虯翁近狀知何似，圖中獨缺蒼虯。蛻叟蒼顏尚未親。惆悵散原還遠去，盍教投轄與埋輪。

以上附詩録自《風雨龍吟室漫稿》。

七律

寄懷香宋老人榮縣

詩翁競自別鄉關，香宋詩翁獨入山。倒峽詞源仍滾滾，哀時老淚想斑斑。長吟未覺風騷遠，短札猶應晉宋間。差喜能全通德里，岷峨西望杳難攀。

附： 榆生示彊村、散原諸老相，且賦詩見懷，敬和 趙熙香宋

故人滄海各西東，鏡裏相看抵夢中。文苑依稀成小傳，江關蕭瑟認哀翁。新亭墮淚無人識，餓鬼團餐一笑同。何日黃龍真痛飲，且憑南雁問秋風。餓鬼團餐，散原壬子讔也。公渚、榆生最英少，故有黃龍痛飲之語。併注。

答榆生詩，冬中失寄，人日補報
趙 熙

人日題詩寄草堂，因循殘臘換春光。寒經百事都成債，老憶

窮交各一方。是處繁霜歌小雅，古來高會勝重陽。眼中端復知名早，雁後花前補報章。人日登高，六朝尤尚。附注。

七律

戲贈某相士

忍死休官還故國，恍然疑夢復疑非。屠門卜肆容逃世，哀吹腥埃欲合圍。已辦枯形親浩劫，剩從人面謝天機。江湖俠士知多少，誓墓當年願總違。

齊 天 樂

秋感和清真

中庭一白涼無際，繁霜驟驚秋晚。凍柳迷煙，荒螢照壁，離恨幷刀難剪。孤帷暫掩。鎮千疊煩憂，臥思冰簟。夢已無家，蠹牋凝淚對愁卷。　江湖流浪最苦。塞鴻飛過處，悽感何限。梳骨酸風，羞容冷月，撩亂詩腸自轉。騷魂去遠。又瘦到今年，羽觴誰薦？漫把殘花，坐看濃霧歛。

《忍寒詞》

滿 江 紅

己巳冬遊黿頭渚，登陶朱閣望太湖，依白石

煙景迷濛，愛疊翠、千里去程。驚風送、暮帆零亂，淒咽鈴聲。炫晝仍留鷗背日，飄蓬猶戀刼餘生。問具區、興廢果何如，雙淚盈。扁舟計，悲未成。欸塵夢，幾時醒。倚薄天欄檻，掠影潮平。莫對遙峯刪綺語，黛蛾深鎖俯朱甍。漸網收、漁火起汀沙，耽晚晴。

一九三〇年

七律

歲暮寄懷散原老人廬山

一角山銜落照開，蒼顏仍映雪皚皚。藏春老樹傍人立，咽石哀湍將夢回。直使青猿替歌哭，莫教嬴馬倦崔嵬。腥風慮逐吟鞭起，下視人寰有刧灰。

榆生雪後見寄和答　　　　　　　陳三立散原

舊鄉此士敵南金，振唤寥天鶴在陰。車下快依名父子，夢痕猶繫好園林。藏山臥雪懸孤影，照海傳箋出苦吟。游記憶曾披歷歷君往居牯嶺，成游記一卷，霧霄冰壑不能尋。

倒　犯

次韻酬大厂依清真作

夜景、對修桐半凋，凍枝仍舉。清泉漫煮，層簾外、更飄淒雨。閒情待付。沈水香熏餘篝縷。嘽殘酒斑斑，不浣征衫土。坐長更，惱無緒。　牀底怨蛩，爲伴羈人，咿嚘愁自語。蠹粉歛繡筆，愛騷客，修花譜。縱暈色，猶酸楚。訴瑤箏、絃絃相爾汝。鬪病鶴烟姿，雪裏吟寒句。未應梳倦翎羽。

《忍寒詞》

附：

倒　犯

淺寒做雨，竟午霾洊，榆生詞長書索牋録前詞，更簡此闋。依彊老校刊嘉定本《片玉詞》，不從毛刻，亦不次韻。　易大厂

暗苑焰，緗幰乍褰，瘦柯猶舉。詩愁慢煮，茶鑪際，盡鱠蕭

雨。無憀更共,花影清疏,悽香縷。念秋老書叢,藥裹供塵土。幸璠璠,起幽緒。　龍藪麗才,正富詞懷,天人姿媚語。變雅召賦客,恣瑤筆,修簫譜。看素織,知酸楚。并銷沈,韋弦相我汝。又露玉凋傷,心謨懷鄉句。何妨同命宮羽。

七絕

雨 行 湖 上

春意纔黃嫩柳條,山容寂寂雨瀟瀟。扢笔更覓荒寒去,知過西泠第幾橋。

散原老人評：秀韻天成,極澹蕩夷猶之致。

七絕

冒雪游孤山

雪壓疎梅凍不開,七年重到且徘徊。夢痕猶繞黃妃塔,莫放雲間返照來。

七絕

四照閣前梅

處士風流跡已陳,梅妻誰與證前身。池邊忽覷橫斜影,好句低吟認未真。

七律

立春後四日，侍大人冒雪游靈隱，遂上韜光

尋山偶愛穿雲去，清梵遥傳出上方。寫韻寒泉墮深谷，引人幽徑夾修篁。潮聲暫制三軍怒，雪意猶酣半面妝。更倩諸峯環拱揖，筍輿到處醉飛光。

七絕

薄暮自岳墳泛舟歸旗下

雪霽遥峯一半開，柔波貌出鬢雲堆。華燈不礙疏疏月，雙照游人打槳回。

七律

書憤寄散原、香宋兩先生

依然踪跡滯天涯，多病仍憐素願乖。喪亂已無山可入，煩憂倘許地能埋。叫羣創雁依殘壘，作態陰雲過斷崖。物外高標思二老，祇應悲愍未忘懷。

散原老人評：聲情沈鬱，最爲傑出之作。

附： 　　　　　　得楡生手箋紀意　　　　　　趙　熙

白髮懷人眼尚青，可憐未壯已飄零。陶淵八表停雲意，海角春潮塞耳聽。

長歌

大厂居士爲我畫《仰天圖》,長歌報謝

居士不知我心已死腸寸裂,興酣不惜如金墨。翻然爲我畫作《仰天圖》,使我熱血乍湧一長吁。我本無意戀鄉國,一任田廬委寇賊。十載江湖覓稻粱,而齒搖搖髮蒼蒼。家貧親老亦可念,伏枕往往淚如霰。搔首問天天無言,多少哀鴻何處訴煩冤。人生無家意良惡,我今翻羨無家樂。慘慘陰雲撥不開,淒風苦雨去還來。公忽悄然坐我雙松下,落落生寒頗宜夏。學嘯蘇門媿未能,窮途阮籍焉稅駕。性命相看復幾人,忘年契合見情真。浩歌相報轉悲咽,此意悠悠難具陳。

散原老人評:寓感抒悲,跌宕而淋漓。"搔首"二語,稍未遒健,擬刪去。

七絕

口占示幼女

只緣善病偏憐汝,始信多情總是癡。兒女催人成老醜,開顏一笑待何時。

七絕五首

爲大厂題《雙清池館集》

西湖定是誰家物,迷戀騷人爾許深。割取舊山樓一角,簾花波影自沈沈。

波光瀲灧晴方好,山色空濛雨亦奇。一度來遊詩一格,擬將舊句

況新詞。

起廢孤懷邁昔賢，舊時遺譜散如煙。琴心倘契詞心澀，合向無人愛處妍。

自度新腔自按歌，小紅嬌韻渺荒波。石湖仙去詞仙老，奈此滿湖明月何。

山容水態兩模糊，頭白鴛鴦興不孤。讀罷雙清池館集，憑君乞取夢遊圖。

七絕二首

爲某醫師題《歇擔圖》代

萬里江山到眼前，也知無力可迴天。憑君早辦收身具，袖手何妨避少年。

肘後方傳抱朴子，游俠傳數魯朱家。天童近與天台接，且向峯頭餐紫霞。

七絕

暨南校園看梅口占

玉倚香偎伴苦吟，攀條未許客愁侵。冰容縱好何人賞，孤負東皇長養心。

散原老人評：以上諸絕句，逸格秀韻，風致翩翩。

七律

送張孟劬先生北上

旅食頻年所欽慕，彊翁而外惟公賢。文章便爾成孤往，意氣何嘗

81

讓少年。青眼放歌劍斫地,窮陰直北草黏天。此行若有哀時賦,願逐
春風寄海壖。

附: 　　　　　　　北行留別揄生　　　　　　　張爾田

老去昏燈對講幃,漳濱寥落意多違。蓬心已望秋先實,葆髮
還驚露未晞。朔雁銜蘆空北翥,西烏繞樹自南飛。清江白石應
無恙,知有微波起釣磯。

紅 林 檎 近

大厂旅遊白門,和清真此闋見寄,依韻奉答。但守四聲,不判陰
陽,仍無當於大厂所定規律也

孤月迎清夜,古楊生峭寒。樹底噪棲鳥,窗前照明玕。剛引愁深
恨積,苦憶瑣尾凋殘。乍掀詞筆騰翻,荒江漾微瀾。　　蠹墨磨漸嬾,
怨曲理逾懂。秦淮漲粉,溶溶誰浴冰盤。羨雙鴛乘興,湖波凝碧,放
懷還索圖畫看。　　　　　　　　　　　　　　　　　《忍寒詞》

芳 草 渡

旅 枕 聞 雁

雪陣裏、膡半折熏鑪,暗銷殘炷。悵碧天雲凍,長空乍響飛羽。
飄轉征路阻,仍纏綿哀訴。舊翅短、對此茫茫,莫漫歸去。　　誰侶。
幾年弔影,塞草迷煙愁歲暮。又還是、風搖亂荬,蕭騷助悽語。掩屏
忍淚,但惹起鰓鰓羇緒。向敗壁,夢繞寒蛾倦舞。　　　　《忍寒詞棄稿》

石　湖　仙

爲映庵丈題所藏大鶴山人手書詞卷

哀絃危柱，祇抽繭春蠶，心事如許。天縱一閒身，老江南、蘭成解賦。清寒能忍，那慣見、霜楓紅舞。酸楚。賸繡囊，好護佳句。　神方漫教駐景，便知音、相逢旦暮。稱拂吟牋，省識深燈聞雨。玉軫慵調，鐵簫悽譜。黯然懷古。華表語。湖山倦夢誰主。　　　　《忍寒詞》

一九三一年

東　坡　引

歲不盡二日大雪，訪彊村先生

一樓誰慰藉。窗前凍枝亞。漫天飛雪供蕭灑。鬢眉都入畫。鬢眉都入畫。　老仙應念，苕溪後夜。可載得，扁舟下。春風詞筆勞重寫。生憎寒鶴訝。生憎寒鶴訝。

瑞　鶴　仙

入春快晴，桃柳爭發，一夕淒風忽起，薄寒中人，念亂思鄉，漫譜此闋

漸垂楊礙月，驚夢醒日暮，飄風弗弗。春心共花發，怨東皇、仍吝芳菲佳節。憑闌意怯。剩悄寒偷犯嫩葉。是韶光負汝，剛展露桃，枉惹狂蝶。　獨向天涯隕涕，攬鏡慵看，幾添華髮。啼鵑迸血。迷歸路，冒荒葛。念家山可有，飛雲傳意，腥埃何計盡撥。任人寰換刼。鶯語囀來自滑。

83

三 姝 媚

春中薄游金陵,寄宿中正街交通旅館,知本散原精舍。海棠一樹,照影方塘,徹夜狂風,零落俱盡,感和夢窗

伶俜應自慣,惜餘春、風飄雨淋何限。徧緑江南,泛軟波蘭棹,酒痕都浣。旅逸塵遥,尋夢影、苔衣藤蔓。暗省幽吟,愁問重來,畫梁棲燕。　花信東闌驚斷,又過卻清明,箭虹催短。倦客情懷,向枕函休聽,後庭荒宴。響遏雲沈,啼怨宇、嫣紅俱變。悄倚危樓雪涕,秦淮漲滿。

漢 宮 春

春晚游張氏園,見杜鵑花盛開,因約彊村、映庵、子有三丈及公渚來看。後期數日,凋謝殆盡,感成此闋,用張三影體

香徑徘徊。又連朝風雨,净洗輕埃。平沙細履,嫩晴潛長莓苔。鵑啼不斷,染山花淚血成堆。曾幾日零紅消盡,憑誰約取春回。　哀時賦客重來。要狂歌斫地,總費清才。斜陽院落,輸他燕妒鶯猜。方塘照影,亂朱顏芍藥旋開。扶淺醉驚飆未已,隔籬閒酹餘杯。

風 入 松

與達安別四年,盛暑重逢滬瀆,因偕往吳淞觀海。追念南普陀舊游,漫賦此闋

聽風聽水足平生。霞氣擁層城。輕鷗慣逐驚濤去,亂征帆搖蕩

離旌。一白茫茫無地，憑誰指點蓬瀛。　淘沙細浪幾曾停，幽韻寫琮琤。眼中歷歷當時境，算惟欠磵籟松聲。回首南雲如夢，一竿長負深盟。

石 湖 仙

壽訒庵六十

承平燕市。問裘馬輕肥，塵夢何許。晞髮閱滄桑，買扁舟翩然遠徙。千金能致，總未忘五湖煙水。悽悷。聽謳吟幾移宮徵。　鷗盟共聯俊好，借郇廚賓歌既醉，翳鏡慵看，莫歎星星如此。月滿中秋，汐生江涘。人間何世。情未已，黃花後約應記。

安 公 子

秋感和柳屯田

灑盡枯荷雨。雨殘陡逼江城暮。作意西風吹月冷，泣聯拳汀鷺。更指點扁舟，隱現黃蘆浦。彈四絃爾汝聞私語。蕩夢魂天際，凝想霜餘紅樹。　誰暇傷孤旅。海東雲起空延佇。斷梗浮萍同委命，任漂流何處。又一夜、心旌莫定眉峯聚。憑塞鴻、省識胡沙苦。剩老馬長嘶，甚時脫羈能去。

被 花 惱

重九後數日，和楊纘自度曲以寫旅懷

紗幮玉枕感微寒，孤月迥臨霜曉。短燭飄殘淚多少。衰楊欲舞，征鴻過盡，倦蝶應驚覺。移革孔，捲笏簾，瘦來羞攬菱花照。憔悴對西風，一平片荒煙共枯草。哀笳漫引，想念鄉關，斷夢何由到。但茱萸醉把怕登高，又閒遶東籬被伊惱。瑟瑟地，冷葉疏英相伴老。

洞　仙　歌

用柳屯田韻爲湖帆先生
題仇實甫畫長門賦圖

生小從嬌慣。記金屋穩貯，恩情深淺。忍輕拋繡閣，靜臨荒院。丹青巧肖啼妝面。望省故盈盈憐水盼。游絲縞。奈蝶妒蜂猜，惆悵芳華晚。　繾綣。鈿車隱隱，桂樹闇闇，漏永宵殘。對此皎月清霜，絳蠟憶曾同剪。雙棲擬伴梁間燕。環舞榭軒窗都倚徧。空戀戀，溯從前積集酬歿竟何限。雲雨散。問怎得，陳私願。便相如能賦，賦成誰與君王見。

七絕二首

十二月二十八日賦呈朱彊村先生

信是人間百可哀，無窮恩怨一時來。只應留取心魂在，摻入丹鉛淚幾堆。

經旬不見病維摩，沾漑餘波我獨多。萬刼此心長耿耿，可憐傳鉢意云何。

附：　　　　　　　　鷓鴣天　絕命詞
一九三一年十二月二十七日　　　**朱孝臧**

忠孝何曾盡一分，年來姜被減奇溫。眼中犀角非耶是，身後牛衣怨亦恩。　泡露事，水雲身，任拋心力作詞人。可哀惟有人間世，不結他生未了因。

一九三二年

鶯 啼 序

壬申春盡日倚覺翁此曲

追悼彊村先生

　　淒涼送春倦眼，問芳林怨宇。甚啼損、紅濕山花，似泣春去無路。舊題認、苔侵敗壁，斜陽冉冉江亭暮。去年真茹張氏園杜鵑盛開，約翁往看，有《漢宫春》詞紀事。恨臨風、笛作平韻悲沈，夢痕塵汙。　病起紅樓，對酒話雨，溯追游幾度。翁下世前一月，予冒雨趨謁，堅邀往市樓小飲，相對殊依黯，嗣後一返吳門，遂病卧不復能興矣。又鉛槧、商略黄昏，斷縑閒淚偷注。忍伶俜、銀燈自剔，更誰識、當時情苦。故山遥，聽水聽風，總輸汀鷺。　巢漚未穩，旅魄旋驚，翁自題壽藏曰"漚巢"，卒厝湖州會館，淞滬戰起，幾瀕於厄。夜臺尚碎語。咽淚叩，天閽無計，道阻荒蕪，日宴塵狂，嬾移宫羽。翁晚年填詞絶少，嘗有"理屈詞窮"之歎。狼煙匝地，胡沙遺恨，他年華表歸來鶴，望青山、可有埋憂處。傷心點筆，元廬早辦收身，怨入歷亂簫譜。丙寅歲翁於湖州西陼營生壙，有《鷓鴣天》詞乞鄭海藏翁書墓碑，碑曰"彊村詞人之墓"。　流風頓歇，掩抑哀絃，蕩舊愁萬縷。漫暗省、傳衣心事，翁病中以三十年來所用校詞硯授予，曰："子其爲我竟斯業矣。"敢負平生，蠹墨盈牋，瓣香殘炷。疏狂待理，沈吟何限，深期應許千刼在，怕共工、危觸擎天柱。萋萋芳草江南，戍角吹寒，下泉慣否。

減字木蘭花

亂後返真如村居，夜望三公司
燈塔，紅光如血，慨然成詠

荒螢照水，隔斷囂塵三十里。罷舉清尊，零落川原見淚痕。　珠光寶氣，不夜層樓連漢起。歌舞春融，怪道燈紅似血紅。

一萼紅

壬申七月，自上海還真如。亂後荒涼，寓居蕪没。惟秋花數朵，攲斜於斷垣叢棘間，若不勝其憔悴。感懷家國，率拈白石此調寫之，即用其韻

壞牆陰。有靦顏墮蘂，華髮忍重簪。幽徑榛蕪，斜陽淚滿，兵氣仍共沈沈。臥枝胃、餘腥未洗，破暝靄、淒引響羇禽。髡柳池荒，沈沙戟在，波鏡慵臨。　太息天胡此醉，任殘山賸水，怵目驚心。戰艦東風，戈船下瀨，誰辦鐵鎖千尋。算惟見、當時皎月，過南浦、空漾萬條金。悄立危亭欲去，風露秋深。春間東夷巨艦破浪而來，我海軍全無抵禦，令敵得從瀏河登陸，真如遂陷。　　　　　《忍寒詞》

石州慢

壬申重九後一日過彊村丈吳門舊居

急景彫年，涼吹振林，雙鬢微雪。傷高展卻重陽，眯眼驚塵飄瞥。庭空鳥噪，映帶幾朵黃花，秋魂棲穩餘芳歇。孤負百年心，逐寒流嗚咽。　悽切，聽楓人遠，結作平草庵荒，舊情都別。留命桑田，萬感哀絃誰撥。獨憐憔悴，料理爾許騷懷，荒蟬銷盡嘔鵑血。異代一蕭條，

愴無邊風月。 《忍寒詞》

清　平　樂

國立音樂專科學校五週年紀念祝詞

雅音寥落，聒耳淫哇作。韶濩如今欣有託。乍響瑶天笙鶴。
曾聞法曲霓裳，創聲原自西涼。何物能銷兵氣，漢家日月重光。

《忍寒詞棄稿》

一九三三年

浣　溪　沙

留別清晨讀書會諸生

半載相依思轉深，擬憑朝氣起沈陰。生憎節物去駸駸。　文字
因緣逾骨肉，匡扶志業託謳吟。只應不負歲寒心。

水　調　歌　頭

元夕薄醉拈東坡句爲起調

明月幾時有？大地見光華。笙歌花市如畫，是處殷悽笳。下界
漫漫長夜，烈烈霜風飄瓦，睞眼避塵沙。一樣團圝意，要使被荒
遐。　衆星隱，碧天淨，沿無涯。本來圓缺隨分，後夜莫驚嗟。今夕
一輪高掛，照影江山似畫，膡欲醉流霞。更冀清光滿，休放暮雲遮。

天　香

陳生貽孤山緑萼梅枝，
因用夢窗韻賦呈退庵正律

　　荒雪胎魂，仙禽喚夢，冰肌禁慣寒峭。竹外枝橫，池邊月上，倩影還憐嬌小。緑鬌自整，誰盼得、東皇歸早。清淚綃巾揾溼，新妝額黃輸巧。　　空山困眠向曉，問宵來、釀春多少？避卻東風料理，杏桃爭鬧。沈恨餘香漫裊。賸有分、湖煙伴人老。墮盡繁英，殘陽路杳。

　　　　退公以此詞詠羅浮仙蝶，即物寓興，情見乎詞。久欲繼聲，
　　　　因循未就。會陳生大法以孤山緑萼梅見貽，根觸幽懷，仍用夢窗
　　　　韻，賦報退公，兼呈韶光校長，並索諸子同和。　　《忍寒詞棄稿》

水 調 歌 頭

送徐悲鴻之巴黎主持中國美術展覽會
并索畫卷用賀方回體

　　邱壑足揮灑，肝肺自杈枒。幽懷能寫，筆端仍更挾風沙。不見臨崖立馬，曾見君在國難期中所畫馬及題句，極雄偉。萬古江山如畫，回首只長嗟。何日親風雅，千里暮雲遮。　　理輕裝，傾玉斝，快浮槎。斗牛光射，揚帆安穩到天涯。坐看方瞳駭詫，藝術爭誇東亞，聲教被荒遐。倘許餘光借，珠璧惠些些。

七律

嘉業藏書樓謁翰怡先生，別後謹賦長句爲謝

懷鉛握槧味潭潭，思適宗風好細參。縹帙千春百城擁，花光四面一樓涵。倘吟疏影能鄰雅，乞取小紅未覺貪。<small>臨別向主人乞取海棠一枝，戲以小紅爲況。</small>我愧堯章公景範，瓣香遙禮合同龕。

上 林 春

癸酉二月初二日探梅鄧尉，花枝寒勒，含藥未放。感時撫事，短詠抒哀

誰向東風嬌睇，悵滿谷、都無春意。萬姝困倚荒煙裏。　更休下、傷時閒淚。惟憐鬢點吳霜，胡沙遠，返魂何計。　　《忍寒詞棄稿》

長歌

記 夢

有友有友話契闊，我筆我舌不我活。筆挾丹誠是盜媒，口流真性來讒賊。須臾剥啄聞叩門，夕陽無限近黃昏。清白死直吾未悔，那計人間怨與恩。眼看擁入刑場去，多少煩冤何處訴。一人慟哭萬人歡，殺人奇慘亦奇觀。長繩十丈頸雙結，宛轉呻吟未遽絕。飄搖歷亂舞鞦韆，拍手狂呼聲徹天。紅塵一騎聞傳令，斯人寧得死非命。解下長繩絕復蘇，茅齋相對自怡如。奸人作計可全疏，我曹誓當不活汝。鴆酒一杯使汝肝腸腐，杯深啞啞不得吐。

七絕

風雨中獨遊煙雨樓

平湖曲港小橈通，楊柳堆煙路幾重。暫駐征驂攬春色，短蓬歸去雨濛濛。

《石遺室詩話續編》：楊柳堆煙，自是詞家語。

七絕

絕 句 贈 方 楲

海南宗派海綃開，詞筆恢張視此才。解向坡仙參妙諦，何妨七寶炫樓臺。

七絕

木瀆舟中口號

搖夢鐘聲紫翠間，臥波橋影鬬眉彎。青溪可在零脂在，獨棹烏蓬自往還。

七絕

鄧 尉 山 行

埋魂幽石幾公卿，萬頃湖光照膽明。雙夾墓門挺蒼檜，寒濤猶作餓鷗聲。

七律

寄于右任院長

斷句高吟轉激昂,於今誰是熱肝腸公有"憂國如焚中夜起"句。雄姿伏櫪思騏驥,野鶹梢林看鳳凰。渭水泰山廿年夢,騷心史筆幾人強。有靈詞客驚知己,異代相望與播芳。余方校刊朱彊翁遺稿,承助刻資四百圓。

陌 上 花

癸酉清明過錢王祠

丹青遺廟,依然清供,舊時歌管。信美湖煙,消得故王心眼。綠蕪遮斷長隄路,待看翠軿歸緩。羨雙飛蛺蝶,困人天氣,薄寒輕暖。

保江山何有,三千勁弩,逆射狂潮東竄。可奈豪情,未抵草薰風軟。陌頭又見花爭發,添了幾重公案。悵魚龍浪起,斜陽一作平角,逝魂寧返。

《忍寒詞棄稿》

木 蘭 花 慢

聞汪袞甫下世傷逝

未辦埋憂地,愴身世,戀斜陽。算抗疏功名,籌邊帷幄,幾費周章。滄桑,須臾變景,待彎弓誰與射天狼? 萬里星槎浩渺,五更塵夢淒涼。 徜徉,去國總情傷。調苦賞音亡。縱湖山信美,琴書自樂,滿鬢清霜。倉皇,海東雲起,話草玄、心事劇荒唐。回首河山易色,可能一瞑同忘?

浣溪沙二首

湖 上 曲

粲粲湖濱萬玉妃，柔波寫影翠屏圍。淡描眉譜柳初肥。　簫管中流風自播，湖山沈醉夢還飛。未須惆悵惜芳菲。

還向潮痕覓夢痕，孤山寺北水雲根。堪留戀處是黃昏。　凝紫煙光歸棹急，暗黃楊柳亂鴉翻。殘霞一縷繫春魂。　　　　《忍寒詞》

浣溪沙二首

眉樣春山鬥畫長，桃花簇簇柳行行。可憐西子更西妝。　白塔遙臨波影直，明眸閑浸水風香。舊家池館半斜陽。

遲日催花眼倍明，還從花底聽流鶯。東風吹面酒初醒。　打槳妖姬香汗濕，瞰妝明鏡縠紋生。波花人影鬥輕盈。

浣 溪 沙

清明後四日離湖上宿嘉禾旅舍

三宿湖濱未避囂，軟波輕送木蘭橈。夢回西子太妖嬈。　客館孤衾寒惻惻，敗窗疏雨夜迢迢。不成小別也魂銷。　　　《忍寒詞棄稿》

掃 花 遊

虎邱送春和清真

杜鵑迸血，悵蔽野飛紅，引人悽楚。蕩愁萬縷。正倡條怨碧，絮酣蝶舞。夢繞荒邱，數點嗁春細雨。信驢去，理落拓舊狂，鞭影知處。　芳意能幾許？縱半面關情，總迷征路。黛痕映俎，問蛛絲巧絡，可傳心素。望極平蕪，漸怯蘭成調苦。少延竚。滿池塘、競喧蛙鼓。

　　　　　　　　　　　　　　　　　　　　　　　　　《忍寒詞》

生 查 子

爲章楨女弟歸黔中馬宗榮作

芙蕖出綠波，根是同心藕。情似藕絲多，脈脈從郎剖。　艷説五溪山，未抵眉峯秀。海燕喜雙棲，消息商量久。

　　　　　　　　　　　　　　　　　　　　　　　　《忍寒詞棄稿》

減 字 木 蘭 花

爲陳斠玄題畫像

神來腕底，相對忘言聊自喜。壯浪江湖，漫省今吾與故吾。　平生三不，狷者如公差彷彿。正正堂堂，世故驅人尚未央。

　　　　　　　　　　　　　　　　　　　　　　　《忍寒詞棄稿》

水 調 歌 頭

送孔生一塵東遊日本

被髮去宗國，擊楫向中流。有才如子不遇，長夜漫悠悠。待欲撥開雲霧，平步登天得路，孰肯用吾謀。世事竟如此，沈陸總堪憂。意飛揚，情悱惻，思難收。狂濤無際東逝，杳杳一沙鷗。指點蓬萊在望，星影波光相蕩，壯志若爲酬。磨鍊好身手，重與奠神州。

　　　　　　　　　　　　　　　　　　　　　　　《忍寒詞棄稿》

減字木蘭花二首

以新刊《彊村遺書》寄雙照樓主

平生風義，忍見蕭條人換世。文字因緣，將取騷心到者邊。　高歌老矣，嶺表少年天下士。相忘江湖，舊夢迢迢淚眼枯。

哀時詞賦，怒髮衝冠寧有補。惆悵憑闌，煙柳斜陽帶醉看。　謝公再起，知爲蒼生霖雨計。直北關山，魂夢飛揚路險難。

浪　淘　沙

以彊翁遺著分寄
歐美圖書館并綴此詞

孤負百年心。悽斷商音。人間何地著悲吟。辦得藏山餘淚墨，山影蕭森。　歲序苦侵尋。誰度金鍼。他時聲價重雞林。回首上彊村舍好，待起沈陰。

七絕

以《彊村遺書》一册贈石承大弟，
時同客真如

詞筆彊村殿一朝，眼中誰解織冰綃。風流恰似秦淮海，未信騷壇久寂寥。

金　明　池

孟劬翁辭都講，退居北平西郊之達園。門對扇子湖，夏日荷花甚

盛，舊爲勝朝侍從觴詠之所。半塘、彊村二老並有詞，孟劬索繼聲，遂用半塘韻漫成一解

背郭誅茅，臨湖賃廡，濁酒高樓花近。書客共、征蓬多感，驚沙亂、朔吹漫引。動經時、地變天荒，似旅雁、臨睨叢蘆堪隱。占舊賞園林，新停烽火，待熨江關幽恨。　莫歎清霜輕點鬢，夢觴詠承平，故歡休問。斜陽映、紅衣半脱，吟侶散、醉魂未穩。鎖煙霏、太液秋容_{彊翁句}。爲斷闋低回，後期無準。怕打盡殘荷，雨絲飄淚，好倩綃巾重搵。

《忍寒詞》

七律

大厂轉示展堂近作約同和

待挽春光畢竟難，吞聲捫舌憫凋殘。驚心野蔓風吹長，聒耳鳴蛙興未闌。乍試輕雷寧作雨，半沈斜照一憑欄。居夷可是平生志，濁酒高樓淚漫彈。

《石遺室詩話續編》：頗有冬郎意境。

水 調 歌 頭

爲林子有題填詞圖

今古幾詞手，我自愛東坡。浩然一點奇氣，哀樂過人多。合付銅琶鐵板，洗盡綺羅薌澤，抗首且高歌。昵昵兒女語，恩怨竟如何。　撫冠帶，追興廢，夢南柯。君家處士高致，疏影樂婆娑。不爲燕釵蟬鬢，何處曉風殘月，託意在巖阿。腰脚喜長健，醒眼看山河。

《忍寒詞》

六 州 歌 頭

感憤無端,長歌當哭,以東山體寫之

青天難問,待擊唾壺歌。驚殘破,遭折挫,看山河。淚痕多。掩面愁無那,民德墮,顛風簸,燎原火,滔天禍,可奈何。鬼哭神號,罪孽誰擔荷。滿地干戈。恨高衢大道,翻作虎狼窩。吞噬由他,不須訶。 似狂潮過,衝單舸,嗟失舵,泛洪波。思叢脞,意相左,長妖魔。數煩苛。萬姓蒙枷鎖,安偷惰,避虞羅。縱淫頗,攀花朵,任蹉跎。飄蕩神魂,臏欲吟清些,賊及菁莪。更鴞音盈耳,無計託巖阿,雨泣滂沱。

《忍寒詞》

一九三四年

浣 溪 沙 慢

甲戌暮春,映庵、眾異、公渚、蒙庵、冀野枉過村居,重遊張氏園,傷時感舊,相約譜清真此曲,漫成一解

暖日映翠幕,荒沼飛紅雨。展春檻曲,風颭閒漚聚。塵夢待續,一水漂花去。還聽流鶯語。煙景已無多,感吟魂、悽迷處所。 少延竚。又怨宇相呼,悵雲羅萬疊,氛霧四圍,怎障愁來路。頗訝鬢華,尊酒且深訴。弱柳驚飆舉。沈醉易悲涼,是酣眠、芳茵半畝。《忍寒詞》

惜 秋 華

春中薄遊金陵,雙照樓主招飲,席間出示方君璧女士補繪《秋庭

晨課圖》，爲倚覺翁此曲

露洗疏桐，愛深深院落，秋光如許。草際寒蛩，曾催夜闌機杼。恩勤慣不停鍼，歛霽色初陽相煦。温顔對、蠻牋乍拂，凝眸斜覷。　何計報烏哺，看食牛壯氣，龍蛇奔赴。荻畫舊痕，遥入拒霜紅處。即今身繫安危，未忘卻百年胞與。珍護展新圖，金霞逼曙。

《忍寒詞棄稿》

鷓　鴣　天

寄曇影揚州

几硯精嚴遠雜氛，博山鑪裊定香熏。箭虹滴瀝驚春睡，花影扶疏上院門。　聞剥啄，對氤氳，蓦然相見細論文。寒光未辨雌雄劍，舞向中庭月色昏。

《忍寒詞棄稿》

浣　溪　沙

揚州戲贈劉大杰

願作鴛鴦不羨仙，劉郎風度尚翩翩。揚州小別忽經年。　竹檻燈窗何處是，蘭情蕙昕總依然。千金未許貯嬋娟。

《忍寒詞棄稿》

減字木蘭花

揚州香影廊題壁

青溪北郭，如此波光殊不惡。三過揚州，薄倖何曾一夢留。　橋邊紅藥，猶自向人開灼灼。替卻簫聲，十里垂楊百囀鶯。

《忍寒詞棄稿》

滿　江　紅

甲戌上巳禊集玄武湖，以孫興公《三日蘭亭詩序》分韻，纕蘅代拈得濁字

信美湖山，春痕漲、愁生杜若。閒縱艇、夭桃夾岸，迎人灼灼。莫負芳辰拚酩酊，難憑醉眼論清濁。灑新亭、涕淚已無多，邊氛惡。南朝事，恍如昨。觴詠地，還同樂。更何人慷慨，賦詩橫槊。待掃胡塵清夜起，從教鼉鼓中流作。敘幽情、不數永和年，看經略。《忍寒詞》

長歌

新　廬　山　謠

火繖炙肌肌欲焦，山靈警夢鬱岧嶢。插翼飛騰二千里，耳際已似聞鳴蜩。谷韻松簧雙鼓吹，違辨調調與刁刁。羸軀差減輿夫累，時挾天光相蕩搖。孰縱鬼斧咨營構，層樓傑閣山之腰。言語侏離雜夷獠，各各自爲逃焙敲。澗阿水嬉競相逐，弄影寒泉邈風標。山南榛蕪山北盛，趨炎慮負山靈招。況聞年來劇冠蓋，觀瞻所繫大信昭。要向朝陽待鳴鳳，莫使高樹巢鴟鴞。在山出山異涼燠，己飢己溺感芻蕘。拄杖茫然一長嘯，人寰下視萬象凋。舍是竟無山可入，麋鹿絕迹況漁樵。雲錦屏風秀南斗，練卒旦復依僧寮。所望干戈化玉帛，日月出矣煙霧消。山中招攜羅俊彦，觴詠許揚分道鑣。玄扃幽岫叩寂寞，咳唾九天散瓊瑤。遠公高躅若可接，妙蓮華開料非遙。我聞詩人不失赤子心，風雨所漂音嘵嘵。山林市朝兩難隱，誰其奮翮凌青霄。疾風吹歸墮山脊，因之發興奏長謠。

七律

示承燾

太息斯文有盛衰，全天無計況歸來。炎黄將斬寧非數，清白能留願爲灰。莫障狂瀾慚後死，待扶孤秀出荒臺。柔柯難敵西風勁，惆悵新來與賦槐。

《天風閣學詞日記》：按：炎黄一聯，謂拒沈某招入某黨以謀固位也。

鷓鴣天

夜深不寐書此誌感

世故驅人兩鬢殘，傷時贏得淚斑斑。謳吟漸逐波聲咽，肝膽猶爭劍氣寒。　雲慘慘，夜漫漫，更於何處一開顔。綺懷銷盡雄心在，物外相期豈等閒。　　　　　《忍寒詞棄稿》

減字木蘭花

爲湖帆題馬湘蘭、薛素素畫蘭合卷

蕙心紈質，零落香魂迷楚澤。空谷跫音，風雨淒淒恐不任。　騷懷九畹，無分移根栽上苑。俠骨柔腸，異代相望引恨長。　　　《忍寒詞》

八聲甘州

九日雞鳴寺分韻得沙字

正窮陰乍歛倚高寒，碧天絢明霞。對長林霜染，重湖水涸，歷亂蒼葭。漫道龍蟠虎踞，六代競豪奢。興廢成何事，枯井鳴蛙。　勝會聊追急景，悵荒荒海氣，紅日西斜。又征鴻嘹唳，回首總堪嗟。鎮留連、風流自賞。待放懷、談笑淨胡沙。相將去、進黃花酒，暫制权枒。

《忍寒詞》

鷓鴣天

病中日對湯定翁所繪《上彊村授硯圖》及書贈陶詩立軸，偶成寄謝，兼索畫松

高絕江南老畫師，蕭疏尺幅見恢奇。溪山滿眼撩詩思，霜霰彫年感故知。　驚獨樹，愛貞姿，從公更乞歲寒枝。好看直榦生雲氣，作健渾忘病起時。

《忍寒詞棄稿》

一九三五年

水龍吟

楊花和東坡

怨春慳駐芳蹤，欲留無計從伊墜。盈盈倦舞，濛濛亂撲，幾多沈思。錯怪狂風，驚回綺夢，閉庭深閉。禁連朝苦雨，唳痕乍搵，知何意，漫空起。　縱自飄零增感，肯隨塵、浪沾輕綴。儘拚憔悴，依然冰雪，未辭身碎。薄命三生，濃愁萬種，任漂荒水。化青萍爭奈，殘陽悽照，引行人淚。

《忍寒詞棄稿》

水 龍 吟

送纕蘅之官黔中

未應閒卻詩人，地偏容得抒宏抱。牂牁遠去，疲氓待撫，孤光自照。儒雅風流，謳歌竚聽，化行夷獠。過龍場舊驛，武溪深處，平生願，何曾了。　樂事難忘江表，向秦淮、幾同登眺。騷壇管領，筆端驅使，逸情縈繞。雲外山河，樓頭鼓角，相望一笑。看舂陵發詠，關懷民瘼，換吟囊料。

《忍寒詞棄稿》

南 鄉 子

題林畏廬畫西溪圖

何處最宜秋，撥棹西溪且信流。波皺綠鱗風驟緊，颼颼。未白蘆花也白頭。　煙景望中收，零落詩魂好在不。憑仗丹青留幻影，悠悠。衰柳殘陽萬古愁。

《忍寒詞棄稿》

鷓 鴣 天

弔謝玉岑

歡逝憂生總費辭，十年兩面幾沉思。勉撐金井將枯榦，愁絕春蠶未了絲。　驚夢覺，念情癡。九重泉路盡交期。騷魂早辦安心法，掛劍荒原倘有知。

此首佚詩，見《謝玉岑詩詞書畫集》101 頁，作家出版社 2009年版。

水 龍 吟

將之嶺表賦示暨南大學諸生

十年湖海飄零，眼中何物令吾喜。狂濤怒撼，橫流蕩決，天胡此醉。幾輩推排，無端歌哭，漫悲螻蟻。但茫茫後顧，殘陽誰挽，偷視息，真堪媿。　惆悵天涯老矣，渺予懷、滄溟焉濟。歲寒同保，鷄鳴風雨，待張吾幟。脱屣妻孥，關心桃李，知應有事。看三千水擊，弋人何慕，展青冥翅。

《忍寒詞棄稿》

朝 中 措

用元好問韻贈睦宇

眼中人物費衡量，憂患可能忘。稍喜能持大節，相期共挽頹陽。　鵝湖在望，緬懷辛陸，長耿心光。直恁高歌何事，此身合繫興亡。

水 調 歌 頭

乙亥中秋，海元輪舟上作，用東坡韻

滄海渺無際，星斗遠垂天。舉杯屬影狂顧，明月自年年。遷客何心南去，差喜塵清玉宇，與我共高寒。俯仰發深趣，金碧晃波間。　片雲掃，孤光净，對閒眠。銀蟾有意相伴，今夕十分圓。休嘆浮萍離合，試問金甌完缺，二者孰當全。擊楫一悲嘯，風露媚娟娟。

《忍寒詞》

七律

將之嶺南留別京滬諸友好

轉益多師是汝師_{杜句}杜陵精義費禁持。賞心勝侶同歌嘯，炫眼名章見陸離。乍以卜成居遠引，可容易地發華滋。天南暫制哀時淚，待領諸公勗我詞。

七律

南游舟中用東坡
六月二十夜渡海韻

憂患頻年亦飽更，乍拋淚雨看新晴。舟行鏡裏空諸相，人在天涯愛獨清。多難萬方知所向，勞歌一曲不成聲。中原北顧歸無日，豈爲懷鄉暗恨生。

水 調 歌 頭

留別滬上及門諸子

孤客向南去，抗首發高歌。無端別淚輕墮，斯意竟如何。七載親栽桃李，風雨雞鳴不已，長冀挽頹波。壯志困汙瀆，短翼避虞羅。 逯行矣，情轉側，歲蹉跎。平生所學何事，莫放等閒過。胞與須常在抱，飽雪經霜更好，松柏挺寒柯。肝膽早相示，後夜渺山河。

《忍寒詞》

七律

次韻報公渚

敢將心事説傳燈，過嶺深慙粥飯僧。一例修蛾因謠諑，幾年羸馬畏崚嶒。披荊自喜神猶王，握瑾寧辭世共憎。多謝故人相厚意，待憑丹荔報瑤縢。

滿江紅

贈楊雪公熙績，即用其十八年三月生日原韻

醉拍樓闌，憑誰訴、肝腸熱烈。空自苦、影形相弔，漫盈赤血。知出汙泥曾不染，待干霄漢終全節。爲賞音、決策向南來，傷孤客。卜居共，靈均列。穿冢傍，要離側。喜斯人並世，看同冰鐵。傾蓋論交期淬礪，冥心一往標芳潔。待扶將，正氣起沈陰，東方白。

《忍寒詞棄稿》

【補校】

"肝腸"，原作"肝膽"，據手稿改。

鵲踏枝八首

半塘老人謂馮正中《鵲踏枝》十四闋，鬱伊惝恍，義兼比興。次和十闋，載在《鶩翁集》中。予轉徙嶺南，抑塞誰語。因憶不匱室贈詩，有"君如静女姝，十年貞不字"之句，感音而作，更和八章。以無益遣有涯，不自知其言之掩抑零亂也

斜掠雲鬟凝睇久。宜面妝成，綽約仍依舊。病起情懷如中酒，帶圍省得新來瘦。　折盡青青隄畔柳。夢結多生，未分今生有。懸淚

風前沾翠袖,忍寒留約黃昏後。

肯向人前嗟命薄。香爐燈昏,鴛枕拚孤卻。雨過荒庭花自落,愁來憶得年時約。　困掩犀帷甘寂寞。料理醇醪,花底勤斟酌。乍聽笙歌鄰院作,怎生賺取閒哀樂。

撲籔鮫珠燈下墜。碧海青天,夜夜愁難寐。彈折素絃推案起,月明鑒取心如水。　金井梧桐閒絡緯。枉自多情,闐闐看深閉。誰與目成還兩地,尋思抵得人顦顇。

忽憶故人天際去香山寄微之句。暗數征程,未遽傷遲暮。夢裏相思爭識路,朦朧月挂江頭樹。　醉折花枝還自語。胡蝶翻飛,知到梁州否。流水一分風後絮,春心歷亂歸何處。

誰道儂家心漫許。盼到佳期,一箭流光去。未恨枝頭鶯亂語,思量總被嬋娟誤。　自掩鏡鸞愁萬縷。水闊風高,漲斷蘭舟路。回首眾芳零落處,拋殘紅淚君知否。

敗葉殘霞紅一片。向晚辭枝,飄蕩隨風轉。倦對清尊傷聚散,芳林掃盡情何限。　似翦狂飇爭割面。滿地繁霜,休道寒猶淺。漸遠哀鴻聽不見,新聲自按伊州遍。

夢裏似聞雞報曙。細數更籌,忽漫牽悲緒。日出三竿山吐霧,涓涓暗水漂花去。　柳展金絲千萬縷。苦冒春來,絆斷行春路。葉底如簧新燕語,銜泥自辦安巢處。

多事金風催晝短。弱線閒拈,盼得番風換。院落淒涼人不管,雁音兵氣連還斷。　嘶過玉驄衰草岸。哀角荒波,彷彿通霄漢。獨坐黃昏誰是伴,殷勤爲祝清光滿。

《忍寒詞》

一九三六年

卜 算 子

賦呈不匱翁

深院鎖黃昏，脈脈知誰語。銀漢紅牆幾處同，幸早諧衷素。　花放蝶兒喧，木秀風姨妬。一例蛾眉去住難，攲枕聽春雨。《忍寒詞棄稿》

浣 溪 沙

題楊耕香詩簡

尚想當年颯爽姿，米顛書法杜陵詩。霸才無主負心期。　燕市何人收駿骨，江州彈淚慰蛾眉。摩挲斷簡只成悲。　　《忍寒詞》

賀 新 郎

予轉徙嶺南，情懷牢落，適得雙照樓主二月十七日書云，將轉地療養，且殷殷以三百年來詞選爲詢。二十一日，先生舟經香港，不克趨前握別，賦此寄之

恰似南飛鵲。莽天涯、塵狂霧重，繞枝焉託。短翼差池將安往，是處危巢燕幕。但慕想、高翔寥廓。猜意鵷雛緣腐鼠，看斜陽漸向崦嵫薄。笳管動，助蕭索。　推排幾輩匡時略。問何如、幼安遼左，且專丘壑。浩蕩鷗波乘風去，好引醇醪自酌。更孰采、芳洲杜若。心力枉抛尋常事，慰騷懷肯忘年時約。珍重語，寄梅萼。　　《忍寒詞棄稿》

滿 江 紅

大厂居士以次韻文信國改作王昭儀詞見示，
愴然繼聲，即呈不匱室主

爲問姮娥，何曾減、似花容色。拌自苦、可能常傍，廣寒宮闕。待
綰同心勞輾轉，便餘殘朵羞敧側。最愁人、鶗鴂恐先鳴，羣芳歇。
曙星耿，明還滅。幽夢裏，情難説。賸映山紅染，怨抛鵑血。冷暖自
知魚飲水，團圞有意眉如月。仗清光、長護彩雲飛，彌天缺。

《忍寒詞棄稿》

摸 魚 兒

丙子上巳秦淮水榭禊集，
釋戡來書索賦，走筆報之

任流鶯、喚回殘夢，青溪知在何許。六朝金粉飄零盡，悽斷鳳
簫閒譜。君試覷，甚幾縷煙絲，能繫斜陽住。惜春將去。怪燕子
烏衣，暫離飛幕，猶趁亂紅舞。　　興亡恨，輸與岸邊鷗鷺。新亭揮
淚如雨。昏昏海氣連朝夕，溯被也應無補。休再誤，待來歲花期，
可似今年否。危絃獨撫。正綠遍天涯，子規聲切，心事更誰語。

《忍寒詞》

滿 江 紅

大厂居士以丙子清明再用文信國改王昭儀詞韻見寄，
走筆奉酬，兼呈不匱室主

萬疊頹雲，遮斷了、望中山色。風更雨、禁煙休問，漢家城闕。

變雅合同翻別調，危言孰與清君側。正天時、人事兩傷心，悲歌
歇。　草滋蔓，終難滅。花自墮，如何說。算排憂有酒，沾巾惟血。
休向尊前嗟獨醒，何時海上生明月。願相從、二老峙中流，論完缺。

《忍寒詞》

附：

滿 江 紅

丙子清明，再用文信國改王昭儀詞韻

上呈延公長老，同致忍寒　　　　　　易 孺

春雨江南，望不見、故鄉山色。空孤負、平生游蕩，秦關漢闕。
成佛甘居靈運後，誦詩願侍康成側。奈愁心、盡付浦江潮，悲黃
歇。　分煙燭，明還滅。填胸事，紛難說。便不啼清淚，僅堪啼血。
種樹望培佳子弟，看花須趁閒風月。儘憐儂、一領舊征袍，襟長缺。

滿 江 紅

不匱詞翁、忍寒教授皆賜和拙作

《滿江紅》之闋，驊感何似。既別觸愴傷，

更次前韻，分呈誨督　　　　　　易 孺

一葉輿圖，慘換了、幾分顏色。誰忍問、二陵風雨，六朝城
闕。雨粟哭從倉頡後，散花妙近維摩側。咽不成、咼指念奴嬌，
聲聲歇。　塵根斷，無生滅。山河在，離言說。媵倉皇辭廟，報
君以血。蜀道鵑魂環珮雨，胡沙馬背琵琶月。莽眼前、天地不同
方，同傾缺。

滿 江 紅

和大厂次文信國改王昭儀作　　　　　胡漢民

寄語詩人，可曾似、玉顏鴉色。休更擬、銅仙鉛淚，痛辭官
闕。七發誰從枚乘後，五噫常在梁鴻側。儘天家、傾國重佳人，

昇平歌。　繁華夢，難消滅。興廢事，何從説。有低頭臣甫，子規啼血。消息難憑雲際雁，玲瓏只見窗前月。聽高歌、換卻斷腸聲，壺敲缺。

滿　江　紅
再和大厂居士　　　　　　　　　胡漢民

馬上琵琶，誰則願、畫圖生色。空悵望、宗周禾黍，漢家城闕。王粲傷時遊未遠，杜陵懷古身常側。問單于、可繫是何年，烽煙歇。　春秋義，終難滅。和親事，更無説。豈受人穿鼻，水濃於血。俯仰百年歌當哭，嬋娟千里人如月。究相攜、入道送歸雲，無圓缺。

滿　江　紅
和大厂居士清明日
再用文信國改王昭儀韻　　　　　胡漢民

聽雨聽風，渾不管、故園春色。何況有、五津烽火，三秦城闕。思在洛陽應奮起，眠過白下曾欹側。肯夜深、留客鬥枯棋，茶煙歇。　縣上恨，難磨滅。漢宮事，有人説。枉古今龍戰，玄黃其血。獨鶴初歸雲萬里，羣鶯亂舞春三月。怕石泉、槐火迫人來，駒光缺。

南　鄉　子

任生睦宇自滬南來，既偕登越王臺、泛荔枝灣，於春寒料峭中得少佳趣，漫拈此闋以紀勝遊。時紅棉作花，正是嶺南好風景也

繾下越王臺，放棹夷猶亦快哉。濃抹胭脂迎道左，驚猜。幾樹紅棉照影來。　桃李喜親栽，一笑猶能制百哀。好並奇花擎直榦，爭

開。大器何須費翦裁。 《忍寒詞棄稿》

滿　江　紅

不匱三和大厂此調，悽壯沈鬱，感不絕於予心。輒更步趨，兼寄
大厂

入道何如，生怕見、河山易色。空自許、忍寒能住，瓊樓絳闕。羞
與論功樊噲伍，便教穿冢要離側。聽高歌、一曲轉陽和，酸風歇。
心未死，疇能滅。吾輩事，從頭説。倩誰扶浩氣，怨留萇血。大筆應
傳豪士賦，離人愛踏春庭月。竚清光、炯炯照花來，浮雲缺。

《忍寒詞棄稿》

賀　新　郎

用張仲宗寄李伯紀丞相韻賦呈不匱，兼示大厂。更端以進，亦無
聊之極思也

夢逐寒潮去。望中原、重遮嶺樹，靜臨江渚。將帥何人思宗澤，
岸上不聞呼渡。漸報得、邊烽幾處。我欲為公羅豪俊，待他年、好擊
平蕃鼓。要起趁，荒雞舞。　　蓬萊此去無多路。試評量、衣冠上國，
肯為奴虜。似血紅棉擎高榦，斯意憑誰共語。細領略、異方風土。白
下敧眠時難更，問詩人、果合南遷否。香宋老人寄予廣州詩，有"從古詩人
過嶺南"之句。憎短翅，阻沖舉。 《忍寒詞》

浪　淘　沙

紅　棉

羞入綺羅叢，高榦摩空。倚天照海醉顏紅。脱盡江南兒女態，不

嫁東風。　春事苦恩恩,心事誰同。貞姿一任火雲烘。合向越王臺
下住,那辨雌雄。　　　　　　　　　　　　　　　　　　《忍寒詞》

浪　淘　沙

春晚偕中山大學及門諸子泛荔枝灣,賞紅棉,弔昌華故苑。以漁
洋《歌舞岡》絕句分韻,得岡字

烽火被高岡,北顧神傷。交柯如血映扶桑。豎子英雄成一笑,殘
霸荒唐。　留取陣堂堂,視此南強。朱霞天半絢朝陽。莫遣東風吹
便散,寂寞炎方。　　　　　　　　　　　　　　　　　　《忍寒詞》

附：

浪　淘　沙
和榆生教授賞紅棉訪昌華故苑之作　　　　胡漢民

照海獨紅鮮,老幹擎天。招呼羣卉拊其顛。此是世間豪傑
氣,不讓人先。　故事幾流傳,霸業徒偏。樹猶如此客何言。要
作大裘千萬丈,心意縣延。

鷓　鴣　天
寄懷諶生季範申江

猶記當年共避兵,寒燈短榻臥縱橫倭兵侵滬,予與季範各攜妻兒避居
法租界音樂專科學校汽車間中,十六七口共據一室,至爲艱困。從教我輩生
憂患,要遣人間識姓名。　才抑塞,歲崢嶸,醉開雙眼向誰青。遙知
別後相思意,未倦雲鵬萬里程。　　　　　　　　　　《忍寒詞棄稿》

113

减字木蘭花

贈孔生北涯

江湖澒洞，磊落奇才須致用。倦眼能青，竚看扶搖起北溟。　　宗風嶺表，臨桂而還誰矯矯。斫地狂歌，指顧中原可奈何。《忍寒詞棄稿》

减字木蘭花

越秀山看紅棉作

氣凌霄漢，賴有交柯擎翠幹。肝肺杈枒，迸出枝頭似血花。　　一隅爭霸，赤幟高張人駭詫。待與移根，扶荔宮前認夢痕。《忍寒詞棄稿》

五律

太炎先生輓詞

直爲斯文慟，門牆祇暫窺。天人窮絕業，匡濟負深期。振筆曾興漢，昌言孰攘夷。顧王心事苦，百代仰遺規。

鷓　鴣　天

再贈北涯

豪傑中原事漸闌，了無態度是殘山。情知撥亂扶傾器，定在三湘五嶺間。　　羅俊彥，共艱難，覆巢何有一枝安。臨歧珍重無多語，肝膽要爭劍氣寒。

　　　　　　　　　　　　　　　　《忍寒詞棄稿》

鷓 鴣 天

陳乃乾屬題所輯《清百名家詞》

七百年來樂苑荒,究心聲律已微茫。只應託體鄰風雅,何必開宗判浙常。　羅放佚,感滄桑,長沙舊槧苦難詳。殷勤留得騷魂住,絲盡春蠶莫自傷。

《忍寒詞棄稿》

臨 江 仙

丙子秋自嶺表避亂北還,適得
香宋老人峨眉寄詩,因賦小詞爲報

一載投荒今倦矣,霸才無主誰依。木棉花發鷓鴣啼。爭呼行不得,春去已多時。　陽朔山光勞夢想,扁舟出世難期。有人相憶在峨眉。空憐蹄跡滿,莫遣信音稀。

《忍寒詞棄稿》

七絕三首

無人庭户滿蟏蛸,倦羽重來認舊巢。罷奏鈞天殘夢醒,斜陽冉冉下林梢。

偃渤曾誰跋浪鯨,愁聞鐘鼓不勝情。一樓下瞰疑無地,海思雲悲作麼生。

吟罷五噫契伯鸞,故應棲息不遑安。北溟水擊南溟遠,今日何堪袖手看。

卜 算 子

丙子重陽游吳下,於餘杭章夫人宅見庭前小梅忽放數花。夫人

爲置酒，命以小詞紀之

　　佳節正重陽，紅葉飛成陣。冷蘂先春放幾枝，素面交相映。　　人
瘦怯西風，消息憑誰問。寂寞閒庭伴歲寒，早與傳芳信。《忍寒詞棄稿》

一九三七年

鷓鴣天

和元遺山《薄命妾辭》三首

　　冷雨淒風暗畫樓，驚飛海燕落南州。山頭黛共雙眉蹙，陌上蓬飄
兩鬢秋。　　情更苦，淚恒流，年年賺得爲花愁。海棠容有輕陰護，儘
自飄零也罷休。

　　贏得傷心畫不成，更於何處懺多生。深宵自數更長短，大道愁看
客送迎。　　鶯歷歷，水盈盈，輕顰淺笑若爲情。個人無奈先朝露，忍
聽殘蟬曳尾聲。

　　暗數君恩本自深，畫堂閒鎖晝陰陰。宮砂點臂痕猶湮，紈扇迎秋
恨怎禁。　　鶯霧重，悵更沈，祇餘魂夢苦追尋。分明留得前情在，一
紙書來抵萬金。　　　　　　　　　　　　　　　　　　　　　　《忍寒詞》

采桑子

　　春工費盡閒妝點，纔自勻紅。暗自啼紅，盡日冥迷細雨
中。　　爲憐薄命知何似，不嫁東風。便嫁西風，畢竟飄零一笑同。
　　　　　　　　　　　　　　　　　　　　　　　　　　《忍寒詞棄稿》

鷓鴣天

陳舍光先生爲作《忍寒廬圖》并題句,有"蟄龍三冬臥"之語,輒用元遺山韻賦謝

彈指韶光又向殘,不堪長是夜漫漫。蟄龍且許三冬臥,老鶴誰教萬里看。　知境幻,喜心安,愁來須放酒杯寬。殷勤爲報陳居士,辦與喬柯共耐寒。

《忍寒詞》

八聲甘州

溥心畬以所作山水見寄,賦此報之

乍開函、巨刃劃崩厓,元氣自淋漓。料解衣盤薄,沈酣墨戲,颯爽英姿。蕭寺鐘聲縈動,策蹇上峨眉。回首宗周地,禾黍離離。　陵谷何堪變景,悵黏天衰草,去住都迷。怨王孫歸未,鳳闕帶斜暉。問誰圖、鵲華秋色,寄騷心、不似趙家兒。長安遠、動江湖興,待進清扈。

《忍寒詞》

臨江仙

金陵喜晤曾仲鳴賦贈

一代騷懷歸護惜,雅詞傳自君家。天風浩蕩思無涯。濟時鶯喚夢,游藝筆胎花。　絕域歸來情愈摯,羅胸萬象紛挐。紅牙拍徧換銅琶。眼中何限事,處處隱悽笳。

《忍寒詞棄稿》

水 調 歌 頭

汪憬吾丈以近製東坡生日詞寄示，兼致慰勉。依韻報之

忠鯁分遷謫，墮地記清朝。北來南去何事，沈魄倩誰招。風雪淒然歲暮，料只揮杯狂顧，花外一鐙飄。斯意忍終古，塊壘不須澆。　蒲澗寺，鶴峯樹，冷蕭蕭。卜居未遂棲隱，遺跡話前朝。喜得從遊奮土，且復般家小住，甘作海南樵。依德成虛願，倦羽逐歸橈。

《忍寒詞》

玉 闌 干

二月初八日大雪作，用杜安世聲韻

東風正染郊園景。怎遣小梅飄盡。多情老柳競吹緜，何曾管、落紅堆徑。　日邊誰爲傳芳信。似弄晴、天氣難定。儘教目眩莫開簾，防翩翩、燕子斜趁。

定 風 波

郎靜山將自上海取道滇南，轉乘飛機入蜀，視其家人峨眉山內，遂用東坡韻譜此贈行

厭聽江南鼓角聲，蜀山佳處慣經行。馭氣長征何待馬，休怕，川原錯繡快平生。　下界茫茫誰夢醒，雲冷，門前童稚喜相迎。恰似杜陵經亂處，歸去，銀光耀眼雪初晴。

《忍寒詞棄稿》

118

虞 美 人

丁丑秋日，寄懷孟劬先生燕京

可憐霸上真兒戲，怎覓埋憂地。舊時明月照燕山，閒聽雁音啼過一憑欄。　暮年蕭瑟情何苦，愁絕蘭成賦。醉來莫唱望江南，渺渺天低鶻沒陣雲酣。

《忍寒詞》

虞 美 人

丁丑七夕，退庵招集上海寓廬，爲李後主忌日千年紀念。鶴亭翁先成此曲，依韻和之

深仁何與扶傾事，榻畔難容睡。橋成靈鵲借生天，長是淚花凝面已三年。　貪歡怕聽潺潺雨，誰省憑欄苦。冰綃裁剪北行詞，爭得江南巷哭似當時。

《忍寒詞》

臨 江 仙

七夕，大厂用後主原韻倚此曲，率爾繼聲。時海氛方熾，倉皇杯酒，正似當年也

新月一鈎臨砌影，故山空役魂飛。銀潢流水倘能西。穿鍼樓上，無復淚珠垂。　南面詞壇千歲業，愁心又轉冥迷。家居撞壞奈纖兒。倉皇把盞，癡絕更誰依。

《忍寒詞》

臨江仙

爰居以手拓韓蘄王紹興十二年翠微亭題名見示，
率拈蘄王詞韻賦之

好水好山餘落照，山花血染鵑濃。低回心事與誰同。翠微還獨上，遠目未應窮。　歸去寒驢行特特，撼山怕聽回風。欲將興廢叩天公。放歌明月底，留恨斷崖中。

《忍寒詞》

七絕

題大厂畫紅梅寄贈劉生衺鋮

古魂凝血沁苔枝，酒面寧爲媚俗姿。力挾春迴應更早，相思何止歲寒期。

七律

季範於胡氛方熾中來申
相見索書，賦此贈之

干戈前度記相依，又向淞濱愴亂離。託命胡兒真自惜，繫心漢業欲何之。一誠冶作迴天力，多難容爲復國基。待更與君期共奮，湘鄉遺教是吾師。

七律

席上呈梁衆異

眼中時事總模糊，豎子何曾解廟謨。華髮搔來還自惜，帝京望罷

只長吁。可容半壁思王謝，閒卻雙堤待白蘇。今日已無游釣地，忍看棋局竟全輸。[一]

[一] 編按：《爰居閣詩注》卷十有《次和龍榆生見贈，時哲維新逝》詩，題下注引龍榆生此詩，據補。此承臺灣清華大學劉威志博士見告。

一九三八年

采 桑 子

悼黄自先生

俄然夢覺何曾死，聲在琴絃。人在心絃，一曲悲歌萬口傳。　惟憐志業捐中道，待究陳編。未竟新編，留得芳菲啓後賢。

祝 英 臺 近

丹陽呂鳳子避兵入蜀，取稼軒詞意爲寫落花美人見寄，
爰依原韻，賦此報之

暮煙横，征帆亂，紅片漲江浦。早分飄零，禁得幾宵雨。問誰解惜春韶，千絲斜褭，待重把殘陽繫住。　鏡波覷，漫整宮樣雲鬟，落英更癡數。小院笙寒，忍聽斷腸語。到頭翻恨啼鵑，芳菲都盡，枉多事、勸人歸去。

七律

次韻奉酬斠玄先生病中見寄

海角偷生愧懦夫，耳邊無復噪鼪鼯。沉酣蟻夢醒來晚，激烈韓椎

看却殊。作計排憂搔短髮，何因騁力假高衢。相憐別有傷心在，不爲
從來琢句癯。

一九三九年

歸　國　遙

擬　温　尉

如沐，去路雨荒紅躑躅。暗抛珠淚盈掬，綠蕪迷遠目。　畫成黛
蛾低蹙，鈿去筝調怨曲。斷雲還傍金屋，舊歡何計續。

荷　葉　盃

擬　韋　相

映月翠盤珠瀉，低亞，闌角露華明。水風涼處笑相迎，雙臉看霞
生。　愁對藕絲如雪，芳潔，何似酌瓊漿。沈思前事斷人腸，輕負少
年狂。

卜算子四首

荷　花　四　詠

怪得引絲長，早擬抒心苦。月白風清倦舞時，酸淚還偷注。　縈
出綠波來，未恨芳韶誤。鏡面婼容只自憐，蜂蝶寧知慕。
寄語涉江人，莫漫相攀折。但願清心兩處同，雙臉從君熱。　一
笑轉嫣然，依舊成冰雪。脱却紅衣證浄緣，且作經年別。
沙際綠雲稠，情影凌波去。看似無情卻有情，漠漠幽芬吐。　落

122

照滿深灣，公子窺遊女。待結綢繆約素秋，恐被霜飆妒。

　　破曉鏡奩開，脈脈嬌相向。倦倚西風夢乍醒，何處飛雙槳。　本自謝塵緣，無意諧歡賞。翠蓋從渠播嫩涼，贏得歸心壯。

五律二首

哭憬吾世丈

　　易代徵微尚，他年傳逸民。闕文勤自補，雅志竟難伸。孤嘯衰鐙側，行吟海角濱。表忠遺唱在，淒絕墨如新。

　　海運傷屠羽，深心託護持。巋然瞻魯殿，行矣感鍾期。緘札哀鵑淚，招魂濁酒卮。真成遼左鶴，華表得歸遲。

　　此首佚詩，見澳門《華僑報》一九三九年十月廿九日。

綠蓋舞風輕

己卯七夕前一日，海上詞流集
李公祠看荷花，拈此曲同賦，依草窗韻

　　一葉報新秋，倦俯清漣，羞容艷羅綺。蕭瑟池亭，風裳搖怨碧，淺醉閒倚。冉冉韶光，縱拚吐、柔絲難繫。悵來遲、玉佩丁東，凝恨幽蘂。　波底夢及佳期，秀挺擢青莖，冷露勻洗。巧逼橋成，續歡盟、賺取走盤珠淚。病影誰憐，渚宮晚、相思應寄。看花回、銀漢挽銷兵氣。

七律

次韻奉酬斠玄先生成都見懷之作

　　一例懷人困旅羈，天涯況值陸沉時。擬將夢去恒無寐，每到憂來轉廢詩。聚蟻鳴蛙終自侮，朝三暮四更誰師。賸欲與君同把臂，披荊重鑄中興詞。

玉 京 謠

己卯中秋和貞白

獨夜沈吟久，窈窕將舒，奈被纖雲翳。漫揾啼痕，含羞低傍簷際。又射眼、何限酸風，憑曲檻、疎狂勤理。簫聲底，夷歌野哭，淒涼臣里。　瓊樓料也漂搖，劍吐光寒，向海天特倚。閒撥塵緒，休教還染殘淚。喚夢回、重話團圞，看鏡裏、玉容嬌異。須著意，花外亂愁誰寄。

霜 葉 飛

己卯重陽和貞白

雁程雲渺。霜颷外，酸聲催送餘照。待扶殘醉看黃花，奈徑荒籬悄。又瑟瑟、涼生窈窈。秋懷爭禁魂顛倒。擬散愁無計，聽墜葉、翻階競響，絕塞寒到。　零亂暗泣啼螿，橫林誰染，淚血流潤枯草。半衾幽夢總荒唐，負海天凝眺。枉一抹、哀絃斷了。沈吟猶盼歸來早。念舊約、消閒恨，簾影玲瓏，茜窗蟾小。

垂 絲 釣

和貞白依清真

倦懷亂緒，閒愁難辨新故。聽響怨音，村鼓偷度。和晚雨，撼寒燈洞戶。心先許。傍珠簾細語。　舊情暗記，憑肩共看花舞。個人在否。苔印蓮生步。歡事知何據。年向暮，遲斷雲過羽。

小　重　山

學禮山頭草自青。當年曾向此、望蓬瀛。割慈聊欲裕民生。春暉永，悽斷遠遊情。　　岡極寄斯亭。音容看宛在、鬱佳城。還將遺澤被羣英。娛親意，絃誦播清聲。

一九四〇年

雪　梅　香

己卯祀竈日，大雪燈下用貞白韻賦此

耿虛壁，衰鐙積雪見朦朧。蕩羈人懷抱，斜敧瘦玉杯中。環響孤山返征魄，絮翻寒食舞晴空。憺真色、漏箭初移，爭上珠櫳。　　驚蓬。省前事、綠鬢霜凋，怕更臨風。惹得清愁，爲伊意怯心慵。巧笑相逢斷今夕，淫紅難搵鬱悲翁。歌傳恨、到枕迴潮，將夢誰同。

《忍寒詞棄稿》

小　梅　花

淞濱歲晏同大厂、貞白

將進酒，邀賓友，何妨椎埋與屠狗。撫枯桐，送飛鴻，揭開青史幾個真英雄。分羹骨肉誇劉季，燕雀焉知鴻鵠志。辨忠奸，古來難，堪笑一篙春水走曹瞞。　　思北固，寄奴住，百萬樗蒲烏足數。歹朱殊，帝城居，龍蟠虎踞付與禿頭奴。倉皇急刦憑誰語，身外是非雲外趣。口滔滔，樂陶陶，爭放摩蒼豪氣委蓬蒿。

《忍寒詞棄稿》

125

金人捧露盤

己卯除夜同大厂、貞白

送年華，親杯斝，笑聲譁。對永夜、莫歎浮家。爭輝絳炬，正千門如畫警林鴉。酒酣香裊，奏新聲、合付銅琶。　雲羅下，飄鴻影，氈帳外，莽胡沙。定一例、肝膽枒杈。春回夢裏，仗案頭清供小梅花。忍寒相守，待看來、紅燦朝霞。

《忍寒詞》

高　陽　臺

秦淮水榭書所見

掠鬢風輕，飄鐙水軟，凭肩人意初諧。畫舫笙歌，依然舊日秦淮。瓊枝璧月偏宜夏，趁嬌波、流影君懷。漫驚猜、紅芰深灣，白鷺潛來。　興酣渾忘春歸久，但藏鶯柳暗，引蝶花胎。楚雨迷方，天教自外形骸。何須便覺司勳夢，聽寒潮、倦眼應開。早安排，榻畔園香，枕畔橫釵。

《忍寒詞棄稿》

念　奴　嬌

庚辰初秋重遊玄武湖用白石韻

綠雲依舊，但重遊、不是當時吟侶。白髮愁生明鏡底，羞對嫣紅無數。倦舞綃衣，暗傾珠淚，錯怪朝來雨。驚回鷗夢，冷香都化酸句。　薄暮。鍾阜低迷，黛痕煙鎖，波掠雙鬟去。儘有野鴛沙際宿，禁得魂消南浦。玉笛飛聲，銀盤寫影，還解留人住。涼飆初起，採蓮歌怨征路。

《忍寒詞》

126

水 調 歌 頭

贈劉定一將軍

劍氣總難斂,射斗有光芒。出言曾見驚座,此士不尋常。憑藉一成一旅,但得知人善任,漢道定能昌。果報登壇拜,天馬看騰驤。鬱忠憤,披肝膽,事戎行。男兒待顯身手,肯自負昂藏。子為蒼生請命,我為將軍傳檄,宣化及雍梁。勉佐中興主,歡樂未渠央。

摸 魚 兒

庚辰重陽前一夕作

近重陽、喜無風雨,秋容妝點如許。蕭蕭不斷經霜葉,飛傍小窗低語。旋起舞,甚醉臉春融,遮得愁來路。辭柯最苦。但繞遍天涯,夢魂長耿,邂逅總相遇。　登臨意,能送行人歸否?征程遙指江樹。題情未怕滄波惡,挹取淚花勻注。懷舊侶,悵展盡纏綿,難寫傷高句。危絃獨撫。正衰草黏雲,低徊心事,閒共暗蛩訴。　　　　《忍寒詞》

八 聲 甘 州

庚辰重九蔡寒瓊招登冶城,分韻得寒字

聽蕭蕭落木下亭皋,客心似楓丹。正極天兵火,秋生畫角,無語憑闌。金粉南朝舊恨,還向鏡中看。爭奈登臨地,都是愁端。　何許堪紉蘭佩,對水明沙淨,旅雁驚寒。便招攜紅袖,難搵淚痕乾。總輸他、中年陶寫,又夢飛滄海漾微瀾。空回首,舊題名處,時有客得往歲烏龍潭登高題名冊者,首署石遺老人,予亦與焉。萬感幽單。　　　　《忍寒詞》

127

七律

騷　　心

騷心細領百非宜，腸斷方回祇自知。已懺多生餘慧業，仍憐衆女嫉蛾眉。舊鄉臨睨陵移谷，孤夢驚殘鬢益絲。不爲五更寒到枕，霧花晴旭看迷離。

七絕

殘　　角

挾霜殘角韻淒清，賸掬寒心鑒月明。莫謂時平可高枕，曉風吹送餓鴟聲。

七絕二首

道　　左

扶攜老弱苦追攀，車馬匆匆只佇看。一自銅仙^{粵人呼銅幣爲仙}辭漢後，無錢與汝救飢寒。

衰翁跪泣待如何，道左流離兩鬢皤。我亦傷心歸未得，祇應共汝淚滂沱。

南　樓　令

戲　贈　康　哥

照海木棉紅，山川靈秀鍾。挺妍姿、何處相逢。鐵馬金戈行萬里，難自歛，氣如虹。　巨眼識英雄，霜華戰曉風。倚征鞍、肯悔飄

蓬。三十功名殊未已，知此意，與誰同。 　　　　《忍寒詞棄稿》

一九四一年

臺 城 路

庚 辰 除 夕

寂寥雲外鴻音斷，羇懷最難消遣。戍鼓連村，霜飆震堞，何物量愁深淺。清尊罷欵，怕高燭燒殘，暮鴉驚散。暫止將雛時三兒、五女自滬入京，未須輕歎故巢換。　　餘寒隨分自忍。萬方知共盼，春動葭管。岸柳搓金，江梅綴玉，描入生綃緩展。宵長夢短。看骨肉能全，殘魂常戀。喚醒東君，莫教人意嬾。 　　　《忍寒詞棄稿》

虞 美 人

辛巳上元太疎招集橋西草堂作

春城無復春燈鬧，莫唱江南好。小庭花月自嬋娟，怪得幽人長是愛壺天。　　酒闌臥聽悲風吼，且當笙簫奏。一枝梅蘂寄情深，不遣今年消損去年心。 　　　　《忍寒詞棄稿》

八 聲 甘 州

白下遇今關天彭用雲起軒詞韻賦贈

正茫茫、墮絮送春歸，悽吟和流泉。乍天風吹到，風流秘監，自外烽煙。看賭乾坤未了，勝敗兩潸然。領取無言意，知向誰邊。　　相對休嗟沈陸，賸蘭成老淚，滲入危絃。又江南草長，回首亂鶯天。待爲

129

霖、洗兵須早，願謳歌、各趁太平年。同音感、聽壎篪奏，忘卻華顛。

《忍寒詞棄稿》

憶舊游

江南春盡夜聞鵑聲感賦

正魂飛蜀道，血染山花，誤了芳辰。月黑迷歸夢，奈聲聲勸客，直恁殷勤。怪他喚得春去，翻影入層雲。恨花草吳宮，衣冠晉代，幾度朝昏。　天閽，定誰叩，算怨結多生，難斷知聞。也解非吾土，但擠將衰淚，爲剗愁根。夜闌更苦風勁，回首一逡巡。漸滿耳催耕，偏驚布穀衝戰塵。

《忍寒詞棄稿》

金縷曲

聞瞿禪去歲得予告別書，
爲不寐者數日，感成此解

此意那堪説。數平生、幾人知己，經年契闊。攬鏡添來星星鬢，忍向神州涕雪。算咽恨、須拚一決。佇苦停辛緣何事，奈虛名、誤我情難絶。肝共膽，爲君熱。　故人自勵冰霜節。問年來、棲遲海澨，夢餘梁月。幾度悲歌中宵起，和我鵑聲悽切。訴不盡、口銜碑闕。填海冤禽相將去，願寒濤、化作心頭血。休更惜，唾壺缺。

《忍寒詞》

鷓鴣天

曾與移根向白門，長條猶帶舊煙痕。鴉翻落照歸棲急，燕蹴殘英軟語頻。　雲黯淡，月黃昏，未須攀折已銷魂。西風一夕生離思，孤負靈和長養恩。

《忍寒詞》

木 蘭 花 慢

秋 宵 聞 雨

滴空階碎雨,和蛩語,訴秋心。正畫角聲酸,銀潢信杳,海氣沈沈。芳林。驟聞墜葉,帶清砧驚起繞枝禽。倦枕纔醒短夢,旅懷悽入商音。　微吟。濁酒更誰斟。心事寄瑤琴。愛凈洗浮埃,重懸明鏡,不怨單衾。侵尋。鬢霜漸滿,媚疎櫺牢落意難任。一卷陳編坐擁,宵闌四壁愔愔。

《忍寒詞》

夢江南二首

和 翁 山

悲落葉,葉落倘回春。紅淚拋殘霜霰後,好教忙煞看花人。生意一番新。

悲落葉,葉落與誰期。爭遣斷霞迷遠覽,可迴新綠護高枝。舞向夕陽遲。

《忍寒詞棄稿》

若水:不盡言外之情,可見心期耿耿。

蝶 戀 花

袞柳和船山

總爲多情曾惹怨。迫陌回風,怎遣柔絲斷。似夢如煙迷塞管,當時錯認歸期遠。　舞影婆娑心緒亂。作弄秋光,觸處成悽戀。天末殘陽紅一綫,離魂禁得征鴻喚。

《忍寒詞》

浣 溪 沙

大厂寫衰柳殘荷見寄，
并綴小詞，依韻報之

苦雨酸風合做秋，祇將零墨寄閒愁。人間何處可登樓。　斷線仍牽心上恨，殘妝漸向鏡中收。休嗟幻滅等浮漚。　　《忍寒詞棄稿》

水調歌頭二首

辛巳中秋前一日，柱尊招飲北極閣下。酒罷登山，素月流天，繁燈綴地。與數客歌嘯林樾間，不知今夕何夕也

坐擁一螺翠，銀海看舒波。真成未飲先醉，鏡面好山河。篩出林端疎影，淡著倪迂小景，老子自婆娑。狂客南朝擅，拍手且高歌。　笙竽起，瓊瑤碎，奈情何。藤蘿攀向高處，欸欸撼寒柯。俯仰百年身世，盡挹乾坤清氣，吾腹倘能皤。絕勝南樓夜，占取問誰多。

可望不可即，流盼若爲情。素娥冉冉來下，生色繡圍屏。誰省嬋娟深意，入谷穿林相媚，歷亂撒瓊英。玉樹粲銀浦，目眩苦難名。　恍然見，淩波遠，轉娉婷。滿天風露歸去，下界躍魚更。萬户光搖木杪，積水交橫荇藻，冷浸一潭星。聊用永茲夕，肝膽與俱清。　　《忍寒詞》

臺 城 路

辛巳重九北極閣登高分韻得氣字

摘星樓觀高寒甚，江山看來如此。樹染霜紅，波涵黛碧，遊目危闌閒倚。驚飆乍起。但羣集飛烏，暗消英氣。漫檢萸囊，嘯餘誰共話

興廢。　清秋經閏正好，未妨相伴去，花下同醉。倦鳥還巢，殘陽暖客，翻覺風光旖旎。疎狂待理。聽落葉聲聲，滿林歌吹。向晚歸來，夢迷樵唱裏。

《忍寒詞》

定　風　波

秋盡獨行三步兩橋間，賦呈太疎樓主

黃葉疎林帶竹籬，蒼葭白葦板橋西。猶有六朝煙水氣，多麗，杖藜隨步總宜詩。　波面鍾山浮影至，濃翠，初三月好擬修眉。何日結茅同避地，蕭寺金陵寺在小邱下，梵音飄過夢魂飛。《忍寒詞棄稿》

浣　溪　沙

辛巳秋盡日留影於橋西草堂之幽篁怪石間，自題曰“枯木竹石圖”，漫綴此闋

夢醒南柯亦可咍，聊將槁木認形骸。小園爭寄庾郎哀。　倚竹新寒生翠袖，耐霜黃菊出荒臺。朔風飄送雁音來。

《忍寒詞棄稿》

七律

日本詩人今關天彭枉過寓廬賦贈

印心還藉手爲口，東坡有“以手爲口”之說，謂筆談也。相對無言情轉親。共喜衣冠仍舊俗，擬迴冰雪唱陽春。新詩合向閒中老，逸響聽從域外真。我欲三山尋樂譜，李唐聲教愧重陳。

七律

歲暮有懷拔可丈上海

　　江南二老謂散原、彊村兩丈風流遠，泯盡機心愛李侯。刧歷滄桑叨庇蔭，化行梨棗費綢繆。園林舊賞從甘捨，肝膽相投豈拙謀。好客頗聞豪似昔，可能發興散離憂。

七絕

口占寄大厂居士，時居士方病劇

　　人壽河清似可期，夢中執手一淒其。虛名欲共相料理，我亦繁霜照鬢絲。

一九四二年

五古

哭大厂居士三首

　　居士捨我去，倐忽已逾月。祝我長康健，雅詠聲頓歇。秋間居士來詩，有“近畫似儂甘淡泊，貧家得米易消磨。唯當祝汝長康健，及早相逢一放歌”之句。頗聞病榻言，稍悔生事拙。我書相慰藉，書到輒哽咽。肝膽結交意，不得一永訣。淒涼水調歌，今歲中秋，居士有和我《水調歌頭》二闋。掩淚覘遺札。

　　我初識居士，遠溯十載前。我年未三十，居士已華顛。相約究聲律，亦復勤雕鐫。百澀矜詞心居士有“百澀詞心不要通”之句，苦調發朱絃。清新五七字,得之在欹眠。<small>居士曩年來往京滬火車中,所得詩自題《欹眠集》。</small>翛然雲鶴姿,懼以明自煎。寧爲古人縛,不受俗拘牽。以此負絕藝,<small>居士兼工書畫,尤精篆刻。</small>往往艱粥饘。散亂四壁書,送老此一塵。

三歲迫貧病,辛苦強力支。時復靸雙履,買菜備婦炊。我方事舌耕,挾策步行遲。循檐偶相遇,招我一伸眉。注茗暖我軀,持餌療我飢。念我多兒女,諒直非所宜。勸我稍和光,籟兮風汝吹。爲我製小印,佩之常不離。我出爲感知,居士不我疵。平生廣厦心,呴沫空爾爲。傷哉一長慟,肯自倦驅馳。

七律

雪夜寄孟劬先生燕京

夢醒猶聞戰血腥,塞鴻衝雪影憐形。浥殘瑞露香籤集,禁慣酸風野史亭。綺語多生消夙債,南冠一老抱遺經。祇應存想麻姑爪,閒看桑生戶不扃。

水　龍　吟

題高奇峯畫《易水送別圖》

所期不與偕來,雪衣相送胡爲者。高歌擊筑,柔波酸淚,一時俱下。血冷樊頭,忍還留戀,名姬駿馬。問誰深知我,時相迫促,恩和怨,餘悲詫。　孤注早拚一擲,賭興亡、批鱗寧怕。秦貪易與,燕仇可復,逞騰吾駕。日瘦風悽,草枯沙浄,飄然曠野。漸酒醒人遠,要憑寒劍,把神威借。

《忍寒詞》

水 調 歌 頭

辛巳十二月十九日，太疎招同向之、爰居、篆青、霜杰、佩秋、彦通、伯冶、次溪集橋西草堂爲東坡作生日，是日立春微雪

涉世本爲口，此事古今忙。百年星斗天上，淒緊北風涼。即看筍香魚美，試問桑弧蓬矢，贏得是棲皇。天馬不羈勒，游戲白雲鄉。人間世，八百載，幾滄桑。衣冠又見南渡，無計話行藏。大抵文人習氣，借酒同澆塊壘，魂魄豈能嘗。佳句李侯擅，花葉佇輝光。

《忍寒詞棄稿》

七絶

自 題 畫 竹

小園新種兩三竿，蕭瑟江關祇獨看。一片傷心如可畫，拂雲猶自夢高寒。

七絶二首

次溪爲齊白石翁營生壙於
陶然亭畔，地近賽金花塚

江亭日色漸黃昏，艷説前朝傅彩雲。更有齊翁能作達，豫教穿塚伴香魂。

白髮齊翁計不疎，小紅相伴閉門居。更誇好事門生好，教看雲鬟帶月梳。

七絕

春日獨行三步兩橋間，修竹四圍，穠桃照水，低徊久之

森森翠玉泛紅霞，照影方塘幾樹花。此是仙源真境界，淡雲烘日上漁槎。

玉　漏　遲

夏悔盦丈逝世舊京，因用遯堪樂府弔彊村翁韻，以當哀些

賞音人海少。羽零宮斷，塵昏江表。樂苑深期，慳接平生歡笑。珍重彫年翠墨，又翻入紫霞悽調。歸路渺。幾多哀怨，銅仙能道。
曾是振翮南溟，甚閱徧滄桑，慧緣纔了。青簡猶新，愁絕庾郎羈抱。矜慎前朝史筆，料應得玉樓春好。春夢覺，冥迷亂峯殘照。

《忍寒詞棄稿》

蝶戀花二首

壬午金陵風雨夕作

過了清明寒尚峭。爲愛蒼松，拚作閒蘿蔦。仰看虯枝常矯矯，風來撼地牢相抱。　做弄陰晴春漸老。炫眼穠桃，爛漫從伊掃。五夜鵑聲原自好，喚回殘夢知多少。

一夕狂飆花外起。禁得餘寒，未是新桃李。淚眼倚樓情萬里，爲花豈惜朱顏悴。　幾樹青枝貪結子。願作楊絲，綰住芳韶逝。雨打風梳還自喜，宵深獨戰荒園裏。

《忍寒詞棄稿》

虞　美　人

旅居白下二年。去年有飛燕翔集，以寓宅無梁棟，巢不果成。今歲重來，卒依壁隅構壘，因感其意，爲賦此闋

河山變色雕梁毀，未忘前游地。了無憑藉苦經營，至竟綢繆隔歲看巢成。　　天涯盡處多風雨，雙翦衝寒去。不隨鴻鵠慕高翔，長是呢喃商略駐春光。

《忍寒詞棄稿》

七律

伏中集橋西草堂，主人出示新什，
次韻奉報，兼簡天彭

壺中自闢小蓬瀛，射虎將軍共識名。揮麈談玄忘坐久，啓窗延綠覺涼生。春華摛藻從賓戲，寶劍論交有客卿。泯盡機心均物我，鷗波起處看詩成。

水　龍　吟

六月既望絜兒輩泛舟玄武湖，夜静歸來，寫以此曲

我來剛及紅酣，亂峯銜取殘陽墜。畫橈點鏡，沙禽按拍，冰簫乍啓。素影徘徊，清輝散朗，萬姝嬌睇。問初醒宿酒，暗搖仙佩，知解得，留人未。　　數點荒螢照水，纖蒼蒹、似森兵衛。偊離蠻語，悠揚笛韻，一時俱起。風月無邊，湖山信美，與誰同醉。但滄波返棹，團圞幾處，領新涼味。

《忍寒詞棄稿》

木 蘭 花 慢

聞海綃翁以端午後一日在廣州下世，倚此抒哀

膡芳菲楚佩，儘孤往，戀殘陽。奈撼地鯨波，極天烽火，瞬歷滄桑。興亡，那知許事，咽危絃酸淚不成行。未信春蠶已老，肯同遼鶴來翔。　　繁霜。百感共茫茫，還飽一枝黃。甚忍寒滋味，方憑雁信，去秋曾得翁書，并見寄《木蘭花令》詞，不料竟成絕筆。竟泣蒲觴。淒涼，幾多怨悱，寄騷心異代黯相望。泉底冰綃湿透，一鐙樂苑重光。

《忍寒詞》

七律

次韻太疎樓主《大熱池上夜坐》

斜日烘簾勢轉強，餘紅歛盡尚如湯。慣遲月作高寒境，那得冰澆塊壘腸。大患有身還惜逝近方爲香宋、海綃諸翁校錄詩詞遺稿，小休無術況聞香。此時輪與橋西老，自噴飛泉挹晚涼。

七律

大熱再和太疎樓韻

汗出涔涔似挽強，風來一霎更揚湯。儘容盛氣穿簾幕，可有餘威入肺腸。轉徙東西如避寇，校量魚魯替焚香。此心淡到忘言處，消得閒庭半夜涼。

七律

再用前韻答天彭先生

飄然詩思出仙瀛，怪底難將一體名。遺世風標欽特立，感時襟抱契平生。心親每喜攀晁鑑，游倦翻愁擬馬卿。愧負山靈歸未得，蓮開火宅計誰成。

七律

熱甚和太疎樓主

倦抛書帙思昏昏，炙背炎威酷似燔。靜入澄波諳物性，嬾憑冰簟慰魂痕。世情細味甘恒苦，涼意終回怨轉恩。早晚天容看自改，沛然一雨劃愁根。

七絕

曉游滄浪亭漫成一絕句

寒籐老樹綠陰陰，獨倚危亭聽曉禽。陵谷未移人換世，偶來弔古一沈吟。

五律

秋日詣秋心樓呈白袈居士

事去徵先覺，往歲偶得居士四十年前所著游記，論東省事甚悉，不料一一皆驗矣。愁來付短吟。常懸憂國淚，未老濟時心。一脈看消長，孤懷契淺深。樓前秋色好，肯放夕陽沈。

七絕

寓　樓　晨　眺

曉煙籠樹遠黏天，收拾閒愁結净緣。莫笑先生無寸土，蔣山秋爽一窗專。

點　絳　脣

孝魯屬題陳小翠畫天寒倚竹便面

雁信來時，可憐人怯西風瘦。黛眉長皺，新恨年年有。　點點斑斑，淚痕紅浥雙羅袖。沈吟久，便娟依舊，日暮還相守。　　　《忍寒詞》

鷓　鴣　天

有限年光逐逝波，秋心人意兩蹉跎。梧桐策策傳霜信，絡緯幽幽吐怨歌。　啼宛轉，影婆娑，平生只覺負恩多。誰能得似南朝柳，一任驚風撼弱柯。　　　《忍寒詞棄稿》

高　陽　臺

聞後湖游觀之盛，詞以紀之

遠岫羞鬟，長波妒盼，飆輪載得娉婷。生色湖山，真成一顧傾城。儂家待化身千億，向水湄、擲作去聲繁星。甚金吾，亂拂鞭梢，莫解春酲。　江南自昔宜脂粉，恁嬌啼宛轉，憐我憐卿。畫戟凝香，還看墮履縱橫。休驚蛺蝶輕狂甚，護花枝、穩繫金鈴。佇重來，共聽簫韶，忘卻飄零。　　　《忍寒詞棄稿》

141

卜　算　子

壬午重九集橋西草堂，以杜詩分均得老字，
爰拈小調賦呈主人

高會自年年，我願能忘老。猶有幽蘭擢素枝，坐愛秋光好。　　照影向清池，一任風吹帽。料比黃花晚更香，長共金尊倒。

臨　江　仙

用石林詞韻寄懷呂碧城香港

刧罅偷生無意緒，沈寥誰暇悲秋。橫流何處著扁舟。淡煙斜日裏，望斷海西頭。　　絕域歸來音信阻，邊烽曾傍高樓。料持清梵遣煩憂。只餘心淨土，聊可共淹留。
　　　　　　　　　　　　　　　　　　　　　《忍寒詞棄稿》

水　調　歌　頭

秋日寄方君璧女士燕京

萬類困陵暴借用昌黎詩句，腕底挾風霜。乾坤多少奇境，巨刃倩誰揚。看寫胸中丘壑，何必荆關董巨，別樣顯光芒。堪笑輿臺輩，寧解陣堂堂。　　起衰力，資融會，得恢張。江山故國如畫，輝映有殘陽。幾許朱闌碧瓦，帶以白雲黃葉，何似在仙鄉。攝取入油素，未用感滄桑。
　　　　　　　　　　　　　　　　　　　　　《忍寒詞棄稿》

七絕

秋曉有懷天彭先生

一自歸帆向海東,思君望斷早霞紅。楓林瑟瑟金風裏,知得秋心幾處同。

七絕

夢　中　作

荻花風裏雨明霞,聽得霜鴻頗憶家。鴉軋六朝流水外,淡煙寒日送生涯。

一九四三年

小　重　山

得衡叔黔中來書卻寄

萬里迢遥一紙書。可能將斷夢,到東吳。伶俜相伴短檠孤。流落感,搔首只長吁。　夙願總成虛,春姿迴得未,費踟躕。梅鬚柳眼看徐舒。山居好,酒價近何如。

《忍寒詞棄稿》

好　事　近

一九四三年二月二十七日偕第三次全國教育行政會議會員同往孝陵看紅梅,歸賦此闋一點是冰心，幾度夢魂飛越。盼到江南春信，玩無邊風月。　峭寒消得百宜嬌，淺醉上雙頰。記取紫金山畔，共低徊情熱。

鷓　鴣　天

癸未元宵前二日五更燈下作

淑氣知應解斷冰，幾人春夢尚葺騰。梅枝坐對嬌酺酒，硯鐵磨穿定似僧。　花盡態，信難憑，祇將孤影媚孤燈。窗前一陣鴉啼過，倩染華顛病未能。　　　　　　　　　　　　　　　　　　　《忍寒詞》

聲　聲　慢

呂碧城女士怛化香港，倚聲寄悼

荒波斷梗，繡嶺殘霞，迢遥夢杳音書。臘盡春遲，花香冉冉愁予。女士最後寄余書，以十二月二十一日發，一月二十四日到，正女士往生時也。浮生漸空諸幻，奈靈山、有願成虛。人去遠，膯迦陵悽韻，肯更相呼。來書諄勸學佛，有"言盡於此"之句。　慧業早滋蘭畹，共靈均哀怨，澤畔醒餘。攬涕高丘，女士有宅在瑞士雪山中，往年曾貽影片。而今躑躅焉如。慈航有情同度，瞰清流、拚飽江魚。女士遺命將遺體火化，骨灰和麵爲丸，投諸海中，結緣水族。真覺了，任天風、吹冷翠裾。　　　　　　　《忍寒詞》

七絕

陪知堂老人一行赴蘇州掃章太炎墓，
謁俞曲園春在堂，歸途中作

昨來飽吃石家飯木瀆石家飯店以精肴饌著稱。醉上靈巖最高層。載取江南好山色，暖風扶夢到金陵。

七絕二首

癸未暮春與啓无陪知堂老人
泛舟玄武湖作

山影低昂水拍堤，長堤一帶草萋萋。騁懷未悔嬰塵網，狎慣風波是鷗鶒。

依然湖面水拖藍，淺綠嫣紅一鏡涵。最是令人忘不得，那回清唱此清潭。往歲與吳霜厓翁泛舟湖上，翁令門人吹笛，自歌所爲雜劇，望之飄飄然有出塵之想。

賣 花 聲

寓園杏花三株爛若絳霞，風雨連宵，零落殆盡，感賦此闋

斜日媚三姝，淺醉誰扶。冰綃剪出費功夫。賺取詞皇多少淚往歲陳蒼虯翁得宋徽宗畫牡丹圖，題曰"詞皇閣"，紅濕春蕪。　殘夢五更初，雨驟風疎。玉容啼損柳眉舒。從此人間花不斷，恩怨何如。

《忍寒詞棄稿》

七絕六首

春末寓園雜詠

細探橫枝綠漸抽，一春風雨替伊愁。怪來小挫干霄氣，爲護深根不自由。

新栽楊柳亦鬖鬖，吹拂東風氣自酣。一帶矮墙相護惜，防他攀折恐難堪。

初乳新桐蘸嫩黃，何愁火傘漸高張。蟬聲聽向清陰出，賺取窗前

六月涼。

烏桕三株已半枯,無私雨露總涵濡。即看禿幹迴生意,待染霜紅入畫圖。

蠶豆花先豌豆開,探花胡蝶忽飛來。翩然莫辨花和蝶,只盼登盤翠玉堆。

桃杏隨他鳥雀銜,閒花野草未須芟。荒園小試壅培手,便覺風光已不凡。

七絕

油 條

交股黃金照鬢華,寒家風味儘堪誇。朝朝向汝量長短,莫道吾生是有涯。

長歌

癸未端午後一日與騰霄將軍
相見金陵,贈以長歌

煙塵莽莽正愁絕,眼底幾人秉忠烈。自聽陳八說威名,未見將軍已心折。昨來把臂傾肝膽,颯爽英姿果人杰。閿鄉古縣傍河潼,形勝由來爲誰設。造物于我似特厚,生生所資了無缺。族類繁衍遂至今,吾土寧容遭分裂。所嗟百年不自振,擾擾紛紛那可說。將軍智勇實兼具,立談使我肺腸熱。默數鄉賢各有慕,彭澤湯陰志豈別。悠然采菊向東籬,得得尋芳趁明月。而我頻年激知遇,時艱未忍遽守拙。明主憂勤孰當省,所賴將軍有奇節。剝復之機料不遠,長歌相贈情轉切。

七絕

寫寓園新栽竹贈王生

勁節凌霄夢豈忘，羣兒且莫漫評量。君看地底蟠根穩，風雨來時喜欲狂。

五古 四首

初夏寓園雜詩

新栽數行竹，枝葉何青青。當窗挹其華，心目與之清。矯矯凌霄節，粲粲露珠瑩。向來移植初，日夕憂其傾。蟠根一以固，乃與風雨爭。低昂奏奇舞，蕭寥發妙聲。仰天一大笑，浩氣縱橫生。惟剛乃能柔，以此悟物情。

清晨縱家畜，鷄鴨自爲羣。乃知聲氣感，匪特人禽分。非種故難合，鋤惡所必勤。物各遂其生，爭奪何紛紛。奮身護其類，天乃作之君。鷹鸇方側睨，使我心如焚。

分畦種瓜豆，一雨豆苗蘇。瓜亦引其蔓，延緣向墻隅。至仁感天心，有生靡不濡。蓬蒿乃競長，輒復勞芟鋤。瓜實不如豆，而似有長圖。觀其蔓所到，圍密無隙疏。封疆日以固，花葉縱橫舒。內强孰能侵，此意定何如？

幽居觀物化，頗亦能達生。代謝理之常，所蛻惟其形。缺月有再圓，枯花有重榮。但令種不滅，當春復青青。所以忠烈士，義重身可輕。獨持向陽心，俯仰發深情。

浣 溪 沙

癸未初秋北遊過玉泉山作

一境清涼得暫窺,古苔留碧浸秋暉。西風蔓草尚離離。　天半玉樓縈斷夢,望中煙岫鎖修眉。登臨何必悵人非。　　　　《忍寒詞》

采 桑 子

癸未初秋於萬壽山之介壽堂獲晤溥心畬,賦贈

心期廿載初相見,託跡煙蘿。把手狂歌,殘照西風感慨多。　丹青妙出天潢裔,誰似鷗波。肯作鷗波,如此湖山奈爾何。

《忍寒詞棄稿》

臨 江 仙

中元前一日與周豐一北海納涼賦贈

柳葉鳴蜩綠暗,荷花落日紅酣借用半山詩句。居然秀色勝江南。幾多興廢事,閒聽野人譚。　雨過初消殘暑,時移分領餘甘。帝都風物漸能諳。快依名父子,長憶苦茶庵。　　　　《忍寒詞棄稿》

水 調 歌 頭

送騰霄將軍出任蘇淮特區行政長官

明主遣飛將,坐鎮古徐州。誰云天限南北,擊楫渡淮流。戲馬臺前臨眺,霸氣銷沈未久,待子補金甌。起舞值霜旦,嚴令肅於秋。天下事,幾青眼,與吾謀。平生爲感知遇,所願得分憂。淬礪江東子

弟，相率中原豪傑，風雨共綢繆。擬挹坡仙韻，攜酒上黃樓。

七律

癸未重九日太疎將軍
約同北極閣登高次韻

人間最好是秋陽，故國山圍尚鬱蒼。遠夢乍溫風轉急，危欄倦倚跡寧藏。早拵黃菊荒三徑，待染丹楓繡十方。孤負橋西餕酒美，是日草堂招飲，因事未赴。勞勞自笑爲誰忙。

五古三首

秋末寓園雜詠

四時遞推遷，可喜惟秋最。開軒延爽氣，頓感天爲大。層岡帶紫霞，木末展彩繪。搖落奚足悲，堅貞良所賴。君聽竹柏叢，峭風激清籟。不有肅殺威，何以去蕭艾。冤哉屈宋來，此意幾人會。

當春飼羣雞，日夕望其長。毛羽稍已豐，頗復愜心賞。兒曹競調弄，呼至承以掌。不鳴也不飛，曠若發遐想。機心各已泯，相愛不待強。頗疑人禽間，氣類本相仿。誰能縱口腹，殺彼以自養。即此悟仁術，吾志日以廣。

有生各爲口，競欲肥其腹。人特嗜芻豢，以此相馳逐。自從喪亂來，資生苦不足。豬價高於人，念之爲嚬蹙。食貧看同舍，頗亦事家畜。可笑彼癡兒，拜手向豬祝。願汝速肥大，飽啖惟汝肉。豬也爾何知，相哀兩觳觫。試爲叩蒼昊，此情定誰酷。

七律

十月十七日太疎將軍招集橋西草堂
爲放翁作生日,次韻呈主人

昏燈愁對凜霜華,終冀河潼返漢家。卒歲蹲鴟半飢飽,倚天長劍競豪奢。青春驅使堂堂在,白髮飄蕭漸漸加。飛將英風如可接,夢回猶自咽清笳。

七絕

柱尊校長招集農場賞菊,
席上次太疎韻賦贈主人

不愁天際有輕陰,彈向枝頭淚鑄金。一樣壅培誰耐久,霜華莫向鬢邊侵。

鷓 鴣 天

紅豆館主溥西園棲隱後湖,賦此寄之,兼求畫竹

避世桃源別有村,蒹葭秋水總銷魂。霜髯灑脫真龍種,法曲飄零舊夢痕。　沙塞遠,暮煙昏,聊從物外寄閒身。毫端未掩干霄氣,一樣難忘是此君。　　　　　　　　《忍寒詞棄稿》

一九四四年

七絕

夜　歸

藏夢層樓倚睡岑，鍾山不語夜沈沈。誰知磊落如丸月，卻見蒼茫萬里心。

七絕

甲申清明前十日若水仁弟出拙著索題，是日中大同學來寓園看桃花者十餘輩，因書一絕紀之

沈冥一往是騷心，掩卷低回思不禁。桃李門庭開自好，未愁風雨作春陰。

七律

甲申清明前七日自
浦口乘火車至徐州

多壘能來亦快遊，長溝相送到徐州自蚌埠以北新掘長壕以護鐵道。暗嗚人物懷西楚，厚重山形似絳侯。麥浪搖風翻海碧，柳煙籠暝挾天浮。即看丘隴農忙甚，誰信兵戈尚未休。

念　奴　嬌

甲申清明前一日騰霄招登雲龍山作

澄清攬轡，看諸山環抱，滿城春色。此是兵家形勝地，眼底興亡

151

歷歷。鐵軌縱橫，銀燈晃漾，萬戶炊煙直。偶來臨眺，郊原芳思如織。　遐念叱咤風雲，臺荒戲馬，霸氣成陳迹。誰似將軍能整暇，緩帶同尋泉石。放鶴遥情，安瀾雅度，夾路人爭識。浩歌歸去，月明歡照旌戟。

《忍寒詞棄稿》

七律

明思宗殉國三百年紀念日作，
是日爲予生辰

霧籠缺月挂枝頭，三百年來恨未休。寇燄方張原肉腐，宵衣無奈拙人謀。保民哀詔嗟何及，沈陸繁憂恐不侔。爭得君臣成一體，死生相望淚難收。

七絶

甲申端午題張生壽平苦臥庵詩詞課

情無可忍身長臥，事有難言意未灰。嘔出心肝琢佳句，斷腸何止賀方回。

七絶

憶　大　厂

叠叠遺篇墨瀋新，天將閒淚付羈人。詩筒不到泉臺路，燈影迷離一愴神。

七絕

畫 竹 贈 洗 齋

坡仙妙墨鮮流傳，喜子風流繼昔賢。惟有琅玕能比德，他年重與證因緣。

七絕二首

題黃永年藏《兩漢金石記》

蘇齋此學古無儔，想見銀燈細校讎。珍本流傳誰護惜，吳門戈與貴池劉。

摩挲合遣有涯生，回首承平一愴情。猶喜漢唐文物在，宵深疑聽忽雷鳴。

一九四五年

虞 美 人

甲申除夕德國霍福民博士來飲寓齋，
乞作疏篁，并綴小詞爲贈

歲寒難致同心侶，春意生芳醑。任他兵火尚連天，且喜團圞共話一燈前。　酒闌按曲聯聲氣，海客情尤至。博士在漢堡大學專攻中國詩詞，云在彼邦讀予所輯《詞學季刊》，神交已久也。洗兵看到挽銀河，翠玉森森相倚和高歌。

《忍寒詞棄稿》

七絕

率題一絕句贈別壽平仁弟

幾多幽怨發心聲，一卷纏綿萬古情。要遣人間成淨土，未須長作不平鳴。

七絕

乙酉初春縵安屬寫孤生竹，
並書俚句寄之

巖阿冉冉竹孤生，似向風前訴不平。直節寧愁霜露重，自聽戛玉振清聲。

減 字 木 蘭 花

乙酉春滬上重遇郎靜山賦贈

身原將種，雅尚閒將柔翰弄。丘壑羅胸，縮地能侔造化功。　名山勝水，變幻煙雲收腕底。裁翦天衣，摩詰詩心入畫時。《忍寒詞棄稿》

臨 江 仙

許生學受以予忠耿被災，屢來相慰，且爲代謀設帳授徒之地，藉脫塵網。宵深握別，相向黯然。近事惟有痛心，伏櫪壯懷，固未已也。爲寫修竹三竿，並綴小詞爲贈

風雨深宵相慰藉，世間直道猶存。未須惆悵説銷魂。壯歌頭可斷，高閣夢常温。　不信虛心持勁節，坐令終古蒙塵。舉杯屬影已三

154

人。新篁相夾輔,明月是前身。 　　　　　　　　　《忍寒詞棄稿》

七絕

題自畫半枯竹贈吳生天驥

半枯心事未全灰,冉冉孤生總可哀。猶許世間存直道,不應憔悴委蒿萊。

朝 中 措

乙酉端陽冰如夫人遣人饋節禮,
感時傷逝,悲不絕於予心,賦呈此闋

九疑雲杳屈沈湘,時節又端陽。倘許慈航能度,傷心難話興亡。　舊鄉臨睨,蒼生霖雨,萬感悲涼。贏得丹誠耿耿,淚珠彈入蒲觴。
　　　　　　　　　《忍寒詞》

沁 園 春

金陵大雪中作

亂灑歌樓,旋點征衣,凝想絮飄。看大裘覆處,黃雲慘慘,驚風捲罷,濁浪滔滔。庾嶺春回,灞橋人杳,誰信寒梅格自高。昭君遠,任胡沙撲面,一樣妖嬈。　啼妝分外多嬌,正雙垂玉箸倚牆腰。對天低曠野,長歌敕勒,冰開蘭枻,待續離騷。孰與亡秦,相將入蔡,奏凱歸來且射鵰。銀山湧,愛軟紅光裏,霽色明朝。
　　　　　　　　　《忍寒詞棄稿》

155

浪 淘 沙

乙酉十二月一日昧旦有懷留京兒女作

耿耿向宵闌,悽感無端。誤身原祇爲儒冠。閒把杜陵詩詠罷,歸雁聲酸。　曙色入窗寒,熱淚偸彈。尋思不信見時難。興廢總關吾輩事,報道心安。

《忍寒詞》

黃 鶯 兒

歲暮覉留白下,與呂、曹諸君
爐邊談藝,戲效升庵小曲

煑茗佐清歡。任嚴霜,戶外寒。未應青眼摩挲倦。年光漸闌,瑤琴自彈,鮫珠祇向心頭嚥。奮飛難,翻憎歸雁,嘹唳過雲端。

《忍寒詞》

一九四六年

黃 鶯 兒

歲闌得順宜長女所寄字

老鶴自梳翎。歎風波,已慣經。前番不似今番甚。倉皇過庭,微茫見星,酸心報得平安信。夢難成,晨雞坐聽,救我望緹縈。

《忍寒詞棄稿》

156

木 蘭 花 慢

吳 門 初 夏

悵哀絃罷撫，對流水，問歸期。奈屬氣浮天，腥埃匝地，誰護荷
衣。淒迷，亂煙落照，向吳臺苦聽夜烏啼。一樹新桐漲綠，半輪孤月
揚輝。　支離瘦影自相依，幾處動荒雞。便爲伊憔悴，惜花心事，祇
有天知。低徊小窗短榻，禮空王夢逐片雲飛。醫得衆生無盡，休論芥
子須彌。　　　　　　　　　　　　　　　　　　　　　《忍寒詞棄稿》

朝 中 措

丙戌端陽前一日作

寒流幾曲鑑鬖眉，心似亂雲飛。別有虎狼窺伺，懷沙新恨誰
知。　相逢一笑，予懷渺渺，宿草離離。淚激旁人偷墮，何須苦戀
斜暉。　　　　　　　　　　　　　　　　　　　　　　《忍寒詞棄稿》

南 鄉 子

丙戌吳門重九和東坡

一雨暑纔收，夢裏來尋白鷺洲。殘醉未醒風驟緊，颼颼，搔斷霜
絲怕轉頭。　煮茗欲誰酬，孤負江南一段秋。賴有屏風遮望眼，休
休，賦罷蘭成只自愁。

點 絳 脣

秋盡江南，重門深鎖，牆陰月季偶放兩三花，楚楚可憐，既倩沈銘

竹翁爲寫真，因題此曲

　　一點春心，朱顏不共秋光老。驚風似笑，欹側殘英小。　倦倚牆腰，禁得清霜飽。休煩惱，萬紅都掃，誰妒花枝好。　　　　　《忍寒詞棄稿》

高　陽　臺

丙戌初冬賦呈冰姊

　　望杳遺弓，愁侵短鬢，夢回蟬曳殘聲。前席虛懷，如今怎奈蒼生。丹楓已逐吳波遠，亂悽笳、創雁宵征。怕飄零，向暖南枝，疎淡梅英。　陰凝可是回陽候。但憑將朔氣，洗出青冥。瘦了黃花，依然卓立霜晴。滄桑一霎渾閒事，忍伶俜、看轉春榮。正關情，換譜幽蘭，淺醉瑤觥。　　　　　　　　　　　　　　《忍寒詞棄稿》

一九四七年

望　江　南

丁亥春日自題畫竹贈家珠

　　霜根老，未怕曉寒欺。日出當窗橫翠影，風來戛玉見冰姿。婀娜自禁持。　　　　　　　　　　　　　　　《忍寒詞棄稿》

七絕

丁亥春寫雨竹寄壽平臺灣題句

　　無復豪情寫竹枝，悠颺歸夢與誰期。投荒萬里吾何有，暮雨瀟瀟啼子規。

五律

壽平自臺灣寄詩相慰，次韵報之

惘惘經年別，江南起緑波。只應看落日，誰與挽天河。蟻穴猶酣鬭，藜牀且浩歌。心魂各留取，遲我有輕舸。

【校】

作者手跡署"丁亥清明後五日忍翁書于吳門獄中"。

七絶

丁亥立夏後三日觀世音菩薩生日，培椿賢侄自京來晤，不見十數年矣，遽爾英發，喜寫此幅貽之

同根迸出新生筍，別後重看似箇長。莫訝百年真旦暮，枝枝葉葉有輝光。

【校】

作者手跡詩題無"觀世音菩薩生日"七字，詩後署"觀世音菩薩生日忍寒居士記於吳門"。

八　六　子

丁亥冬湖帆寄示送退庵南歸詞，
兼及退庵和作，動余悽感，爰亦繼聲

耿衰鐙，粉牆摇影，思量怎遣多情。聽空外征鴻嘹唳，牖間枯柳蕭騷，夜深露零。　憑誰參證無生，廿載芳期長負，百年流電堪驚。

待檢點、飄浮聚漚身世,庾郎愁賦,淚綃偷揾,翻看蜃氣樓臺總幻,槐柯封域猶爭。叩禪扄,沈沈睡眸乍醒。　　　　　《忍寒詞棄稿》

一九四八年

七絕

戊子秋厦材長男將北學於清華,檢此方君璧爲余畫像付之。阿爺老矣,平生微抱,猶望吾兒有以發揮之也

隆準由來幾代同,高天厚地一詩窮。昂藏喜汝强於我,莫負泱泱大國風。

龍七歌曲集

玫 瑰 三 願

龍七詞　黃自曲　一九三二

玫瑰花,玫瑰花,爛開在碧欄杆下。
玫瑰花,玫瑰花,爛開在碧欄杆下,
我願那妒我的無情風雨莫吹打!
我願那愛我的多情遊客莫攀摘!
我願那紅顏常好不凋謝!
好教我留住芳華。

過閘北舊居

龍榆生詞　劉雪庵曲　一九三二年

昔日團圞共話，今朝流落堪嗟！

十里繁華，經幾番，灰飛彈炸？

是何人，毒手相加？

深仇不報寧容罷，

歧路交叉。

想當時，有多少，壯士頭顱，英雄熱血，

向此飛灑。

謾道和平，漸銷盡，頹垣敗瓦。

荒煙散馬，斷樹啼鴉。

黯一片，斜陽西下。

何處認吾家？

悼黃自先生調寄采桑子

龍七詞　譚小麟曲　一九三八

俄然夢覺何曾死，聲在琴弦。人在心弦，一曲悲歌萬口傳。　惟憐志業捐中道，待究陳編。未竟新編，留待芳菲啟後賢。

紅　葉

龍七詞　錢仁康曲　一九三九年

聽、一陣兒蕭蕭，看、一陣兒飄飄。

才離樹杪，乍入雲霄，醉釅雙臉狂年少。

萬里乘風意氣豪，亂點征袍。

聽、一陣兒蕭蕭，看、一陣兒飄飄。

如人告老，似燕辭巢，當春料得歸來早。

換取新容上舊梢，別樣風標。

聽、一陣兒蕭蕭，看、一陣兒飄飄。

霜凋腐草，雪養新苗，明年定比今年好。

壓力加强志愈高，莫怨漂搖！

山雞救林火 [1]

無可詞　錢仁康曲　一九四〇

一陣陣的狂風，吹起了烈焰熊熊。

火海波濤，起伏奔騰西復東，照徹滿天紅。

劫灰到處，有生之類無遺種，痛！痛！痛！

飛，飛，振起紅翎，將身投入寒汀，

只恨枝枝毛羽，不得化爲蓄水瓶，

灑遍長林豐草，煙消火滅洗餘腥。

飛來飛去忍暫停，點點滴滴，拚同烈燄爭。

山雞啊，救此火，要傾東海波。

你力幾何？瀆水苦無多！

---

〔1〕 "山雞救林火"本事："龍樹菩薩造《大智度論》卷十六：昔野火燒林，林中有一雉，勤身自力，飛入水中，漬其毛羽，來滅大火；火大水少，往來疲之，不以爲苦。是時天帝釋來問之言：'汝作何等？'答言：'我救此林，愍衆生故。此林蔭育處廣，清涼快樂，我諸種類，及諸宗親，并諸衆生，皆依仰此。我有身力，云何懈怠，而不救之？'天帝問言：'汝乃精勤，當至幾時？'雉言：'以死爲期。'天帝言：'汝心雖爾，誰證知者？'即自立誓：'我心至誠，信不虛者，火即當滅。'是時净居天知菩薩宏誓，即爲滅火。自古及今，唯有此林，當獨蔚茂，不爲火燒。"

儘你來往如梭,力竭聲嘶,奈此巨災何!

思量! 此林蔭育廣,凡我族類、我宗親,及諸有情,依他生長,快樂清涼,忍使遭殃!

死而後已,盡吾心力不徬徨!

死而後已,盡吾身力不徬徨!

春 朝 曲

無可詞　錢仁康曲　一九四三

聽聽,聽聽,枝上鳥鳴,嚶嚶,嚶嚶,嚶嚶。

一輪紅日射窗明,爭開桃杏,妝點陽春美景。

醒醒,醒醒,莫戀香衾,誤了前程。

醒醒,醒醒,莫戀香衾,誤了前程。

小 夜 曲

無可詞　錢仁康曲　一九四三

携手出花陰,夜氣沈沈。

我待獻給你一顆心,明月多情爲照臨。

願深深,換我心,做你心。

願深深,換你心,做我心。

兩顆心化作一顆心,明月多情爲照臨。

是這筆桿兒誤了我

無可詞　錢仁康曲　一九四三

是這筆桿兒誤了我!

害得我，肩不能挑，背不能荷。

我歷盡了風波，受盡了折磨。

用盡了心思，換不到柴幾根，米幾顆！

我的兒啊，你餓！ 我的兒啊，你餓！

是這筆桿兒誤了我！ 我的兒啊，你餓！

骸 骨 舞 曲

無可詞　錢仁康曲　一九四三

　　日本東寶劇團，來京獻藝，有名骸骨舞曲者，於慘綠燈光，現枯骸四具，兩兩相抱而舞。予感其意，爲賦此詞，將使音家作譜傳之，倘有契於釋氏觀空、莊生至樂之旨乎？

記不起當年玉貌，幾曾見色衰花落，

珊珊鎖骨相偎抱，樂陶陶。

不似人間恩愛難常保，榮華富貴容易把人拋。

緊相偎抱，清歌曼舞昏連曉，樂陶陶。

滄 浪 吟

無可詞　錢仁康曲　一九四三

舊賞園林，偶然重到，無聊，獨向荒亭登眺：

隱隱青山出樹梢，殘霸烟消，傷懷弔古誰同調？

瞧！ 老樹枝交，舊時翡翠尚安巢，朝陽射林表。

妙音同奏，間與松風閙市朝，自由自在頻頻叫，我恨不如禽鳥。

瞧！ 木葉初凋，晚風吹面冷蕭蕭，殘荷向池沼。

容光朗照，半脫紅衣態轉嬌，粉妝帶露隨啼笑，我恨不如花草！

秋到江南暑漸消，幾處笙歌閙初了，思量往事夢迢迢。

滄浪韻杳,喬木風高,唱徹新詞轉寂寥。

洞 庭 樵 唱

龍七詞　錢仁康曲　一九四七

圖得耳根清净,揀湖山好處,結個茅亭。

種幾樹梅花,數行修竹,恰稱吾廬三徑。

有誰知我此時情? 對飲碧蘿春茗。

消領,幽幽鳥鳴,潺潺水聲,更一聲清磬,到此何妨過一生。

風度幾重山嶺,送松濤如吼亦堪聽。

興來時,登上遊艇,看碧波如鏡,穩浮雙影,飄過長汀。

愛遥峰,恰與黛眉相映。

一忽兒風興,做出許多煙景,背斜陽鷗飛拍拍,色彩分明。

太湖三萬六千頃,山輝日晶,盪我精靈,悦我心性。

好一派波光雲影,歌韻天風相應。

有個人,同我此時情,身在最高峰頂。

梅 花 曲

龍七詞　錢仁康曲　一九四八

忍受了經冬霜雪,爭取春回,燦燦滿枝花發。

一陣陣的芬芳酷烈,一重重的光輝皎潔。

也宜風,也宜月,也宜風,也宜月。

喚得蜜蜂來,爲報好消息,

説道：我們的國花,開了,開了,開了,開了。

好把融和氣象,傳遍了南北東西。

南北東西,南北東西,大家歡悦,大家歡悦。

一朵鮮花

龍七詞　錢仁康曲　一九四八

一朵鮮花，開在風前，花身儘向枝頭顫。
柔情宛轉，盡態極妍，
你看：是愛憐還是殘忍？

一朵鮮花，供在燈前，花顏已是時時變。
紅愁綠慘，弄影娟娟，
你看：是愛憐還是殘忍？

玉樓春曉

龍楡生配詞　徐立蓀傳譜 五十年代

對朝霞初泛驚啼鳥，枝頭春鬧。
帶露花濃最娛人，萬紫千紅爭嬌。
人意全同春好，喜溢眉梢。
遍野農歌透雲霄，騰起歡潮。

下編　葵傾室吟稿

一九五〇年至一九五二年

破 陣 子

一九五〇年一月，真兒將隨
二野軍政大學入川，賦此送行

喜得人民解放，提高學習精神。萬里長征尋偉蹟，三峽奔流洗戰塵。歡呼大進軍。　擁護和平建設，肅清殘匪遊氛。國事擔當同大眾，壯志飛揚趁好春。天涯情更親。

浣 溪 沙

碩果亭看花和敍甫韻

艷絕無香是海棠，華清浴罷見容光。夜深風露愛啼妝。　小有園林甘淡寞，也曾歌酒放顛狂。沈吟亭角下斜陽。

七絕六首

己丑除夕，金陵和
白石《除夜歸苕溪》韻

午霽鍾山雪未消，南朝舊夢去迢迢。水仙梅蘽俱蕭瑟，辛巳除夕，初客金陵，雙照樓主夜半贈詩，有"梅花如故人"之句。誰播幽香過野橋。

只將憂患當歡娛，天遣殘軀住北湖。波面眉痕欣乍展，草根生意看重蘇。

阻守江淮夢未成，隔年烽火照層冰。倉皇北顧全無策，坐憶崩奔幾處燈。

169

多生作繭惜春蠶，晦跡和光兩未諧。試檢十年襟上淚，細量腰衱製春衫。

幾曾燒燭警棲鴉，卅載團圞客裏家。振翼諸雛漸分散，卜歸閒數鬢邊花。

榾柮徐煨火力微，前宵風雪點征衣。石湖風義堯章老，新向吳淞作客歸。

七絕

庚寅元宵後一日寫寄美宜吾女臺灣

萬里尋夫壯汝行，遙聞熊夢已分明。阿爺日向雲涯望，抱得孫歸看太平。

絳都春

庚寅上元後二日，泛棹玄武湖，風日暄麗，
天楫倚夢窗此曲索和，勉爲繼聲

金搓繡綫。愛稊柳向陽，雲烘波暖。淡掃黛蛾，慵搵鮫綃腰肢軟。瓊漿間釀春深淺。乍驚落、江梅千點。畫船撑去，清吭慢引，恍臨仙苑。　看徧，豐肌秀靨。更回盼、料也含情無限。藻鑑變容，奩匣消香滄桑換，殘脂不浣如花面。正人倚、玉樓西畔。待他綠暗紅酣，翠尊遞薦。

七絕三首

初秋風雨中挈英兒至下關中山碼頭，送廈材、雅宜北行，漫成三絕句，録寄真兒一讀

離亭小立笛聲催，寧靜看成致遠才。執手欣然翻哽咽讀入聲，隔江濃霧漸吹開。

偏憐體弱轉嬌憨，玉立風前興自酣。五柳家風勤學圃，歸耕傍我住江南。

檻外江風不斷吹，衰遲原未倦奔馳。阿爺多少傷心事，只有寒濤細雨知。

五古五首

述 懷 五 首

餘勇忽可賈，聽唱東方紅。誰歟備艱阻，兹乃慶成功。理論與實踐，物物相交融。含英吐糟粕，息息古哲通。上承禹墨志，遠把馬列風。易俗以勤樸，終的則大同。洪流洗積垢，陰翳俄已空。起衰持久戰，豐烈摩蒼穹。我讀整風論，躍起心忡忡。惆悵平生懷，恨不早相逢。前愆如可贖，忍淚自反躬。卅載事教學，所願愜微衷。鍼砭洞癥結，賴此豁心胸。我讀文藝譚，體味意無窮。只嗟筋力衰，難角壇坫雄。條起自振厲，逝欲彎強弓。萬一死沙場，浩歌聲未終。聲或追海燕，氣且破鴻濛。事不由身歷，情緒何由充。乃悟真作者，粉澤難爲工。我讀生産令，屯墾古所崇。誰能善處兵，大本在歸農。先機燭幽遠，碩畫想雍容。如彼燈塔光，氛霧不能蒙。如彼向曉日，鮮鮮出瞳曨。窺天慙以管，言小論則公。

家世本業農，我父始讀書。清季爲廉吏，晚歲仍荷鋤。我生纔五

齡，慈母遽先徂。十歲遵父教，專壹報勞劬。文史恣鑽研，斐然弋虛譽。第不勤四體，駸成積弱軀。二十賦遠游，旅食試授徒。一年課小學，中學五載餘。但服孔氏訓，厭倦我則無。敢言相長功，謬作百年圖。自顧亦何有，乃欲端其趨。是時有陳氏，南洋巨商陳嘉庚捐貲建集美學校於廈門，予往任教歷四年半。興學在海隅。來者多僑生，同氣略異膚。稍欲化獷悍，美器為國儲。誠交誼遂重，骨肉莫能踰。英英諸俊少，映此山澤臞。廿七還滬瀆，上庠遂濫竽。暨南及音專，十載情不殊。詩樂規重合，意氣稍發舒。玫瑰陳三願，纍纍如貫珠。至今女高音，肄習猶不渝。予於"一·二八"時由真如攜家避寇入舊法租界音樂院臨時校舍，寄住汽車間。一日忽成長短句，題曰"玫瑰三願"，隨手交亡友黃今吾自先生譜曲，旋由商務印書館印行，至今傳唱不衰。相況柳屯田，得失總區區。惜哉合作者，世絕黃今吾。創造興少沮，詩腸未全枯。夙耽倚聲業，志廣迹則迂。上緜千載緒，下欲開新途。詞學有季刊，萬彙冶一罏。當年魯迅翁，偶亦相吹噓。予創辦《詞學季刊》，先後由民智、開明兩書店出版，歷時三載，傳及域外，魯迅書簡中亦曾見及。孤懷遭世忌，艱難竟乘桴。予以陳某一系迫入組織，屢經堅拒，遂應中山大學聘，盡室南行。一載嶺表居，邱貉亦相如。鎩羽復北歸，羸病倦馳驅。伶俜恒自惜，揮涕戀衆雛。無翼莫奮飛，忍死待須臾。卅九陷虜中，偷生愧泥塗。敢將薪膽義，追懺折辱初。五年白門事，惟餘酸淚俱。昕夕勤淬勵，妖氛冀掃除。予在南京五載，壹意從事教學，每於深宵昧旦踏月凌霜，獨往學生宿舍，以微言相激發。北游遇二張東蓀、雲川，往往相昫濡。以此通聲氣，在燕時以東蓀翁之介，獲晤周恩來先生特派代表某君，遂許為中共效力。所愧不執殳。出入狼虎窟，忠款庶一輸。斯時即深信，解放民可蘇。所願縱難酬，決意不踟躕。孰知寇去日，身乃遭囚拘。兩年幸免死，回首只長吁。予以舊日門人多方營救，於一九四八年一月出獄。大病幾死，逾年始稍瘳。旋應張菊翁約，赴上海商務印書館修訂《辭源》，一年始畢。藹藹陳將軍，執手色轉愉。七年前北游，曾擬間道往蘇北訪陳士弘將軍，行抵徐州，忽患肺炎折返，至去冬在滬始與將軍相見。將軍謂："聞君已爲蔣某所殺，幸獲生還，亦始料所不及也。"置我文物會，勉更效駑駕。坐看寰宇清，寸心仰宏謨。

我讀馬列書，聞道苦已晚。況兼衰病身，惘惘情何限。轉誦史翁作，磅礴真寶典。彼言貴批評，昔賢重自反。前哲主格物，彼更尊實踐。我曩矜藻繪，流蕩幾忘返。艱危十載中，迷途識未遠。所嗟力不逮，撫跡但慙赧。我有八男女，迅使效懇款。兩男習工兵，長男在清華大學習化工，次男入二野軍政大學，赴蜀習砲兵。信心堅不轉。諸女與小男，前進詎敢緩。長男有家書，領袖若在眼。磁石以引鍼，吸力至昭顯。懸想天安門，萬目注一眄。垂老慶河清，傾誠傷視短。我聞徐特翁，五十猶自勉。寤寐思見求，所抱終獲展。我身叢愆尤，倘許更遷善。

我昔讀唐史，緬想貞觀盛。褐裘美少年，功成不自聖。用人雜夷夏，逆耳常傾聽。外舉不避仇，忠言靡弗罄。大海果能容，孰不軌於正。除殘泯階級，指顧寰區定。人民真領袖，德業更超复。譬彼大醫王，悉起眾生病。諄諄各競業，涵濡訖無竟。我欲竭肝腦，時復播歌詠。萬派皆朝宗，一一盡其性。

往歲不匱翁，頗復持風節。許予貞不字，胡氏見贈詩有"君如静女姝，十年貞不字"之句。此志常皎潔。予與胡、汪二氏雖以文字相知甚久，而所見不敢苟同，尤惡國民黨員之蠹國。惜彼意識非，南轅乃北轍。坐使某獨夫，殘魄未遽奪。顧我誤浮名，支離竟偷活。我今欲奚爲，衰朽敢自絕。平生弘樂教，亦冀補遺闕。安得識曲人，浩歌資激發。萬里溯長征，事事可歌泣。近觀淮海戰，一舉遂掃穴。不有備絃管，何以表芳烈。我誠不自量，懷此常覬覦。亦望轉健壯，工農共晨夕。學習必身親，體驗到豪髮。又如陶白詩，盟友喜稱説。何當觸類長，遺產事分析。文化有交換，壇坫亦生色。我思高爾基，葵傾意彌切。拉雜罄所懷。聊以貢坦白。

七絕

題 畫 竹

直上高騫作計疎，淒涼舊夢漸模糊。晦明風雨情無改，可似昂藏一丈夫。

> 庚寅穀雨後六日，曉窗快晴，戲寫此幀以贈乾英仁弟，老杜所謂"放筆爲直幹"者。乾英於此道獨具隻眼，當能相賞於驪黃牝牡之外也，一笑。忍寒老筆記於滬上雙清閣。

七絕

畫 竹 贈 睦 宇

故山脩竹不堪思，漫向東風寫一枝。漁釣生涯何處所，桃花零落草離離。

七絕

辛卯春日畫竹題贈紹南道兄

雙竿聳立翠玲瓏，龍種由來出九重。窮老杜陵吟未了，王孫哀怨曲方終。

七絕

戲塗朱竹爲培椿賢姪、
炳璉同志結婚誌喜

拂雲雙聳碧琅玕，解得虛心耐歲寒。鳳舞鸞吟無限思，春陽映入滿身殷。

葵傾集小引

　　屬以衰年,躬逢盛世。悟已往之不諫,知來者之可追。慶獲新生,情殷向日。駑馬十駕,策萬里之初程;野草寸心,漱三春之芳潤。爰取年來所成歌詠,題曰《葵傾集》,聊以自勵云。一九五五年四月五日農曆乙未清明節。

七律

謝綠漪手製印套

　　珠光的皪瑣窗幽,不遣酸風射兩眸。肘後香囊明叩叩,望中金鏡喻悠悠。裼裘人去風標在,漱玉詞成翠黛愁。只有相憐解相惜,共拋舊我作新謀。　　　　　《葵傾集》

七律

壬 辰 元 夜 作

　　也無燈市趁新晴,五反聲中夜景清。故遣冰肌生酒暈,懸知桂魄蘊春情。向人雪鬢搔逾短,換骨金丹鍊未成。省得日新無限意,銀蟾好爲護歸程。　　　　　《葵傾集》

采 桑 子

清明後三日作

　　清明過後春光好,鳥語關關。綠愠紅喧,不斷香風撲鼻酸。　　花

枝肯向瓶中老，禁受餘寒。留與誰看，一晌沈吟已夜闌。　　《葵傾集》

少　年　游

和柳耆卿

　　高樓悄倚日遲遲，樓外玉驄嘶。柳線搓金，梨渦暈酒，忍放畫簾垂。　　驚回午夢鶯聲滑，明日又星期。春水方生，殘寒未盡，不是看花時。
　　　　　　　　　　　　　　　　　　　　　　　　　《葵傾集》

浣　溪　沙

　　強作無情是諱痴，沈吟幾度動然疑。蟾光相共不相違。　　敧側飆輪成悵望，懺除結習費尋思。嶄新世界赴程期。　　《葵傾集》

五古四首

秋　日　雜　詩

　　靜女貞不字，十年忍伶俜。<small>往歲不匱室贈詩有云：「君如靜女姝，十年貞不字。」</small>視短昧亂源，憂患乃復丁。失身誤所事，俯仰悲頹齡。當時感知心，一往遂沈冥。分我以餘瀝，其中雜血腥。自從三反後，宿醉忽全醒。畜我等倡優，謂可資析酲。立場失所據，蹉跌有類型。大鑒欽馬列，妖精靡遁形。大藥須瞑眩，一夕返康寧。偉哉羣衆力，使我年轉青。

　　少讀桃源行，爰作超塵想。不悟七尺軀，畢竟誰當養。我生縱有涯，安得隨流蕩。兼善無窮達，勞動斯能創。舍此欲云云，只自陷迷罔。文過與飾非，惡根定滋長。批判有武器，風會頓向上。惜哉聞道

176

遲，未敢便論黨。舊污如許滌，我志當日廣。念我諸兒女，分途各邁往。覆載靡不容，全心詎有爽。忠信果相孚，餘生知所傚。

　　險夢憶荊江，童年亦解怕。城中慮爲魚，堤上防日夜。_{清末先君任監利縣事，時值江水大漲，日夕巡隄。予方五齡，猶能憶及。}蟻穴一潰決，生靈將何藉。孰料卅年後，羣力奪造化。毒龍歸大壑，未許漂莊稼。坐鎮獨角獸，功豈在禹下。戰士奮奇筆，蓄洪有説話。開闔縱巨刃，杜韓定相訝。標準中原音，誰復數關馬。生活待體驗，此事無虛假。藝苑胎奇葩，豈特動盈把。偉哉導引力，萬彙歸鎔冶。策蹇向秋陽，光芒正四射。

　　老作守藏史，所掌在博物。洽聞慚茂先，窮年自兀兀。縹帙亦坐擁，東西競羅列。所嗟諸寶器，外流遭奪竊。於今談考古，恒賴異邦説。豈曰國無人，萬端待施設。先民有創造，肯使竟汩没。縣縣視瓜瓞，歷史難分割。及今善培壅，根苗未遽絶。橋梁誰與作，導引俾合轍。日夕以兢兢，樂羣與敬業。章翁枉詩句，獎借及短拙。_{近得行嚴先生見寄二絕句云："健兒百戰偶休兵，俯仰詩壇一仲弘。范揭同時揮翰手，鄧留青眼下虞生。""天下何人解忍寒，秋風九月尚衣單。兩當詞客今長在，天遣靈巖借羽翰。"}煦煦曝秋陽，衣單愛則熱。許身行必果，長冀下情達。

《葵傾集》

滿　庭　芳

春晚壽冒鶴亭丈八十

　　改造自然，更新世界，何人不轉年青。爲公起舞，我竟似髫齡。百歲知應更健，共爭來、持久和平。高軒過，翩然一鶴，回首覺身輕。　　滄桑，都閲徧，貞元舊曲，有耳誰聽。看諸般發展，福至心靈。草長鶯飛時候，攜春酒、歲歲同傾。江南好，風光流轉，隨處播芳馨。

《葵傾集》

大 酺

一九五二年國慶前夕,上海市文物管理委員會同人宴集人民廣場大廈,柳翼謀丈詒徵屬倚此曲,兼邀沈尹默、汪旭初東兩翁同賦

正月臨軒,人如海,高下繁燈攢簇。百年馳馬地,洗羶腥都净,廣場新築。水碧通橋,衣香引路,簾底飄來清馥。紅旗當風處,愛羣趨勞動,漸徵豐足。看星拱北辰,政成初步,四方瞻矚。　和平懸一鵠。定聲氣、交感程功速。聽陣陣、山呼遥震,鳳翼飛騰,閃銀光、炫人心目。萬姓歡連夕,聲未歇、競燒高燭。動寥廓、層樓矗。華綵雙桂,樓外謳歌相續。快哉共迎曉旭。

《葵傾集》

七絕三首

章行嚴丈有兩詩見寄,
漫拈三絕句報之

莽莽胡塵塞九州,漢庭老吏筆難收。平生不作簪花格,悵對秋風一倚樓。

白袷沈吟一少年,幽并豪氣渺如烟。衹應留得頭顱在,顧影低徊轉自憐。一九四九年陳仲弘將軍來滬,相見之頃,遽云曩居蘇北,即傳君已爲蔣黨所殺,不勝悗歎。

每於蠹簡夢河汾,南嶽油油出瑞雲。聞道微言邀睿賞,天教夫子護斯文。

《葵傾集》

七律

弔李拔可丈宣龔

聯吟悽斷海棠紅，去年春日丈招梅蘭芳等在寓園賞海棠，廣徵題詠，刊成專集，嗣後不復有此盛舉矣。零露俄驚幻相空。卅載盍簪喧櫪馬，百川朝海驗詩筒。交期不爲榮枯變，樂事恒教少長同。秋菊寒泉無限思，賸持一盞酹西風。

《葵傾集》

臨　江　仙

寒流初退晨起口占

寒勒老梅堅抱蕊，霎時便轉温馨。自簪殘菊制頹齡。涵濡均雨露，喜驗鬢邊青。　叢集愆尤如可贖，忍令錯過今生。百花齊向眼前明。春陽無限好，相共踏歌行。

《葵傾集》

一九五三年

七律

三月二十二日攜雅宜、英材姊弟往八字橋視新宜亡女墓，愴然有作

大好春陽誤後期，百花將放去何之。不知寂寞長眠地，可憶團圞共聚時。兵火聲中吾累汝解放前後予方在上海商務印書館校訂《辭源》，新兒亦借讀楓林橋護士學校，砲火中時來省視，艱苦相依，致染肺疾，歷三年始瘳。去秋由南京軍區醫院調上海後勤軍需生産部職工醫院工作，爲朱飛醫師誘談戀

愛,被逼於一月十五日在院自殺,**鵜鴒原上淚連絲。世間只有情難死**借用文廷式《雲起軒詞》句,**鴆毒於人豈療癡。**　　　　　　　　　《葵傾集》

長歌

三月二十一日陳仲弘將軍過文物管理委員會見訪,慰其亡女之戚,報以長歌

朝暾曈曈光相射,報道將軍忽枉駕訝。光風轉蕙早消冰,老境回甘似啖蔗暇。將軍自是人中豪,温顏每爲寒儒借藍。誰信坐間揮麈手,雄師百萬下江南毿。與民同樂復奚吝,開心寫意衆所耽諵。東海不波刁斗静,舉重若輕公其堪探。自嗟本似蓬蒿女,偶墮胡塵劇酸楚語。瘝瘵以求終一遇,徑獲新生力當努吐。我病胸膈長噫氣,譬彼忠貞畏讒阻煦。我爲將軍一放歌,大江浩浩來岷峨河。賤子歸心矢靡他,卅年教學鬢已皤科。盛時可許廢吟哦,自離黌舍感慨多那。我生待以傳詩老,薪火不繼將如何。

倒屣飛步上層樓,執手殷勤觀者鼎彝羅列恣觀賞,譚笑雍容見整煮茶相對興轉酣,樓頭春水正拖百年腥羶隨蕩滌,池亭驟見柳毿毵凋瘵東南邊殷阜,仰公政術尤所韜鈐餘暇喜游藝,文章突奧勤窺亦如嫠婦戀諸雛,口銜石闕不能謡諑蛾眉尚有人,脈脈此情向誰用非所學頗足惜,況乃春陽正和涵溉萬彙無偏頗,洗兵不用挽天思得才俊歸網羅,專對猶賴重此冉冉歲月空蹉跎,苜蓿自甘願則……

　　　　　　　　　《葵傾集》

七絕二首

於舊篋中檢得葉聖陶手札多通,皆曩歲商輯《詞學季刊》之作也,感成二絕句

奇葩挹露看初胎,孰與移根上苑栽。忽憶石林尋舊夢,天風海雨逼人來。

詞壇赤幟倩誰張，一脈騷心共較量。待乞金丹換凡骨，從渠刮垢吐光芒。 　　　　　　　　　　　　　　　　　　　　　《葵傾集》

鷓　鴣　天

爲冼玉清題所作水仙圖卷

曾是淩波緲緲身，宮黃點額總宜春。最難絳帳傳經手，貌得湘流絕代人。　宗沒骨，是知津，直追天水更誰論。東園秀共彝齋潔，合與陳王賦洛神。 　　　　　　　　　　　　　　　　　　　　《葵傾集》

念　奴　嬌

爲巢章甫題《海天樓讀書圖》

彩霞無際，送潮聲到枕，乍揩雙目。坐擁縹緗三萬卷，隨意抽來閒讀。物外襟懷，壺中天地，視此皤然腹。征帆來去，笑他名利爭逐。　零落今古騷魂，塵牋蠹簡，墜緒憑誰續。洹上寒雲凝未散，廿四橋邊吹竹君方輯錄袁寒雲及揚州二方詞。曠代憐才，斜陽思舊，寫入生綃幅。婆娑老子，陶然自薦醽醁。 　　　　　　　　　　　　《葵傾集》

鷓　鴣　天

癸巳夏四月初二日聞夏映庵丈敬觀下世作

派衍西江此殿軍，小園曾與細論文。豫章陰合風頻撼，予年二十餘時始於上海與丈相見，承賦《豫章行》爲贈，所以期許之者至殷。枳棘聲喧酒乍醺。新城陳祖壬與丈交惡，竟狂吠及予，丈恒以惡狗呼之。　花歷亂，思氤氳，豪端常把定香薰。宛陵謳詠清真調，悽斷人間不再聞。 　　　　　　　　　　　　　《葵傾集》

181

七絕二首

癸巳暮春寄懷許紹南新嘉坡

宗邦文物有輝光，魂夢牽縈萬里長。何日花前同把酒，炎方且遣變清涼。

落花時節在江南，中散心知七不堪。憶得旌陽相厚意，呴濡長並苦茶庵。

《葵傾集》

七絕

馬伯中屬題所畫秋山便面

新秋黃葉下疎林，天際鴻音亦耐聽。省得騷人無限思，夕陽搖影過長汀。

《葵傾集》

水調歌頭四首

一九五三年春，陳仲弘將軍枉訪，轉達毛主席關懷盛意，試以舊瓶盛新酒，賦獻四章

領導果明睿，定得股肱良。千金市駿，休說天網正開張。特命桓桓上將，坐鎮東南沃壤，統戰亦多方。在野少遺逸，看取陣堂堂。宥微眚，體天德，布春陽。鰥生慚感交集，一夕九迴腸。遙想天安門上，不盡低頭吟望，誰復數陶唐。歌頌新民主，皎日拂扶桑。

長路阻幽隘，垂老見光明。駑駘自勉十駕，努力赴前程。吾日反躬三省，有藥爲醫諸病，蕩蕩莫能名。提挈起沈溺，我亦獲新生。論矛盾，崇實踐，重批評。照臨無遠勿屆，麗日仰晶清。天上高懸明鏡，萬姓歡騰謳詠，八表賴經營。終且泯階級，抃舞慶功成。

東海復西海，此理此心同。生人本自平等，誰遣致貧窮。羣衆一經發動，潛力驟如潮湧，疏鑿奪天工。推使向前進，負重屬工農。治淮河，開蜀道，蓄荊洪。諸般建設伊始，已自見奇功。豐産以周民用，探鑛深鑽地縫，來去樂怱怱。曠覽美無際，風颺大旗紅。

我有鬭爭性，往日惜迷途。幡然幸獲重造，思更效馳驅。長是勉諸兒女，爲黨全將身許，此外更奚圖。學習向羣衆，振奮忘屝軀。　懷椒醑，懺綺語，認今吾。末光期補日月，邁往莫踟躕。珍視先民遺産，仔細重加料簡，適往張菊生丈元濟處，承告以科學院徵求中國科學家史實，並以發揚文化遺産相勉，謂此事責無旁貸。丈以望九高齡，三年臥病，猶復如此積極，令人感奮。陶鑄有洪鑪。準則更垂示，憑以判精麤。　　　　　　《葵傾集》

七絶三首

淞濱盛夏有懷傅抱石教授金陵

傅厚岡前儼傅巖，倚天鍾皁立嶄嶄。硯田耕罷無餘力，綠滿閒庭草不芟。

瞎尊雪个復誰師，飲露餐英續楚詞。衆醉獨醒醒轉醉，三閒五柳耐人思。

論詩合數黃雙井，作畫休論陳老蓮。本色西江秀而野，先生元是酒中仙。　　　　　　《葵傾集》

七絶五首

癸巳大暑前一日題謝稚柳畫《洞庭圖》
以贈龔家珠女弟

每向清宵記俠腸，湖山佳處許徜徉。傳詩若稱平生意，長炷心頭一瓣香。

曉霧初開一徑深，交柯夏木晝陰陰。黃鸝恰似曾相識，飛向枝頭
送好音。

天際遙峯映黛眉，湖風生處漾漣漪。如飛雙槳輕於葉，閒向波心
作水嬉。

灼灼芙蕖出綠波，菱歌唱罷見梨渦。畫圖展作清涼境，烟水微茫
興轉多。

五湖煙景最宜秋，供向齋頭作臥遊。鱸膾蒓羹無限好，懸知凡諾
定能酬。　　　　　　　　　　　　　　　　　　　　　　《葵傾集》

減字木蘭花

癸巳立秋前四日於中蘇友誼館獲觀姚虞琴丈八十七歲所作蘭
竹，愛其斌媚，題寄小詞

便娟婀娜，戛玉吟香風乍過。共影交光，空谷無人春晝長。　靈
均高致，寫入生綃增斌媚。仰止癯仙，解愠南薰上五絃。　《葵傾集》

七絕

得商務印書館所寄十數年來版稅，折合新幣纔足兩封
信之郵資耳。戲拈二十八字，以寄蘇寄頑

曾災梨棗愴徒勞，全剝脂膏是寶鈔。掃盡陳編除弊政，眼明終見
讀書高。　　　　　　　　　　　　　　　　　　　　　　《葵傾集》

臨江仙

贈徐唯實

一霎清涼迎快雨，晚來初動秋聲。要從肅殺見澄明。襟懷同坦

蕩,頭角自崢嶸。　塵垢粃糠憑力掃,相期擷取菁英。宗邦文物轉敷榮。通塗煩導引,何有不新生。　　　　　　　　　　《葵傾集》

沁　園　春

癸巳新秋,用稼軒韻寄懷章行嚴丈士釗北京

閱徧滄桑,前度劉郎,玄都再來。幸藏山事業,終邀睿賞,飛蠅黑白,直等浮埃。元氣猶酣,狂瀾竟挽,萬古韓潮亦壯哉。淋漓致,看千軍筆掃,八表春回。　槐陰正覆清齋,料長夏剛過懷抱開。羨高歌震瓦,快迎西爽,大羹調鼎,味要鹽梅。淮桂鋪金,澧蘭播馥,留待先生著意栽。相望苦,但朱絃自撫,不盡低徊。　　　　　　《葵傾集》

七律

綠漪四十七歲生日

掌珠欣見大門閭,誰道長安不易居。濠上觀魚知自在,燈前讀史意何如。版輿晴挹西山翠,毛穎閒臨逸少書。北去南來娛綵舞,初三眉月慶方舒。　　　　　　　　　　　　《葵傾集》

七絕

口占報許紹南

一雨成秋涼意深,藥鑪經卷夜沈沈。百朋再錫妻眉展,沒齒難忘呴沫心。　　　　　　　　　　　　　　　　《葵傾集》

七絶

戲作《秋林遠岫圖》,題贈王鳳卿

蕭蕭黃葉下疎林,眼底遙岑染黛深。正是晚涼天氣好,與誰携手領秋心。

《葵傾集》

七律八首

癸巳春晚雅宜四女歸自北京農業大學,談及朱玉階總司令德每至西郊游獵,諸生聞聲簇擁,有若家人父子云。予深有動於中,久思作詩以獻。金風送爽,率拈少陵《秋興》原韻,爲賦八章,聊以致敬焉

大好秋陽映遠林,經霜老柏翠森森。計窮狡兔餘殘窟,風颭朱旂掃積陰。駐馬頻傳殲敵報,止戈償得急難心。_{時朝鮮方簽停戰協定。}授衣時節身先暖,未要人家動晚砧。

白羽紅翎帶箭斜,元戎秋獮傍京華。上林此日朝酣馬,西極當年遠泛槎。_{將軍曾赴德意志調查軍事。}堅決鬥爭緣及帝,從容遊樂罷鳴笳。兒童拍手歡聲合,忘卻顛毛點雪花。

野花搖曳弄秋暉,得得蹄聲上翠微。指點河山成繡錯,蕭閒意態看雲飛。功歸魚水長相得,_{解放軍戰士深入民間,如魚得水,所謂軍民都是一家人也。}令蕭毫毛孰敢違。人類更期全解放,肯容剝削把身肥。

屈指曾輸幾局棋,百年外侮劇堪悲。頓教國際觀聽改,忍憶羣兇壓迫時。轉鬥卅年忘險阻,長征萬里任驅馳。郊坰緩轡迎秋爽,遙指天狼有所思。

畫屏閒展是西山,身在丹楓翠靄間。羽檄憶曾相爾汝,_{日寇投降,時予在南京,得讀將軍所頒文告,指斥蔣□□,輒云你的什麼什麼,痛快淋漓之}

至。柴門應自任開關。撫髀未許生新肉，學圃爭來認舊顏。革命武裝期必勝，眼中陳迹見班班。

方昇皎日掛城頭，挾彈韝鷹趁好秋。狐兔漸空天轉肅，干戈能戢世無愁。飄搖朔吹盤霜隼，洶湧寒濤立海鷗。白鴿昂然展雙翅，莫斯科接舊神州。

援朝抗美見奇功，鴨綠江波入望中。跨過長橋伸正氣，搗空堅壘戰西風。愛深階級徵心赤，日照旌旗耀眼紅。殪盡狼羣成樂國，人民同作主人翁。

葉封山徑轉逶迤，紅蓼花迎過北陂。待欲彎弓還攬轡，孔懷同氣與連枝。掃除豺虎心逾壯，團結工農志不移。獻曝無因隨野老，倚樓長望四天垂。

臨　江　仙

癸巳中秋前七日用東坡韻呈沈尹默丈

一雨成秋炎氣盡，支頤坐到深更。紡絲娘在隔壁鳴。不將零露感，併入擲梭聲。　代謝由來徵物理，依他極意經營。金波瀲灩看潮平。光輝懷故國，搖落孕新生。　　　　　《葵傾集》

七絕四首

秋日有懷周知堂丈北京

詩如拾得畫倪迂，枯淡生涯味轉腴。苦憶兒時舊風趣，臥遊欣展鑑湖圖。丈有《兒童雜事詩》一卷，多述紹興故事。

偶從豪辣認淵明，橫逆來時合鬭爭。老虎橋連獅子口，夜深篝火作狐鳴。往歲丈繫南京老虎橋，愚囚蘇州獅子口獄中。

鐵窗窺見日方昇，合眼渾如入定僧。出得籠來商去住，北枝無復

弋人矰。<small>丈遲予一年出獄，移住虹口尤翁家，上海解放後，曾招愚商去住，決意歸北京云。</small>

後園花樹我能諳，幾向軒窗快夜譚。牆角棗兒知漸熟，夢魂飛傍苦茶庵。
《葵傾集》

七絕

自題《秋江憶遠圖》寄許紹南

丹楓搖落朔風酣，九月無衣意未堪。辦得忍寒寒驟至，一枝春信報江南。
《葵傾集》

七絕

偶憶江行風景，戲塗小幀，綴一絕句

青天削出金芙蓉<small>李太白句</small>，太白詩情在眼中。向晚鄱陽湖上望，不妨蓬鬢舞秋風。
《葵傾集》

七絕三首

癸巳秋日追念陳散原丈，
兼懷寅恪教授廣州

瓣香長爲散原翁，悽斷鸞笙裊碧空。頭白匡山懷舊隱，霜楓染得醉顏紅。

輶軒絕代早知名，博識多通有定評。安得移根來妙手，青編重耀左邱明。<small>春間陳毅將軍談及寅恪目盲，謂安得醫家妙手，剜取死囚雙睛爲移植耶。</small>

未似坡仙過嶺南，五年炎氣恐難堪。如今又見西風起，冥想燈前

188

孰共參。

附：

和　作　　　　　　陳寅恪

　　曾聞傳硯上彊翁，風雨龍吟響徹空。大晟顒官朝暮置，煩君一譜曙光紅。謂《東方紅》之歌也。

　　貧僧行脚北還南，聽法開堂兩不堪。吸盡西江由馬祖，自家公案自家參。

《葵傾集》

七律

癸巳中秋風雨
有懷錢默存教授鍾書北京

　　待捧銀盤上晚林，黏天風雨作秋陰。蛩吟向壁如相泣，藥裹關心恐不任。莽蕩乾坤供嘯傲，縱橫簡册恣披尋。漫郎合贊中興業，佇聽雲山韶濩音。

《葵傾集》

七律

中秋風雨中夏瞿禪教授承燾自杭北游過滬，特至博物館相訪，因拈舊句發端，賦贈一律

　　最難風雨故人來，佳節恩恩罷舉杯。九死艱虞留我在，十年懷抱爲君開。照人肝膽情如昨，顧影芳華去不迴。今夕霸王臺下過，倘從雲外一低徊。予曩歲陷虜中，數來往彭城、燕京、金陵間，欲效辛幼安之所爲。奇謀未就，終遭縲紲，微瞿禪及女弟子龔家珠後先營救，幾早瘐死獄中矣。

附：

臨 江 仙

北游道中懷榆兄,答其寄詩 　　　夏承燾

天外何人傳尺素,高空一片雲羅。霸王臺下舊經過。猶能歌慷慨,且忍淚滂沱。　三十三年誰健在,只餘泰岱嵯峨。嬴顛劉蹶此山河。長風吹不斷,推枕聽農歌。　　　　　　《葵傾集》

七絕

試塗山水小幀,寄黃賓虹翁西湖棲霞嶺

癯仙合數黃賓老,九十高齡興轉酣。便欲抛塼重引玉,淋漓大筆寫煙嵐。　　　　　　　　　　　　　　　《葵傾集》

七絕

喜朱生詠葵自北京來訪戲塗
江南小景并綴一絕句贈之

廿年塵夢渺難尋,怪得吳霜兩鬢侵。心愛江楓紅似火,與君把手一沈吟。　　　　　　　　　　　　　　《葵傾集》

七絕

癸巳秋日追念延園舊事,
寄劉生衡戤香港

廿年不見文房面,自倚長城五字詩。永憶妙高臺下路,往在嶺南,曾於農曆除夕前一日偕衡戤自廣州往香港謁延園主人於妙高臺,傾談移晷,始別去。西風吹得草離離。　　　　　　　　　　《葵傾集》

七絕

自題後湖秋色小幀,寄俞生天楫撫順

玄武湖中野艇秋,青山紅樹記同遊。而今日日高樓坐,聽響鴻音轉白頭。 《葵傾集》

五古四首

癸巳秋日忽憶廿年前金焦北固舊游,適江翊雲翁庸以紀游詩索和,次韻四首

平生愛名山,所惡占者僧。碧紗與紅袖,僕病俱未能。僧俗共食力,試以今法繩。當窗浮遠岫,勞勞難再登。

涓涓中泠水,入江混濁清。在山與出山,毀譽孰定評。孤峯解迎送,俯瞰鐵甕城。奇氣鬱蘇辛,空以歌詞名。

海門橫北固,屏障倚天外。我昔快登覽,峭壁若可繪。臨風懷青兕,此意誰當會。狂狷未易得,奚必言去太。

焦山似浮槎,樓觀可指數。閣影泛瀲灩,最宜月三五。潮音雜松濤,清磬動夜午。於此澄萬慮,好句隨拈取。 《葵傾集》

七律

一九五三年國慶日賦獻陳毅將軍

綵旗翻浪見明鮮,薄海歡騰忽四年。火樹銀花宜炫夜,踏搖腰鼓競喧天。新生質變觀唯物,統戰功成在禮賢。喜得華東千萬户,謳歌四太溯從前。當對日抗戰時,民間隱語稱新四軍爲四太爺。

七絕二首

十月二日任睦宇、陳大法兩生見過,因憶暨南村居及嶺表舊游。陳生曾從予往廣州,任生亦曾渡海相訪。口占二絕句,蓋不勝今昔聚散之感矣

海潮初上荔枝灣,花發紅棉記共看。省得乘桴當日意,蠻風蜑雨作荒寒。

杏花春雨興方酣,記向村居快夜譚。頭白相從成一笑。愛看紅葉住江南。　　　　　　　　　　　　　　　　　《葵傾集》

七絕三首

秋日寄陳彥通方恪南京圖書館

古林寺前秋葉黃,有人於此弄秋光。陵谷未移人換世,羊曇醉後淚浪浪。

鍾阜晴光潑眼明,五年曾此寄餘生。不知長板橋邊路,可有寒蟬曳尾聲。

鳳凰臺上憶吹簫,月底微吟伴寂寥。喜得河清人定壽,丹鉛相伴暮還朝。彥通曩歲寄居鳳凰臺畔,境殊蕭寂。予曾往訪,叩門久之,始有人出應也。　　　　　　　　　　　　　　　　　《葵傾集》

月　華　清

癸巳中秋後一日湖帆有和洪叔璵之作,其年七月初二日爲湖帆六十初度,因用原韻補成一闋壽之

叢桂鋪金，流螢泡露，幾家簾幕先捲。浴罷仙娥，今年中秋風雨，翌日暢晴。過卻素秋剛半。記曾傍、故壘西邊，又驀見、畫樓東畔。斜睨，愛騰光曼睩，恍盈春殿。　暗省冰肌熨暖，看上了初弦，蚌胎纔綻。閒展修蛾，肯放驚風吹斷。慶昭質、肇錫嘉名，知皎面、好裁宮扇。珍玩，顧團圞清影，運隨花轉。　　　　　　　《葵傾集》

七律

癸巳重陽前七日
次秋涼韻寄東蓀翁北京

關山直北暮雲平，節序侵尋也自驚。老樹經霜臨水赤，秋陽著意向人明。危亭不盡蒼茫感，過雁時聞斷續鳴。閒佩萸囊身定健，年來歙得氣縱橫。　　　　　　　《葵傾集》

七絕

與冼玉清相知近廿年，頃自嶺表北遊，歸途過滬，把晤甚歡，漫塗小幀，并綴一絕句為贈

鄉邦文獻遠來探，蠹簡摩挲喜共參。曠覽山川助華藻，新詞合唱憶江南。　　　　　　　《葵傾集》

七絕二首

徐澐秋自吳門以秦毓麒為蘭坡中丞鄭文焯之父所作樹石畫稿見寄，戲寫蘇臺秋色，附題二絕句報之

虎丘山畔望靈巖，響屧廊前俯鏡籤。閱徧滄桑君與我，相期蔗味晚來甜。

一間天放石芝堪，西崦樵風破曉嵐。餘事丹青傳法乳，多君雅睨待詳參。石芝堪爲鄭文焯別業，朱彊村先生題《樵風樂府》云：“天放一間來。”

《葵傾集》

七律

次韻答東翁見寄

涼風天末渺愁予，濠上應知樂在魚。貪餌可曾違本性，論心且共讀閒書。昭昭白日防雲蔽，蕭蕭清霜把草除。好是重陽剛過了，楓林細看合停車。

附：

謝忍寒先生改詩   張東蓀

欲向君家謝起予，索居何幸得雙魚。已衰猶戀雕蟲技，自信差無封禪書。詞客流風餘呴沫，鰥生蕉筆待芟除。儒冠歐學曾相誤，慚愧當年問字車。

《葵傾集》

七絕 四首

戲寫《洞庭秋色》小卷，
并綴四絕句以贈龔家珠

宛轉珠喉世所尊，紅妝節俠有殊恩。新聲颭入扁舟去，萬頃銀波見黛痕。

遙峯映入夕陽明，紅樹蕭疎夾岸迎。雙槳掠波風乍緊，寒濤和得棹歌聲。

洞庭新見滿林霜，試擘黃柑與共嘗。景物日新人日健，情知溫暖是秋陽。

194

東方紅日上窗遲,錦繡湖山畫裏窺。待共謳歌新社會,水嬉歸去醉如泥。

《葵傾集》

花　犯

　　冼玉清北遊京師,歸途過滬,出所作《水仙圖》卷索題,因用夢窗韻倚此報之

　　擁緗裘,宵衣炫縞陳簡齋《詠水仙》詩"仙人絪色裘,縞衣以裼之",寒光散餘暈。暗驚蓬鬢,雜佩響瑤階,魂返誰認。漏深漸感東風緊,亭亭蓮步穩。愛小立、碧窗幽蒨,從教春訊準。　　何人肖得此娉婷,調鉛處,省識王孫遺恨趙孟堅以寫水仙負重名。相伴久,芳根共、漱泉清韻。湘娥怨、素絃自寫,還凝想、月波來浸鬢。待記取、琅玕高館玉清有"琅玕館"印,飄飄仙袂引。

《葵傾集》

七絕二首

癸巳秋杪聞章石承柱移講揚州師範專科學校,因作山水小幀,并綴二絕句寄之

　　記從北固望揚州,煙柳冥迷感舊遊。廿四橋邊秋月好,夢搖枯葦冷颼颼。

　　淮海維揚一俊人借用唐人句,相期珍重有為身。颺來絃誦迢迢水,桃李尊前看好春。

《葵傾集》

浣　溪　沙

　　癸巳晚秋,虎丘寺僧楚元因徐澐秋乞作《虎丘塔影圖》,并綴小詞寄之

頑石從渠閱廢興，敧斜塔影伴人行。每在火車中望虎丘塔，輒有此感。颷輪來往倦征程。　一棹橫塘添畫稿，千年虎阜著高僧。太陽昇後越光明。政府方令蘇州文物管理委員會重修寺塔，聞塔內尚存北宋壁畫。

《葵傾集》

水　龍　吟

　　爲黃生永年題南陵徐氏小團團室舊藏宋仙谿傅幹《注坡詞》殘鈔本

　　古今多少才人，有誰能似坡翁者。縱橫排宕，珠璣咳唾，掬之盈把。噴薄而來，飄颻以逝，天仙姚冶。算神通游戲，奇情壯采，除莊屈，難方駕。　酌酒歡招白也，問青天、月明今夜。瓊樓高處，清寒自忍，更何牽挂。可笑羣兒，相驚浩博，聽他掃搽。但殷勤護取，檀欒舊影，證容齋話。《容齋隨筆》載"傅洪秀才有《注坡詞》"云云，此本題傅幹撰，幹字子立，仙谿人，卷首有傅共洪甫序，稱"族子幹"云云，豈容齋亦僅得諸傳聞，以致誤共洪，且即以作序者爲撰注人耶？《直齋書錄解題》亦見著錄，則已題傅幹《注坡詞》二卷，此爲十二卷，又有出入耳。

《葵傾集》

七絕

鄭生德涵自孝豐中學來書，云新校舍正傍苕溪，神往溪山之美，率寄一絕句

　　日從濠上觀魚樂，安得置我苕霅間。寄語子真休著惱，畫中無此好溪山。

《葵傾集》

七絕

戲塗湘江帆影以寄朱居易衣，
居易方教授湖南師範學院

風帆葉葉轉湘波，山影低昂漾黛螺。曾是堯章行過處，玉簫吹徹月明多。

《葵傾集》

浣　溪　沙

冬至前七日病起寄懷張東蓀教授燕郊

燕市悲歌彼一時，八年塵影記依稀。朝陽布暖上書幃。　因病嘔心償藥債，寄情將夢逐雲飛。未須惆悵意多違。

《葵傾集》

浣　溪　沙

贈豐子愷。子愷晚習俄文，兩年即已精通，能譯各種著作，爲可佩也

法乳曹溪眾所依君爲弘一法師弟子，除將奮迅孰知歸。嶄新世界析幾微。　慣以音聲爲佛事，卻從形象見生機君以漫畫負盛名。感人才藝似君稀。

《葵傾集》

一九五四年

浣 溪 沙

一九五四年元旦寄錢默存教授鍾書北京

過眼紛華正可哈，閒將有限逐無涯。肯容羣蟻鬭庭槐。 晚覺知交逾性命，嘔殘心血事形骸。只應懷抱爲君開。 　　　《葵傾集》

木 蘭 花 慢

癸巳晚秋冼玉清教授南歸過滬，賦此贈行

正江南秋好，剛把手，數心期。奈草草勞人，匆匆驪唱，又賦將離。依稀，十年前事，甚白雲、不絆薜蘿衣。入眼琅玕高館，光搖翠葆參差。 　相知，長役夢魂飛。天遣願無違。愛徐熙粉本，彝齋雅操，貌出冰姿。芸幖，從伊續史，擁皋比、渾未讓鬚眉。嶺表春回特早，料應先寄梅枝。 　　　《葵傾集》

木 蘭 花 慢

贈上海市人民政府徐平羽秘書長，
徐方兼文物管理委員會主任委員

羨傳經家世君爲高郵王氏後人，數創獲，仰高郵。更風流文采，早參帷幄，克紹箕裘。呦呦，鹿鳴賓宴，看從容、壇坫展嘉猷。壯志平生飛動，微言午夜冥搜。 　高樓，把手聽歡謳。意氣倘相投。問宗邦文物，開來繼往，待與誰謀。悠悠，寸心難表，趁餘年、未敢懈薰修。喜得光華滿眼，肯辭霜雪盈頭。 　　　《葵傾集》

七律

癸巳歲晏寄懷陳寅恪教授廣州

春光漏泄嶺梅新，我亦當年度嶺人。依舊庭槐酣螘夢，可堪褌蝨傅獅身。知幾是處容高臥，卻聘由來見絕塵。立雪無因驚歲晚，海天遙睇發孤呻。

附：

和作二絕句　　　　　　　　　　　陳寅恪

難同夷惠論通介，絕異韓蘇感謫遷。珍重蓋頭茅一把，西天不住住南天。

空耗官家五斗糧，何來舊學可商量。謝山董甫吾多愧，更愧蓉生問老康。

《葵傾集》

長歌

癸巳臘尾走筆作長歌贈陳繼農醫師

我生之初即羸弱，卅載萍踪苦飄泊。藥裹關心每自隨，龍光射斗誰相覺。閒將冷眼看世態，賸有丹忱未銷鑠。閱人多矣誤浮名，孰辨精英與糟粕。滄桑留得餘生在，敢詡高歌動寥廓。醫國得人醫我誰，病在心腹體日臞。求醫卅年疾未去，行住坐臥空嗟咨。美酒嘉肴並禁忌，有口無福長啼饑。繼農教我食糯米，謂於腸胃或相宜。我識繼農且逾歲，初亦泛泛不相知。念彼所謂名醫者，徒以大言相蒙欺。我痛醫德已掃地，轉念繼農特子細。談言微中忽歡然，偶與論文益相契。繼農家住古明州，鄞峯真隱留歌吹。以醫活人兼食力，繼志神農亦奚媿。我進糯米纔半月，便覺腰腳增勁氣。理本在近求諸遠，往者

199

迷途滋歎喟。我佩繼農勤研討，與彼裨販態全異。始信醫中亦有有心人，君與徐黃於我最相親。齒科醫師徐少峯、黃羣華後先與我相契，一二十年不改。惟內科晚乃得識繼農，壯年精進，爲尤可喜耳。我語繼農果能爲我療斯疾，我於文學藝術或當有所貢獻於人民。參加建設富强美好之新社會，作小螺絲釘推進偉大時代之齒輪。彼時相與歡欣鼓舞迎接文化建設高潮之來到，我與繼農所懷志願定全伸。繼農繼農同努力，君看太陽所照大地已回春。

《葵傾集》

滿　庭　芳

龔家璧買宅虹口，賦此賀之

鐘鼎山林，文房市隱，喜營人境新廬。少年英俊，小試作陶朱。歲歲南來北去，形勞甚、顏轉敷腴。鶯遷候，春回律琯，好共飲屠蘇。　歡娛，攜婦孺，玳梁棲穩，更展鴻圖。慶大椿千歲，萊綵庭趨。花萼相輝無際，融融意、合璧聯珠。人長健，容吾善禱，酣醉不須扶。

《葵傾集》

南　鄉　子

題常熟故人楊無恙畫象

風雨乍冥迷，每到重陽展舊題。君嘗爲我作"滿城風雨近重陽"小幅，時方避倭寇，同寓滬濱。憶得年時曾共醉，休提，山景園中叫化雞。君嘗招集山景園食叫化雞，常熟名饌也。　蓮本出淤泥，曉月凝情照大堤。比似朧仙長在眼，栖栖，露電光中自向西。

《葵傾集》

水 龍 吟

癸巳除夕前二日文懷沙過訪寓廬,歡然賦贈

矯如雲鶴來翔,情知海內存知己。汪汪叔度,澄波千頃,渺無涯涘。詞派西江君爲文芸閣先生族裔,騷心楚澤君曾意譯屈子諸賦爲今語,暗驚身世。羨烏尤法乳,君爲郭鼎堂先生弟子,郭四川嘉定人。辯才天縱,看拔戟,異軍起。　把手歡然一笑,溯宗風、我聞如是。醒人言論,照人肝膽,感深氣類。繼往開來,揚清激濁,吾曹有事。願執鞭以俟,從君馳騁,樹文壇幟。

　　　　　　　　　　　　　　　　　　　　　《葵傾集》

七絕五首

甲午歲朝戲效宋賢春
帖子詞獻陳仲弘市長

瞳曨曉日慶清朝,錦繡川原轉富饒。路綫總趨工業化,看來文化起高潮。

六十年前事已陳,中朝兄弟轉情親。春波鴨綠粼粼起,最愛銜枚疾渡人。

鵝黃染柳上蓬窗,春水生時夜渡江。江左䨒時憑解放,愛聽腰鼓響逢逢。

儒雅雍容鎮海疆,五年建設見輝煌。謳歌合共春潮漲,不是當時舊市場。

布暖春陽世共歡,出征兒女慶團圝。明年更比今年好,老樹生花亦耐看。

　　　　　　　　　　　　　　　　　　　　　《葵傾集》

　　　　　　　　　　　　　　201

南　歌　子

甲午立春戲效花間體寄謝稚柳
督作唐妝美人

鬢腳斜侵雪，眉心愛貼黃。豐肌恰稱作宮妝，畫裏真真喚出在敦煌謂敦煌千佛洞所存唐人壁畫供養人象。　癡絕長康顧，窮愁白石姜。松陵煙月墮迷茫，乞取丹青爲我賦高唐。

《葵傾集》

七律二首

次韻綠漪癸巳歲除

不惜瑤琴一再彈，眼中蓬勃起凋殘。待縣芳緒渾忘老，看奪天工未覺難。香糯補中占勿藥，綵衣承志慶同安。君家珠玉相輝映，懷橘歸來合佐餐。

何必成都八百桑，新知兒女細評量。掌珠宣力神彌王，葭管吹灰晝漸長。花發短牆供嘯詠，心存舊雨莫悽傷。明年定比今年好，藝圃相期共漱芳。

《葵傾集》

五古

甲午立春喜厦材、真材、靜宜兄妹南歸與英材共聚

男兒志四方，女亦何多讓。烏生八九子，不作反哺想。卅載勤撫育，提挈隨漂蕩。高下譬梯田，凱風吹苗長。舌耕敢云倦，吾志亦既廣。攢鼻復挽頸，癡頑溯疇曩。次第豐羽翼，各各任所嚮。學習工農兵，傾心並爲黨。細狗厦兒小名研石漆漢代稱石油爲石漆，遠歷玉門礦

邇來專設計，先進有榜樣。犂頭_{真兒小名}久從軍，震耳礮聲響。西南轉東北，_{兒習礮兵，由西南軍區轉往瀋陽工作。}冰雪氣彌壯。假歸度春節，昂藏各異相。阿爺試並立，纔得及肩項。即以軀幹論，上遂特修暢。始信新社會，於才善培養。細伢_{英兒小名}剛十五，亦復空倚傍。乍見兩兄來，魁偉略相仿。大牀喜共被，友愛兼邁往。小妹喚毛獅_{靜兒在北京農業大學學習農藝}，風神頗散朗。三年去學稼，日夕勞歸望。向暮擁之來，歡躍寧可狀。暫此慶團圞，倏復成惆悵。獨念毛毛姊，隔歲赴黃壤_{三女新宜去年死於非命}。阿順_{長女順宜在北京圖書館工作}及阿美_{次女美宜結婚遠去}，歸期竟久爽。晶晶_{四女雅宜在農大習園藝，去春曾南歸曾獨歸}，殺雞未同饗。萍蓬感聚散，骨肉關痛癢。推此誠篤心，興邦若反掌。勉哉共努力，世界看重創。皎皎東方紅，謳歌合齊唱。光輝騰祖國，老我神轉王。

《葵傾集》

石 湖 仙

依白石聲韻爲吳湖帆題
所作《佞宋詞痕》

羇栖黃浦。數名手丹青，誰擬高處。春訊入簾來，引騷魂、清宵悄去。燈前凝想，恍夢見、玉人歌舞。相與，對露華、感慨今古。　　輕盈料曾換馬，閉娉婷、悽吟斷句。待發幽芬，捍撥徐調宮羽。識貌蘇齋，曲成金縷，巧生絃柱。懺綺語，登瀛記取秦府_{湖帆有題《七姬權厝誌》長調。}

《葵傾集》

與湖帆道兄相契廿餘年，垂老江湖，每以歌詞相商榷。頃湖帆寫定所爲《佞宋詞痕》五卷，中多有關金石書畫之作，考訂絕精。其題《董美人墓誌》及《七姬權厝誌》，並爲藝林傳誦。昔翁覃溪以五七言詩作金石題記，已詫爲生面別開，試與湖帆角逐詞場，知當退避三舍矣。甲午立春後六日，忍寒龍元亮附識。

鷓　鴣　天

用晏叔原韻題吳湖帆《和小山詞》

夢向瑤臺酒一鍾，春回雙頰見微紅。小蘋歸後生明月，仙掌行來怯曉風。　知相憶，定重逢，口脂深印兩心同。臨川公子悲涼意，盡在紅牙按拍中。

《葵傾集》

清　平　樂

鉛山朱居易衣中年得子，詞以賀之

麒麟天上，每向人寰望。何處月明珠在蚌，更喜好風吹長。　堂前學語牙牙，挽鬚戲問阿爹。家住藏園舊里，閒來試鬭尖叉。

《葵傾集》

臨　江　仙

甲午上元前二日上海博物館
高樓坐雨，有懷方君璧巴黎

雲去蒼梧餘竹淚，難能骨肉相看。滄桑過後報平安。料應思故國，何日續清歡。　兩載音書成間阻，槎風西望漫漫。交輝玉樹定開顏。壯懷欽彩筆，私願託刀環。

《葵傾集》

生　查　子

甲午上元效晏小山

蟾光盡意明，鬢影穿街隱。帖子寫宜春，爭奈春無準。　枯坐撥

204

鑪灰,窗外淒風緊。銀漢是紅牆,人遠天涯近。 《葵傾集》

浪　淘　沙

初春於綠漪案頭見秦謙齋伯未手札,
多承關注,報以小詞

不見忽經年,日在愁邊。小明膏火自相煎。慚愧故人相厚意,八
字縈牽秦札有"身弱病多,事煩憂重"之語。　蝸角又新遷,倦整殘編,陸
居無屋水無船。料理虛名成底事,搔首茫然。 《葵傾集》

七絕

春日呈張菊生丈元濟,
丈病偏廢已數年,力學猶未懈也

力學誰如張菊老,兔毫隱几不停揮。喜看赤幟揚芳烈,南極星光
映紫微。 《葵傾集》

臨　江　仙

甲午元夕俞平伯教授寄示《校讀石頭記感題》,依韻和答

轉眼繁華事散,及身憔悴書成。瀟湘竹淚見縱橫。可曾留片石,
依舊囀羣鶯。　有漏情天難補,無邊業海堪驚。酒悲塵影驀然生。
云何觀物化,怨曲試同聽。 《葵傾集》

水　龍　吟

甲午仲春次韻報張東蓀教授燕郊見懷之作

未須重話宣南，虜氛消向帷燈裏。驚疑樹影，遲迴驛使，悽箛四起。國有人焉，我何爲者，理應休矣。但殘編坐擁，么絃漫撥，共明月，成深契。　已分今生愁悴，懺多生、斷魂千里。餘寒自忍，寒修誰託，雁音難寄。白雪詞情，艷陽天氣，怎能堪此。看孤飛老鶴，雲羅漸歛，把蒼穹倚。

《葵傾集》

天　仙　子

甲午春日依花間小令懷龔家珠

恍惚樵歌枕上聞，兼倚芳根不可分。洞庭西望有歸雲。春寂寂，意紛紛，祈禱朝朝總爲君。往居吳門獄中，家珠數來存問，云有地在洞庭西山，他日擬結茅於彼，從我學詩。予曾製《洞庭樵唱》以紀其事。迨予出獄，而家珠病廢卧牀六七載，時一往視，輒以溫語慰之。

《葵傾集》

七絕

幾日晴明，忽又風雨，
晨過人民公園口占

柳梢催綠漾晴光，牽引遊人忒鬧忙。已恨春遲風更雨，教人何處禮東皇。

《葵傾集》

七絕二首

甲午仲春寄懷海東故人今關天彭壽麿

偶緣文字託知音,只有相思與日深。禹域初開新境界,爲君東望一沈吟。

幸得開籠放白鷴,更從洲渚聽關關。當時促膝論先覺,此意悠悠豈等閒。今關客金陵時,常訪予作筆談。論及東方局勢必歸共產,今關謂內藤湖南博士已早見及此云。　　　　　　　　　　　　　　《葵傾集》

七律

百花生日,謙齋、綠漪有詩索和,輙用原句發端,漫成一首

二分春色一絲風,日日高樓目未窮。貧病三年疎俊侶,雕鐫萬象費神工。全天怕問花開謝,讀易猶慚道變通。只有豪情未消歇,憑闌待障百川東。　　　　　　　　　　　　　　《葵傾集》

浣溪沙

稊園關賡麟主人屬爲其室纖雲女史
題金纖纖小像硯拓本

瘦了腰支怕捲簾,銀鉤妙出玉纖纖。博山香爐愛重添。　珍惜蕙心歸繭紙,較量茶味指芸籤。藕絲憐取蔗根甜。纖纖工楷法,硯上自題一詩云:"繡院微風不隔簾,瘦來小字稱纖纖。自量只有腰盈尺,一著春寒病要添。"殆林黛玉一流人耳。　　　　　　　　　　　　　　《葵傾集》

臨　江　仙

甲午暮春寄懷霍福民漢堡

一瞬塵寰變景，幾番天末懷人。可能六合遂同春。持杯邀月飲，把臂賞花新。　含咀個中滋味，校量域外風神。南唐舊事足沾巾。君譯李後主詞爲德文，計當出版矣。貪歡惟夢裏，憶遠惜芳辰。　《葵傾集》

臨　江　仙

春暮有懷德意志女子馬儀思

憶得攜琴紅豆館，七八年前與君同在金陵，曾介謁紅豆館主溥侗。君抱琴以往，即作數弄，溥爲感歎者久之。雅音知倩誰傳。南薰解愠乍鳴絃。會心寧在遠，十指寫流泉。　未分清揚歸絕域，寄情聊託瓊牋。故人天末已飛仙溥翁下世忽已三年矣。何時重把盞，相望阻風煙。　《葵傾集》

七絕三首

江南春晚追憶嶺表舊游，兼懷陳寅恪教授廣州

延園促膝夢俄空，雙照樓前路亦窮。憶向越王臺上望，鷓鴣啼過木棉紅。

豈因遷謫見韓豪，餘事猶當接楚騷。且住南天殊不惡，蓬蒿斥鷃尚喧嘈。

俯仰由人只可咍，傳燈樂苑念難灰。勉將俚語詮遺曲，那有金鍼得度來。　《葵傾集》

七絕

晚春寄冼玉清嶺南

佛桑花映木棉紅,殘霸消沈向此中。只有琅玕青自直,從渠相伴舞東風。

《葵傾集》

浣 溪 沙

太疎寄示重三之作,感其悽抑,走筆和之

佳節難逢總浪拋,何須止酒也無肴。妒他新綠繡江郊。 三鋪兩橋縈斷夢,雨絲風片漾輕舠。積年創痛忍重搔。

《葵傾集》

阮 郎 歸

甲午晚春和晏小山

杏黃衫子露春纖,當窗啓鏡籤。膩雲低嚲病相兼,鑪香嫩更添。 鶯寂寂,晝厭厭,楊花撲繡簾。惱人疎雨浴清蟾,斜光入後簷。

《葵傾集》

人 月 圓

甲午三月十九日爲予
五十三歲初度,賦示家珠

月圓三度春剛好,墮地看飛花。郊原雨過,紅圍翠繞,綺思交加。 當年客滿,而今酒盡,莫漫驚嗟。心心相念,知應默禱,共駐芳華。

《葵傾集》

江 城 子

穀雨後二日寄謝稚柳再督
作唐妝美人

風流最愛謝池春,浪粼粼,葉萋萋。紅杏一枝,斜出在東鄰。喜得成陰兼結子,渾不避,燕鶯嗔。　中年哀樂向誰陳,動梁塵,搵綃巾。嚦嚦珠喉,含意未全伸。水月觀音憑貌取,從畫裏,認真真。

《葵傾集》

浣 溪 沙

春晚偶有所觸用太疏韻

老大徒傷未拂衣_{借用成句},攀條泫對綠楊堤。怎同樊榭住西溪。　七不堪時聊自鍛,四無人處與誰期。孤鴻縹緲繫人思。

《葵傾集》

五律二首

春晚寄林山腴翁思進
成都詩方付郵,聞翁已於去冬下世矣

自杠逋仙詠,_{去春翁有《見懷》二律,遲遲未報。}蒼茫閱歲華。待攜滄海月,來看錦城花。南極星常粲,鹽叢路未賒。會因嚴節度,移傍四娘家。

可堪三月暮,憔悴老江南。花訝如人瘦,草貪向日酣。蜂鬚徒釀蜜,甕牖孰停驂。香宋留遺照,閒將柳栗擔_{廿年前趙堯生先生曾寫行腳僧像見寄。}

附：

林山腴翁成都見寄　時年八十

　　倏忽廿年別，低徊幾度箋。知無書可讀，喜有硯能傳君有《彊村授硯圖》。瘦骨寒流忍，詞心春雪妍。君詞名"忍寒"，頃寄扇寫"寒流初退"及"春雪"兩闋。蘋洲與竹屋，今古想當然。

　　揖客軍門重，他方無此時。漫驚華屋感，好把墨笙吹。老我遙相望，多君勤見思。送君江入海，何日論前期。　　　　　《葵傾集》

臨　江　仙

甲午夏初上海博物館重晤劉海粟，即席賦贈

　　屈指廿年尋斷夢，藝壇曾角雙雄。燕雲黯黯沒孤鴻徐悲鴻去年在北京逝世。滄溟留一粟，好自暢宗風。　　把手歡然成一笑，賣來新茗誰同曩與柳亞子諸君曾應邀至君所設美術專門學校作茶話會。當時俊侶各西東。試攀潭上柳，搖曳艷陽中。　　　　　《葵傾集》

臨　江　仙

夏初喜得方君璧香港來書

　　留得餘生惟自愧，淚痕終古長新。幾人相憶見情親。西州門外路，悽斷故時春。　　青鳥為傳歸信早，開緘喜及芳辰。薔薇謝後草如茵。畫圖輝禹域，珍重有為身。

附：

方君璧寫寄舊作詩詞

燕　子

　　燕似幽人歸夢輕，徘徊殘照映窗明。江山如此空留戀，飛入深林聽雨聲。

雨後湖上

澄空碧海本無埃，微雨更教拂拭來。上下勻開雙玉鏡，雲光帆影共徘徊。

南京冬夜

寒天冷於冰，凍地堅如鐵。參差枯樹枝，峻峻對孤月。

菩薩蠻
瑞士山頂冰湖

青山缺處飛泉瀉，縈林絡石迴崖下。兩岸綠陰深，愁猿相對吟。　莫嗟留不住，且任奔流去。玉鏡墜塵間，照人肝膽寒此詞甚爲四兄所愛。　　　　　　　　　　　　　　《葵傾集》

臨 江 仙
滬上重逢劉大杰，賦此贈之

閱徧滄桑歸樂土，羨君雙鬢猶玄。新詞應是倍清妍。結鄰虛舊約，回首愴華年。　花發錦城曾夢去，平添竹淚涓涓。差池短翼墮腥羶。餘生猶有事，相對轉欣然。　　　　　　　　　　　　　　《葵傾集》

臨 江 仙

民族音樂研究所楊蔭瀏所長寄贈《陝西的鼓樂社與銅器社》一冊，從知唐宋舊曲尚在民間，譜字正與《白石道人歌曲》相同，沈埋六七百年之歌詞法，殆將重顯於世矣。喜拈小調，賦寄葉遐庵翁恭綽

歌社寢聲逾廿載，何當不負今生。百花齊向眼前明。箏琶傳舊曲，鶗鴂締新盟。　堪笑樵風虛斠律鄭文焯著《詞源斠律》，僅據白石旁

譜,不曾有所發明,谷鶯嬌囀誰聽。堯章字譜委荒荆。品絃綿墜緒,求友快嚶鳴廿年前任教音樂院,與蕭友梅院長邀集葉遐庵諸君,倡導創作新體歌詞,並結歌社。中經變亂,成效未彰也。 　　　　　　　　《葵傾集》

臨　江　仙

江南春盡,忽憶嶺表舊游,寄朱謙之教授北京。謙之閩人,曩與予共事中山大學,頗相投契。素治哲學,兼研樂理,亦振奇人也

憶向粤王臺下住,玳梁同慶雙棲。風波失所各東西。將雛看鳳翅,留爪愴鴻泥。　一霎滄桑頭已白,依然海市栖栖。木棉開過鷓鴣啼。成連傳逸響,渺渺暮天低。 　　　　　　　　《葵傾集》

七絶二首

滬上啖鮮荔枝,賦寄陳寅恪先生嶺表

新摘枝頭糯米糍荔枝品種有糯米糍、黑葉桂味諸目,紫綃纔卸見冰肌。年年席上餐仙液,益氣從知累百宜。

緗枝黛葉舊曾諳,醍酪香仍體内含。堪歎玉環矜一笑,龜年累得老江南。

附：　　　　　　**戲和榆生先生荔枝七絶**　　　　　陳寅恪

浮瓜沈李俗能諳,誰賞羅襦玉内含。獻到華清妨病齒,不如煙雨棄天南。 　　　　　　　　《葵傾集》

賀　新　郎

甲午端陽前一日檢《解放軍畫報》,見梅畹華院長蘭芳赴朝鮮慰

問中國人民志願軍時演出《貴妃醉酒》劇照，遂依劉後村端午詞韻賦此寄之

心事憑誰吐，度新聲、金尊檀板，幾番寒暑。一自東方紅日上，結束挐龍擲虎。又鴨綠江波爭渡。賦罷同仇還徑去，慰親人、何但鳴腰鼓。羣喜看，卧魚舞"醉酒"中舞姿之一段名曰"卧魚"。海棠睡足嬌如許，記當年、沈香亭北，乍釀芳醑。撩撥梅邊何限恨，霎見油油禾黍。且莫説、雷霆聲怒。爭取和平傳凱奏，囀春鶯、未肯辭勞苦。歌一曲，冠今古。

《葵傾集》

臨　江　仙

甲午端午坐雨上海博物館最高樓，有懷黃公渚教授孝紓青島，因用無住詞韻倚此寄之

卻弔靈均誰賦手，都門執別匆匆。榴花映發醉顏紅。邀君從起廢，高詠庶人風。　　嚼飯與人資嘔哕，斜吹細雨樓東。騷懷只有故人同。韓豪兼島瘦，併入四絃中。公渚姬人有"琵琶仙"之雅號，故以末句調之。

附：　　　　　　　和榆生端午見寄　　　　　　　黃孝紓

　一歲光陰强半過，澡蘭時節匆匆。石榴花似去年紅。家家炊角黍，江介有遺風。　　憑弔三閭思悱惻，江流滾滾長東。吟荃怨芷更誰同。招魂應地下，勝日正天中。

　斗室龍吟風雨夕，舊遊卅載匆匆。夢闌孤燭影搖紅。湘纍千古恨，隕蕙奈回風。　　艾炙眉頭瓜噴鼻，沈吟吾愛妻東。休論四異與三同。功名兒輩事，天地一壺中。

　躍柳時光還幾度，七年海曲匆匆。酡顏不是少年紅。衰微

鸚鵡瘴,世法馬牛風。　上下雲龍心誼在,春明一別西東。何時攜手一尊同。思量千里外,離合十年中。　　　　　　　　　　　　《葵傾集》

七絕三首

端午走筆成三絕句
寄周知堂丈北京

誰云骨肉緣天性,膠漆相投怎得如。瑣屑自親情更切,瓣香長讀藥堂書。

筆底能還域外魂,更從星宿溯河源。老來生計甘平淡,胎孕奇葩看託根。丈年來壹意迻譯歐洲古典文學,自謂平生貢獻,或當以此為多,而深悔少作云。

澤畔無因叩帝閽,靈均哀怨向誰論丈對時賢改楚辭為今語大不謂然。蛾眉一樣從伊妒,漫倚修門拭淚痕。　　　　　　　　　　《葵傾集》

七絕

甲午端午漫成一絕句寄叔子道兄

嚼飯與人資嘔噦,靈均哀怨向誰論。蛾眉一例從伊妒,斜倚脩門拭淚痕。

七律

次韻冒叔子景璠兼懷錢槐聚鍾書北京

花時何遽怨春遲,冷暖由來只自知。待振天聲張赤幟,枉思公子從文貍。湘靈賦罷規房杜,水繪園荒雜惠夷。看化雲龍追二子,石渠麟閣是歸期。

215

附：

忍寒先生寄示端午漫成絕句，讀之感歎，
即追和前年秋夕見懷詩韻奉報，聊解幽憂并酬雅意

一九五四年　錢鍾書

知有傷心寫不成，小詩淒切作秋聲。晚晴儘許憐幽草，末契應難託後生見陸士衡《歎逝賦》[一]。且借餘明鄰壁鑿謂吸取蘇聯先進經驗也，敢違流俗別蹊行。高歌青眼休相戲，隨分薑鹽意已平。

[一] 編按：此注據錢鍾書致富壽蓀函補，參陳夢熊《富壽蓀存錢札四通》，收入《錢鍾書評論》，《歎逝賦》有"託末契於後生，余將老而爲客"語。

得榆生先生金陵書並贈詩即答

一九四三年　錢鍾書

一紙書伸漬淚酸，孤危契闊告平安。塵多苦惜緇衣化，日暮遙知翠袖寒。負氣身名甘敗裂，吞聲歌哭愈艱難。意深墨淺無從寫，要乞浮提瀝血乾。

《葵傾集》

臨　江　仙

贈陳士驤、謝蘊貞伉儷。陳習水生動物，謝習昆蟲，在巴黎同學，因以締婚云

閒向水生觀物化，波浮儷影雙雙。同衾元自出同窗。愛苗滋絕域，新詠譜高腔。　曾是經年陪笑語蘊貞與余共事文物管理委員會研究室者逾年，爲傳佳話椿椿。慧心能使眾心降。茂漪精筆法，夜課剔銀釭。

《葵傾集》

七絕

戲塗小幅贈俞少秋

江南五月黃梅雨，太華三峯夕照明。剪取柔波涵峻骨，換形移步見新生。
《葵傾集》

七絕

用山谷韻走筆謝程生大任寄鼂溪綠茶

前身合是黃雙井，舌本留甘爲底來。想得鼂溪新揀出，霙時破睡轉奔雷。
《葵傾集》

七絕

得寅恪先生見和荔枝詩，並於
《歷史研究》月刊獲讀近著，再寄一首

霓裳舊曲幾人諳，舞罷明璫齒內含。省得李唐姻婭史，不妨尤物進天南。
《葵傾集》

七絕三首

寄郭鼎堂先生三絕句

御風原不爲遊仙，老愛宗邦志益堅。恰異靈均臨睨意，星旗颷過碧雲天。

舊邦文獻苦難徵，物論紛厖待糾繩。賴有石渠收放佚，同奔異軌看雲蒸。

出新誰合與推陳，衆口悠悠那識真。憑仗鑒裁拋耳食，先生原是過來人。

《葵傾集》

永 遇 樂

用東坡韻奉送顧頡剛先生北行

傾蓋相知，於心莫逆，茲意何限。誰護芳根，爲蘇涸轍，肝膽令人見。坦然襟抱，淵然識度，訓詁待伊平斷。夜漫漫、光華復旦，舊聞放佚搜徧。　蒲輪殷聘，石渠新闢，慰得幾多心眼。涵負同欽，雲霞鬱起，適性均鴻燕。揚清激濁，開來繼往，掃盡世間幽怨。看從贊、輝煌偉業，萬方驚歎。

《葵傾集》

臨 江 仙

陳市長屬徐平羽同志轉知博物館，許我專精撰述，不必隨例上班，因用東坡詞韻賦此報謝

待揭騷心資借鑒，含毫坐到深更。不教瓦釜竟雷鳴。騰天霏玉唾，擲地朗金聲。　換骨丹方憑指點，容吾極意經營。卻將韶濩頌和平。含英期後報，作楫勵今生。

《葵傾集》

沁 園 春

喜獲郭鼎堂先生復書，
輒用後村夢孚若韻賦此代簡

誰似先生，彈遠游冠，上黃金臺。但日親風雅，自多懸解，相歡魚水，焉用行媒。爲保和平，肯辭勞瘁，萬國同心乾一杯。歸來夜，更縈懷構厦，梁棟需材。　聲名貫耳如雷，數樽俎雍容第幾回。正欷深微

管，一匡謀定，情殷弔屈，九辯招來。果得傳神，無妨走樣，章句儒誠何有哉三句檃括來書中語。嚶鳴感，願百川歸海，蕩盡餘哀。　　《葵傾集》

臨　江　仙

偶於舊肆收得陸小曼"秋江小景"，自題作於庚午，以癸酉秋爲用番七妹大婚之喜。敷色明淨，秀氣撲人。把玩之餘，漫題此闋。小曼名眉，曾歸海寧徐志摩。志摩飛行隕命後，小曼流寓滬瀆，依翁某以居云

描得遠山眉樣秀，籬邊脩竹便娟。虹枝擎出晚涼天。染霜楓爛錦，空水共澄鮮。　　廿四年中真似夢，那時曾伴花鈿。二喬風韻想聯翩。可勝今昔感，静對有餘妍。　　　　　　　　　　《葵傾集》

浣　溪　沙

立秋前十日率拈小調，
乞陸小曼爲作《小五柳堂選詞圖》

解作雕蟲亦壯夫，轉親風雅識通途。潛淵探得頷珠無。　　絢素宜秋矜特立，清詞漱玉更誰如。肯紆彩筆到吾廬。　　　　　《葵傾集》

臨　江　仙

况小宋乞書扇面，率拈小調贈之

紅杏枝頭春意鬧宋子京《木蘭花》詞，誰欽小宋才名。不應盛世感浮生。薰風能解愠，皎日看敷榮。　　紈扇篋中原自好，宵深戲撲流螢。星河耿耿作秋明。炎蒸容易退，心跡喜雙清。　　　《葵傾集》

沁　園　春

一九五四年國慶獻詞

綵舞迎陽，紅旗翻浪，歡聲正濃。看萬頭攢動，典謨新布；^{時方}公布《憲法》。八方瞻仰，膏澤攸同。如日方昇，惟天爲大，聯盟領導屬工農。高樓外，過行行隊隊，佳氣蔥蘢。　傳來腰鼓鼕鼕，聽不斷謳歌大國風。信和平堡壘，儼張雙翼；繁榮經濟，鬱起羣雄。^{謂勞動英雄也。}異軌同奔，百花齊放，葵藿傾心競向東。秋光好，掣狂鯨碧海，瞬竟全功。

減字木蘭花

夜誦山谷詞，率拈小調寄陳寅恪廣州

清宵夢破，詞客有靈應識我。送米誰來，躍出屏間事可哈。^{適閲《避暑録話》載塾師樂君事，爲之失笑。}　重陽近也，醉裏簪花人入畫。橘緑橙黃，蒲澗泉邊潑茗香。　　　　　《葵傾集》

減字木蘭花

晨起有懷豐子愷，因掇"清宵"二語別續六句寄之。子愷方臥病淞濱，聯以此相慰解也

清宵夢破，詞客有靈應識我。去矣離懷，霽月光風眼底來。　維摩丈室，花不著身何有疾。又近重陽，可共陶陶進一觴。　　　　《葵傾集》

減 字 木 蘭 花

重陽前一日再續前語寄東蓀翁北京

清宵夢破，詞客有靈應識我。夢上金臺，秋色蒼然潑眼來。　與誰同醉，回首可憐歌舞地。招得騷魂，嬾向湘筠拭淚痕。　　　《葵傾集》

減 字 木 蘭 花

三續前語寄周知堂丈北京

清宵夢破，詞客有靈應識我。不醉黃花，只向重陽攬鬢華。　偷閒啖蔗，寂寞自甘誰可罵。肝膽情親，淡語行行愛是真。　　　《葵傾集》

減 字 木 蘭 花

四續前句寄俞平伯北京

清宵夢破，詞客有靈應識我。檢點平生，耿耿寒燈作意明。　簪花把酒，怎得槐陰重話舊。歲晚敷榮，韶濩音高醉太平。平伯素不與聞政治，頃被選爲全國人民代表大會代表，意或斯文重振之徵乎。　　　《葵傾集》

七絕

歐陽友琴約往人民公園看菊，漫成一絕句

短籬清瘦有誰憐，接葉移根色轉鮮。新樣靚妝看似錦，格高何意向人妍。　　　《葵傾集》

221

木 蘭 花

病中喜獲東翁書,率用小宋韻代簡

風光也覺隨年好,渺渺煙波思縱棹。野梅無分傍簷栽,冷雨何堪連夕鬧。　親朋日漸音書少,籬菊開殘慳一笑。愁來只有病相尋,留取心光恒自照。

《葵傾集》

七絕

檢曹纕蘅經沅舊贈柴翁書畫集錦,漫題二絕句以貽陳繼農

出入杜韓成獨詣,雕鎪萬象到秋毫。墨巢已往纕蘅死,誰識柴翁境界高。<small>往歲李拔可翁與夏映庵丈論清代詩人,咸推鄭子尹爲第一。</small>

游藝耽吟陳繼農,愛將名蹟拓心胸。歲寒相契無他贈,斷簡摩挲興轉濃。

《葵傾集》

一九五五年

七絕三首

歲晚書懷寄陳仲弘副總理
北京國務院

略似堯章仰石湖,每思務觀在成都。明時幸許容疎放,慚愧年年總故吾。<small>陸放翁、姜白石並賴范石湖掖護,得免流離失所。</small>

病與孱軀如有約,每於歲晏輒相尋。捧心不耐成敧坐,自撥鑪灰

聽雁音。胃疾入冬必發，發必以手按胸部，坐臥不寧，甚以爲苦。

　　東方紅日上疎窗，歌頌應須自度腔。好語窮愁今往矣，從看健筆鼎能扛。昔人嘗謂愁苦之音易好、歡愉之語難工。在舊社會中，固應有此現象，今後殆不其然。陳寅恪教授見寄詩云：「大晟顯官朝暮置，煩君爲譜曙光紅。」予甚愧其言，亦不敢不勉耳。　　　　　　　　　　　　　《葵傾集》

七律

甲午歲闌寄懷陳寅恪教授廣州

　　擁衾未歎出無車，冰雪相尋逼歲除。兩世交期篤風誼，百年志業惜居諸。西天不住憑敷化，北雁能來爲寄書。我亦支離頭半白，觀魚濠上意何如。　　　　　　　　　　　　　　　　　　《葵傾集》

七絕

雪夜懷冼玉清嶺南

　　竹風相戞語堪聽，應似中宵霰雪零。枕上江南驚夢破，水仙娟影照伶俜。　　　　　　　　　　　　　　　　　　　《葵傾集》

浣溪沙

今關天彭迻以《雅友》詩刊見寄，率拈小調報之

　　思古幽情盛海東，風流晁監幾人同。泱泱大國衍宗風。　詠罷鵜鴂驚雪髩，歌殘金縷看蒼穹。舊愁消向酒杯中。　　　《葵傾集》

七律

歲晚寄錢默存教授北京大學

自撥鱸灰聽雁音，生憎歲月去駸駸。中人寒氣成軀縮，抱膝吟懷老鶴心。世運日昌情轉淡，春花定好信還沈。多聞我愛錢夫子，歲晚尊中酒淺深。

　　　　　　　　　　　　　　　　　　　　　　　　　《葵傾集》

南　鄉　子

寄葉退庵丈北京

歲晏感離羣，嘹唳征鴻度陣雲。閒撥鱸灰占夜永，氤氳，悵對蘭膏只自焚。　　窗外雪紛紛，細領騷心證舊聞。世業石林須護惜，餘薰，三百年來此殿軍。

附：　　　　　　　　和　作　　　　　　　　葉恭綽

　　寒雀共呼羣，目斷天南靄靄雲。詞客有靈憑省識，氤氳，蠟炬鱸香悄自焚。　　逝者儘紛紛，丈室孤燈證我聞。刻翠裁紅粗事了，風薰，應待蒼頭起異軍。

　　　　　　　　　　　　　　　　　　　　　　　　　《葵傾集》

南　鄉　子

甲午歲不盡六日寄懷黃公渚青島

催雪朔風酣，落拓生涯晚自甘。閒撥鱸灰溫藥鼎，多慚，辦得春旛不上簪。　　頭白老江南，縱有寒梅孰共探。長憶汪汪黃叔度，何堪，冰泮樓前水蔚藍。

　　　　　　　　　　　　　　　　　　　　　　　　　《葵傾集》

浣　溪　沙

歲闌寄俞平伯北京

纔定風波雪轉深，紅樓一角思惝惝。祇應抱膝自長吟。　馳驟
文場歸縮手，料量生計總酸心。遲他春信尚沈沈。　　　《葵傾集》

木　蘭　花

滬上歲闌呈沈尹默丈

病懷牽惹閒煩惱，梳骨酸風寒正峭。尊前雙頰酒能紅，筵上當時
年最少。往因吳湖帆招飲，始與尹翁相識，同席王同愈年最高，予最少，翁嘗言
之歷歷。　忘機誰數東坡老，八十孩兒成一笑。風光來歲定應殊，春
信來遲春更好。　　　《葵傾集》

蝶　戀　花

歲　闌　書　感

病與孱軀如有約，每到嚴冬，故故來相虐。未分衰年情味惡，如
今轉羨無家樂。　造物於人何厚薄，皺面觀河，難把宮眉學。隔院笙
歌連夜作，沈沈舊夢思量著。　　　《葵傾集》

七律二首

次韻綠漪甲午除夕

堂堂歲月等閒過，奈此生涯濩落何。止酒幾曾驅病去，校書應是
得愁多。別時針線縈清夢，昨夜星辰耿絳河。但祝春來人更健，長街

225

永憶笑聲和。

化機賸自養盆魚，誰叩玄亭寂寞居。眉樣難期深淺合，心旌猶似亂離初。寒冰孕得梅花瘦，春意遲看柳葉舒。玉樹庭階欣共好，因風常寄數行書。　　　　　　　　　　　　　　　　　《葵傾集》

七律

乙未正月初五日喜冒孝魯見過

化機賸自看盆魚，誰叩玄亭寂寞居。眉樣最難深淺合，花胎原自雪霜餘。由來道在憑張弛，未信交期轉闊疏。水繪風流欣照坐，輪囷肝膽爲君舒。　　　　　　　　　　　　　　　　　《葵傾集》

金人捧玉盤

黃公渚教授寄甲午除夕作索和，依韻報之

對瓶花，懷舊侶，惜年闌。儘雪消、未斂殘寒。髩華將換，只應不放酒杯乾。醉來敧枕，聽鄰家、爆竹喧喧。　念兒曹，千里遠；漸衰朽，一枝安。任歲朝、容我高眠。蔗甘薑辣，且欣隨分試春盤。故人情重，愛盈箋、草聖張顛。　　　　　　　　　　　《葵傾集》

鷓鴣天

題楊仲子教授流寓西蜀時所作印譜。仲子精樂律詞章，以餘力治印，藉抒悲憤，有《傷春》、《契文》、《懷沙》等集

胡羯猖披彼一時，杜陵歌哭劍南詩。吞聲變徵傳悽調，啼血殘鵑過別枝。　掐胃腎，走蛟螭，閒將頑石寫深悲。河清頌替懷沙賦，老眼摩挲淚暗滋。　　　　　　　　　　　　　　　《葵傾集》

226

鷓　鴣　天

故人吳湖帆爲作《風雨龍吟室圖》，走筆賦謝

臥過三冬百感非，暮年心事與誰期。拋殘紅淚凝湘竹，忍作春妍著主衣。　雲乍縱，日初遲，四山風雨漸冥迷。淋漓元氣吳生筆，坐看驚雷起蟄時。　　　　　　　　　《葵傾集》

鷓　鴣　天

寄沈雁冰部長北京文化部

話到春蠶百感生君以《春蠶》等說部負盛名，曈曨曉日照人明。恒欽鼎鼐調羹手，曾播荆高變徵聲。　抒蓄念，發新榮，憑誰藻鑒爲揚清。不須更作雲泥歎，橫濱滬音讀若"黄板"橋邊識姓名。三十年前，偶以亡友謝六逸之邀代課於上海北四川路橫濱橋神州女學，適見教職員名録，知君亦在彼任教，特無緣識面耳。　　　　　　　　　　《葵傾集》

七絶二首

乙未春中偶有所觸，
拈寄陳寅恪教授嶺南

由來晚出總難堪，許插梅花住嶺南。仰止閉門陳正字，春陽合向曉窗酣。

寂寞玄亭也自安，誤身原不怨儒冠。丹黄合是聲家業，腸斷方回仔細看時予方爲文學古籍刊行社校訂宋十六家長短句。　　《葵傾集》

七絕二首

春日寄酈衡叔承銓湖上

紫髯飄拂氣猶酣，落後明時意未甘。要使湖山更生色，花光勝火水拖藍君方任浙江省文物管理委員會副主任委員。

一廛人海閉門居，衰病於時轉闊疏。終始故人相厚誼，先生知我我知魚。　　　　　　　　　　　　　　　　　　　　　　《葵傾集》

調　笑　令

春日戲拈小調示莫如德、喬采貞兩生

楊柳，楊柳，金綫斜穿窗牖。惱人最是黃鶯，啼向枝頭夢驚。驚夢，驚夢，長憶征輪徐動。　　　　　　　　　　　　　　《葵傾集》

七絕二首

春中寄顧頡剛北京科學院

研幾忘得鬚如銀，涑水遺編萬古新君方校訂《資治通鑑》。更析圖經徵利病，暮年低首顧寧人。

蟲吟曾自達天聽，爭奈雙丸不暫停。氣類感深吾亦老，春來長是忍伶俜。　　　　　　　　　　　　　　　　　　　《葵傾集》

滿　庭　芳

春仲過豐子愷寓園，春色盎然，爲拈此曲

柳綫搓金，梅枝綴玉，小園駘蕩春光。東君著意，總爲弄妝忙。

幾日陰晴未準,朝雨過、滿路花香。熙熙感,妙莊嚴相,周澤被無疆。 尋芳,攜手去,郊原繡錯,儘許徜徉。慶維摩病起,淺醉何妨。定自神來腕底,收清景、韻入宮商。江南好,鶯吟燕舞,助發少年狂。

子愷精音理,兼工漫畫,負盛名,年來以病腕不能作畫,故後片及之。 《葵傾集》

滿 庭 芳

一九五五年三月一日陳仲弘副總理過上海博物館觀畫,因約暢譚,賦此紀之

染柳煙濃,胎花雨細,開簾覺道寒輕。元戎小駐,雅興寄丹青。話到石湖佳致,曾游處、指點分明。湖隄路,波光雲影,長記畫中行。

因觀文衡山畫《石湖圖卷》,將軍謂曾特作石湖之遊,畫中情景歷歷在目。 怡情,從所好,牙籤玉軸,堆案縱橫。看清湘雪箇,腕底春生館藏石濤、八大二家名蹟尤夥。入眼禽魚蔬果,田園興、同樂昇平。堯章老,暗香徐度,回首聽吹笙。

《葵傾集》

七律

寅恪先生寄示《陽曆元旦作》,
感和一首

埶信推陳可出新,頻年典籍半摧薪。吟成抱膝貧非病,勢去論交怨亦親。日上猶酣槐蟻夢,風暄遙寄嶺梅春。醉吟聲價雞林重,護惜滄桑刧後身。

附: **陽曆元旦作,時方箋釋錢柳姻緣詩未成也**

陳寅恪

紅碧堆盤歲又新,可憐炊竈盡勞薪。太沖嬌女詩書廢,孺仲

賢妻藥裹親。食蛤那知天下事,然脂猶想柳前春河東君《次牧翁冬日泛舟詩》云"春前弱柳窺青眼"。炎方六見梅花笑,惆悵仙源最後身。

七律

爲胡菊題謝君所畫《瀟湘館賞菊圖》,即用林黛玉韻

擢秀休嗟莫我知,慣同陶令倚東籬。喜看蕭艾經霜盡,雜佩瓊琚起舞遲。戰罷西風矜特立,遙瞻南阜寄相思。塞鴻飛過瀟湘館,惆悵孤芳自賞時。　　　　　　　　　　　　　　　　　　　　　　《葵傾集》

臨江仙

春寒胃疾劇發,公費醫療處送湯藥來,飲罷因謂老妻:"政府對吾輩關心如是,曠古未有也。"詞以紀之

節近清明寒尚峭,偎來半敝羊裘。春韶似與病相謀。忍飢憎鼠鬥,攲坐把書讎。時方爲文學古籍刊行社校訂宋十六家長短句。　老去關心惟藥物,微軀此外何求。傾瓶恰似乳花浮。肺腸今轉熱,抱與果同休。　　　　　　　　　　　　　　　　　　　　《葵傾集》

鷓鴣天

乙未清明曉起攜邵氏甥女街口散步口占

時節清明雨乍晴,東方喜看太陽昇。楊枝按舞翻金縷,鶯舌嬌春賽玉笙。　風淡蕩,露晶瑩,曉來攜幼且閒行。孫孫也解謳歌意,指點牆頭識姓名。甥女方二歲,見牆頭畫報,亦歡呼毛主席云。　　　《葵傾集》

七絕

偶於《雅友》詩刊獲讀小川環樹
見懷之作，率依原韻報之

早知爲累是浮名，往事如煙一愴情。紅日乍昇吾忘老，待敦夙好看新生。末句盼彼邦人士認識中國新生力量，慎勿更爲他人所惑，再演同種相殘之禍也。

附： 頃於《雅友》誌上獲見龍榆生君詩，
頗有根觸，欲修一柬未果，因草俚句誌感　小川環樹

曾從海外識君名，偶見新詩無限情。松柏經寒凋總後，未知何日話平生。

《葵傾集》

臨 江 仙

久不得冼玉清來問，風雨中賦此代簡

過卻清明風更雨，高樓誰共論文。木棉花發草初薰。雅歌宜自賞，短翼悵離羣。　獨抱陳編消永晝，新篁看即干雲。琅玕翠館茗香釅。幾時同把琖，清話到黃昏。

《葵傾集》

七絕

甲午秋於漕河涇農家乞取小竹，與叢蘭合栽盆內，春晚
忽生新筍，喜占二十八字

移根蟠屈入瓷盆，生小難忘雨露恩。賴得叢蘭解相惜，干霄長是望龍孫。

《葵傾集》

七絕

晚春風雨中作

疾風吹雨暗還明，燕妒鶯猜亦可驚。賴得春陽勤煦育，眼中何物
不新生。　　　　　　　　　　　　　　　　　　　《葵傾集》

摸　魚　兒

衡陽羅生_{叔子}爲製"葵傾室"及"向陽謳歌"二印，賦此謝之

指東方、太陽昇處，朝霞紅燦如許。仰風細草黏天綠，消得幾多
溫煦。花解語，正萬紫千紅，繡出行春路。垂楊自舞。競點染江山，
爭妍鬪彩，盡意展金縷。　　韶光好，未讓鶯猜燕妒。無私天際風露。
澧蘭沅芷飄芳烈，待子殷勤擷取。傾肺腑，看南嶽生雲，相共謳歌去。
大河東注。寫壯闊波瀾，輝煌禹域，不用感遲暮。叔子賦性耿直，兼工詩
畫，自杭州藝專卒業後，學非所用，抑塞不自聊，屢思致之博物館，未獲如願。去
歲始應華東藝專之聘，任教半年，將北游龍門、雲崗、敦煌等地，參觀先民遺産，
以弘造詣，前途未可量也。　　　　　　　　　　　　《葵傾集》

七律

許文雨自山東大學寄示和
黃公渚之作，依韻答之

丁卯橋邊霞氣蒸，輒因來雁憶良朋往與文雨共事真如暨南大學。瞢
騰乍醒槐柯夢，明滅難傳樂苑鐙。兒女滿前君轉苦，米鹽粗給我何
曾。杏花春雨誰同聽，恨殺霜毛鏡裏增。　　　　　　《葵傾集》

232

鷓　鴣　天

乙未農曆閏重三作

宿雨初乾雀語檐，曆頭喜見閏重三。回黃老樹陰逾密，繡地餘花色轉嚴。　春晝永，午風恬，情知蔗味老來甜。頰間偎著狸奴暖，隱几欹眠嬾下簾。

《葵傾集》

鷓　鴣　天

閏重三之次日喜嘉定丘瓊蓀見過

寂寞丹鉛祇自親，窺園忽已過芳辰。春歸與我干何事，客至難能是可人。　傾苦茗，接清塵，宮商剖析味津津。李唐遺譜憑重訂，同作熙熙樂世民。君專研燕樂字譜，懸解頗多，既校譯《白石道人歌曲》，復進治敦煌唐譜，用力特勤。

《葵傾集》

滿江紅二首

寫定《葵傾集》，將寄陳副總理轉獻毛主席，再綴二章

一笑相逢，頭顱在、肝腸猶熱。慚數載、涵濡雨露，寸心難說。曝背朝陽春煦嫗，離羣斷雁風蕭瑟。問眼中、青兕果何如，情殷切。迷途恨，塵許拭。再生感，香重爇。便新描眉樣，總憐癡絕。一歲長吾勳業燦，今春重晤，弘公殷殷以馬齒及家庭情況見詢，知長吾一歲，益佩公之謙抑也。三秋難喻光儀接。把蟲吟、更爲達天聰，紅雙頰。

於意云何，春正好、與民同樂。仍辦得、丹忱一片，向陽葵藿。落後怕遭兒女笑，瞻前未避風波作。但容吾、寂寞事丹鉛，心無怍。換凡骨，思靈藥。騁餘力，知所託。看月明星粲，穩棲烏鵲。識小故

應長奮迅。啟新誰共勤磨砆。倘增輝、不棄燭光微，從頭學。

《葵傾集》

【補校】

"肝腸"，原作"肝膽"，據手稿改。

臨　江　仙

　　中央音樂學院民族音樂研究所副所長楊蔭瀏同志先後以敦煌唐樂譜及西安何家營鼓樂社、北京智化寺所傳宋元舊譜見寄，其字譜多與白石道人歌曲相合，沈埋數百年之詞樂，行將重顯於世，綿此墜緒，推陳出新，詩人與樂家分工合作，以民族形式結合社會主義思想，創作新體歌詞，以應廣大人民之需要，此其時矣。賦謝蔭瀏兼簡葉遐庵

　　歌社消沈逾廿載，曩在上海音樂專科學校任教詩歌，曾與蕭友梅校長及黃今吾、易大厂、葉遐庵諸君倡導吸取樂府詩、宋元詞曲及民間歌謠形式，創作新體歌詞，并有歌社之組織。自蕭、黃、易三君下世後，停頓已久矣。憑誰爲寫歡聲。工農鼓舞赴前程。夥頤新事物，《史記》所云"夥頤，驚歎之聲"，猶今言"哎喲"。撩撥舊心情。　　寶藏重重看發掘，相期擷取精英。雄詞鑄出活生生。依他勤體驗，在我費經營。解放後每思試作新詞，以歌詠大時代，爲工農兵服務，苦無接近音樂歌舞家及羣眾生活之機緣，而報刊所載各方對此類歌詞似甚迫切，安得與青年同志相共鑽研耶。

《葵傾集》

七律

李蔬畦以歌筵走筆之作索和，
次韻報之

　　郎當醉袖隨緣住，未歎牽絲作老翁。囀曲春鶯聲轉滑，催花羯鼓意何窮。料量酒債從伊欠，摩抆霜髯本自公。天放一間鳴盛世，玉山

頰向舞裙紅。 《葵傾集》

七律

滬上食荔支，戲用山谷戎州詩
韻寄陳寅恪教授廣州

增城挂綠知何似，我亦年年啖荔支。玉液飽含思馬乳，絳襦初解怯冰肌。太真意態應難畫，雙井風懷彼一時。寄語天南陳教授，滿江煙雨可無詩。 《葵傾集》

七絕

贈 何 肇 華

何郎詩共梅花發，粲粲寒光照眼明。我亦暮年蕭瑟甚，一燈誰爲振金聲。

七古

口占寄薛邦邁淮南

與君脫出獅子口，相期共作獅子吼。採菊悠然見南山，山色淮南言未了。老來日夕事丹鉛，收獲愆期愧硯田。料得薛兄能慷慨，分廉略借買書錢。

浪 淘 沙

報小川環樹教授日本京都

唱罷望瀛洲，聲氣相求。狂濤幾度撼閒鷗。留得餘生看好景，此意悠悠。　煙霧眼中收，願共抬頭。秋陽皎皎豁吟眸。佳客正思懸榻待，何日來遊。

五古

述懷呈弘公

唉蔗老彌甘，何必溯既往。明鏡判妍醜，太陽勤長養。如彼牡丹花，托根在沃壤。當春定重榮，叩目志已廣。偉哉羣衆力，日夕翻新樣。懸想廿年内，吾筆應難狀。謳歌我有責，追逐寧敢讓。相挾以俱變，襟懷自開朗。鮮鮮鑄偉詞，躍冶逾精壯。如彼杜陵詩，一空諸倚傍。如彼參禪人，頓悟資喝棒。今我觀唯物，大道果夷曠。度我有先覺，勉力符深望。不使瑕掩瑜，此意銘腑臟。

五古

小男忽發現肺結核，
輟學療養，賦此廣之

丈夫愛少子，舊俗何足道。嗟爾偉軀幹，鶴立殊矯矯。十五入高三，向學亦頗早。爾知自奮發，所務在三好。日夕勤鍛鍊，你意吾所曉。爾母爲焦思，求進稍急躁。所慮先天薄，亦恐過虧耗。暑後離家去，遇事勤思考。半月一歸來，勉以善自保。面龐驟消瘦，母憂還如擣。生逢大時代，我尚不知老。安心自調攝，切莫生煩惱。同懷盡友愛，汝勿虞温飽。舐犢有深情，況爲國所寶。心血化成乳，助爾期速效。事貴適物宜，補偏看善導。

236

五古四首

秋冬間雜詩

　　唯物觀發展，新陳有代謝。表達藉語言，積累爲文化。語法違規範，哲人定叱罵。偉哉我祖國，聲明震東亞。寶藏至豐盈，一一待評價。衡量務矜慎，是非難假借。太阿尺度操，顛倒成話靶。文字且乖迕，瞎馬相陵跨。先民有苦心，踏踐良可怕。皎皎有異燭，光輝正四射。暫此息煩慮，自勉駕駘駕。

　　籬菊經霜腴，絢爛開盈把。喜子抱之來，貽我何爲者。羣或笑爾癡，我懷正難寫。邂逅與子遇，心親無虛假。寂寞玄亭叩，託意在風雅。我愧陶彭澤，淒淒風露下。力耕既不任，行藏昧用舍。獨比向陽葵，寧似識途馬。嗜癡豈其情，知音殆未寡。浥露掇秋英，與子共蕭灑。

　　我意在撰述，寧爲博升斗。明時得自效，遭遇非不偶。光輝看遠景，河清人定壽。何況陳元帥，於我良獨厚。知我方治詞，勉我持以久。堅我自信心，不慮將覆缶。如何懷鬱鬱，方寸爲公剖。自嗟叢愆尤，亦復積塵垢。何以圖蕩滌，嚶鳴切求友。何以勤鑽研，鉛槧不離手。何以事分析，新知實關鈕。當其萃心神，正亦忘白首。俯仰斗室中，病婦每相訴。積年衣早敝，來朝炭須購。小男肺結核，病榻羅前後。而我於其間，文思仍勉構。嘔心謀補貼，不眠祇內疚。狂風忽吹來，摧折婆娑柳。莫由償書債，筆耕亦何有。冰炭苦填膺，國恩懼深負。領導善培育，知當到衰朽。移根使上遂，潛修識所守。磨勵日新功，枯苗得重秀。持以獻人民，精神助糧糗。

　　破襖可禦冬，斑斑積垢膩。清晨偶窺鏡，出門將有詣。病妻在其旁，略爲整襟袂。徬徨轉蹙額，意若懷羞愧。小男個子高，秋衣可一試。取以蒙其外，熨貼稱厥位。俯視藍布袴，黃生新見餽。煥然見修潔，霜髭手親薙。相憐有糟糠，衰顏亦自媚。莫笑窮酸相，此已大不易。曾未力耕桑，於國何所利？精神須振刷，奮發莫自棄。改造舊社會，各各盡智慧。江山有光輝，衣被全錦罽。七十不爲老，更待作人瑞。歡笑着錦袍，謳歌大同世。

【補校】

"冰炭"，原作"冰炎"，據手稿改。

好 事 近

聽陳副總理報告感作

聽得話家常，篤定吾冤能雪。爭向光明奔赴，歎今生難得。　歡迎鼓舞待如何，有路效忠赤。掃盡前途障礙，看同趨積極。

好 事 近

五夜不眠有懷金月石

廿載辱神交，見即情同膠漆。怎又多時不見，正長更思憶。　平生雖慣狎風波，憔悴見顏色。料得相憐同病，聽燈前簷滴。

一九五六年

七絕

自上海乘飛機經武漢至北京

凌虛馭氣轉輕安，大地山河眼底看。載取丹忱瞻日色，從教翠嶂漾文瀾。

絳 都 春

一九五六年二月六日
懷仁堂宴席上呈毛主席

春回律琯。喜得傍太陽,身心全暖。海匯衆流,賓集羣賢同歡宴。歡呼競捧深杯勸,看圓鏡、燈光撩亂。藹然瞻視,熙然濡煦,彩霞迎面。　長羨,鄉風未改,美肴饌、雙筯殷勤爲揀。愛敞綉筵,樂近辛盤芳韶展。融融恰稱平生願,佇姹紫嫣紅開滿。凍梅徐吐幽芬,頌聲自遠。

清 平 樂

二月六日懷仁堂席上獲晤彭真市長,
談藝甚歡,賦呈小調

朝陽相煦,把手歡如故。語笑雍容春態度,雪後看調雨露。　涵濡老樹生花,長空鬱起朱霞。喜得衆芳齊吐,東風浩浩無涯。

摸 魚 兒

一九五六年二月七日仲弘元帥
招作夜談,賦成此闋

撥么絃、賞音能幾,十年禁慣憔悴。燈前接席成清話,訴盡平生心事。君看取,愛緩帶輕裘,坐我春風裏。河清可俟。幸得傍朝陽,飛騰意氣,駑蹇尚堪使。　纏綿意,漬透鮫珠泉底。騷懷無限悽惻。冥迷一往曾何濟,自墮沈淵難起。塵乍洗,信再造深情,未覺吾衰矣。重調宮徵。待仰贊休明,千間廣廈,更送萬方喜。

絳都春

丙申春節爲《北京日報》作

東方向曉。聽清響爆竹,爭傳喜報。過眼舊塵,瑞雪飄來全都掃。搖金柳線占春早,便綉出、嶄新風貌。彩旗交舞,萬紅輝映,寶光圍繞。　歡笑,攔街拍手,慶增歲、鶴髮轉成年少。樂與衆同,芳景鮮妍無邊好。天工怎敵人工巧,看真個、乾坤重造。一團火熱心情,太陽普照。

沁園春

丙申春節與郭鼎堂先生小立論詩,
賦此以紀

郭老多才,小憩論詩,深契我懷。道舊瓶新酒,裝來也得;今詞古語,糅雜何猜。的皪珠塵,爛斑蕃錦,光怪陸離洵妙哉。陶鈞手,看全收萬類,陵暴九垓。　最難雅俗都諧,待放眼滄溟襟抱開。正和平競賽,鑽研原子;文明追溯,考訂齊壘。宰制由人,消融自我,接葉移根別樣栽。花齊放,讓迎風細草,輝映池臺。

【補校】

"鑽研"、"由人",原作"精研"、"奴僕",據手稿改。

清平樂

與張雲川重見都門,感懷萬端,漫占小闋

停辛佇苦,有恨憑誰訴。十載伶俜慳會遇,猶憶彭門夜語。　難教豎子成名,衰年喜見河清。最是多聞直諒,相期無負平生。

醉 太 平

北京重晤章行嚴丈,並荷贈詩,輒賦小調爲報

樓高露寒,春融海寬,十年重到長安,把鮫珠暗彈。　哀容據鞍,芳郊弄丸。城頭日出團團,忘尊前鬢斑。

醉 太 平

與葉遐翁重見都門,
並相約作春節詞,爰綴小闋就教

情殷向陽,聲清繞梁。謳吟韻協宮商,鼓春風數行。　誰同播芳,大羹共嘗。欣將赤幟高張,看銀燈燄長。

訴 衷 情

與羅莘田隔絶廿年,春明把手,感成此闋

一時恩怨苦難休,攬鏡只堪羞。金丹爲起沈痼,此外更何求。悲舊染,數前遊,感同舟。熾然妄念,涼爾清霜,不盡悠悠。

朝 中 措

北京晤齊燕銘爲賦

元瑜書記想翩翩,相見益歡然。天下歸心吐哺,幄中倚重才賢。　幽潛待闡,開來繼往,珍視韋編。萬丈看騰光燄,長教輝映山川。

241

憶 少 年

陳叔通先生枉過旅邸，拈此小曲爲謝

少年風度，少年思想，少年踪跡。五洲待行遍，看霜髯飄拂。簌簌青袍驚座客，慰騷魂、更欽腸熱_{謂籌印散原丈文集}。宗邦盛文運，仗高歌扶植。

八 聲 甘 州

丙申春節自北京南還，車過徐州作

望荒臺老樹鎖蒼煙，霸圖已全收。自濟南南去，岡巒磊砢，奔赴城頭。乍喜初陽解凍，逝水任悠悠。四戰真形勝，誰擁貔貅。　廢壘創痕猶在，但青青麥隴，颭起歡謳。記天旋地動，風捲落花愁。愛軍民、情同魚水，掃游氛、直下到窮陬。從今後、變河山景，長鞏金甌。

浣 溪 沙

丙申春節出京火車中
重晤老友周谷城，口占小調

春雨江南慣共聽，飆輪把手慰離情。廿年塵夢總堪驚。　詞苑乍傳徵白石，客星常是紀嚴陵。相期努力贊河清。

七律

太疎寄示《丙申人日作》，走筆報之

匆匆北去復南來，顒顎雙眉得暫開。每欲催花傳羯鼓，乍欣扶醉

上金臺。尊空北海長相憶，舞向東風莫漫猜。人日草堂詩興好，願歌樂世制餘哀。

西 江 月

丙申上元風雨中喜金月石見過

早喜春回律管，行看綠轉霜柯。精金猶待共研磨，光燄飛騰盲左。　羲茗偏宜坐雨，論心合放高歌。北行蘇學意如何。圓鏡不遭塵涴。

長歌

爲劉海粟題太湖一覽長卷

我昔曾遊黿頭渚，翠峯重叠若可數。一葉輕帆任去留，萬頃雲濤看吞吐。也曾夢隨洞庭山，樵唱依稀巖谷間。讀書養性真一樂，窗前吟眺擁烟鬟。海翁別爲開生面，寒枚颯颯如開戰。舊隱誰云畫不成，新樣妝成忒可羡。多翁芥子納須彌，直驚元氣何淋漓。洋樓古寺屹相望，如實攝取鎔冶之。幾輩只成夾生飯，此事原來非易辦。神遇仍從苦鍊來，亦創亦因惟善變。我聞此地將爲一大風景區，萬間廣厦滿山隅。勞模招攜來四遠，絃歌互答歡有餘。煙雲供養翁長健，新鮮事物朝朝見。錦繡湖山亦如畫，待我從翁放筆爲光幹。

浪 淘 沙

於日本京都大學《中國文學報》見霍福民教授所譯李後主詞德文本出版，喜拈小調寄之

誰似李重光，個樣悲涼。酸嘶咽自九回腸。念得家山真破了，怎

不思量。　沈醉總成傷，譯事曾商。六朝舊夢墮迷茫。試向海霞看曙色，紅滿東方。

七古

奉送陳仲弘元帥率領祝賀西藏自治區
籌備委員會成立中央代表團前往拉薩

太陽所照草回青，多民族爲大家庭。將軍率向拉薩去，山花含笑馬頭迎。康藏高原闢公路，鎚幽鑿險穿雲度。無堅不摧戰士心，征服自然看指顧。漢唐以來所未經，春風過盡短長亭。氂牛汽車齊騁力，朝踏層冰夜摘星。多樣多採傳歌舞，深情競向人前吐。語言雖異心則同，融融洩洩歡相處。昕夕馨香爲計程，無邊吟興驀然生。遙知緩帶輕裘者，更振黃鐘大呂聲。

一半兒二首

偶拈元人小令調寄劉汝醴

雕欄斜憑玩湖光，彩筆閒拈試額黃。結得同心人姓唐，嬾洋洋，一半兒相偎一半兒躺。

嬌春羅綺試新妝，潑黛湖山漾野航。連臂踏歌當艷陽。好風光，一半兒低回一半兒想。

南呂一枝花

中國人民政治協商會議上海市第一屆委員會第二次全體會議聯歡晚會，席上作此，贈言慧珠委員

向榮草木欣，眨眼乾坤變。泱泱歌大風，行行出狀元。盡態爭

妍,處處開生面,顧盼轉嫣然。播新聲、幾隻民歌,傳舊曲、一場
"小宴"。

〔梁州〕挽玉手、雕欄並肩,捧金杯、花徑留連,梨渦暈酒紅深淺。
向輕羅扇底,記芍藥亭邊。清平調好,飛燕妝鮮。喜鶯吭、的的珠圓,
拂霓裳、慢舞翩躚。問翰林彩筆題箋,令龜年檀板催傳,喜三郎玉笛
相宜。意堅,景遷,對西風、暫把幽懷遣。桂花綻,流光轉,案上徐飄
寶篆煙。鬢軃雲偏。

〔尾〕曹騰一霎看歸輦,悵望千秋委翠鈿。理四絃,滙百川。夙情
消,舊恥湔。慶團圓,惜嬋娟。煞強似水月觀音,共梅俞絕藝長留眾
前顯。

【補校】

"向榮草木欣"、"花徑留連",一作"同心少長歡"、"香霧籠鬟"。

七絶

春晚坐塈雷亭聽泉,
有懷坡仙舊跡

神清豈待寺鐘撞。激射飛沈意未降。比似廬山青玉峽,白龍飛
出不成雙。

【補校】

"激射飛沈",原作"激□射飛",據手稿補改。

生 查 子

新居坐雨,有懷金月石

相逢已恨遲,相憶何時歇。君去狎風波,好自勤將息。　　湖上倦
游歸,濃綠侵吟席。載得五車書,聊可消長日。

七古

初夏喜周煦良來作夜談，
戲效岑嘉州體

　　偶於廣坐聞高論，片言壯我堂堂陣，落花一任飛相趁。綠陰長夏正清和，開門乍喜高軒過，晏歸不避妻拏訶。酸鹹與俗殊嗜好，悠悠此意向誰道，愜心恒自以爲寶。淮海而還數鹿潭，此中真趣合同參，相望江北與江南。綿延芳緒俱有責，樂苑一燈耿明滅，珍重知應記今夕。

七古

伍蠡甫於冷攤得葉昌熾篆印，
拓以見示，賦此報之

　　緣督先生精金石，遺印散落誰其識。愛處陽春以養德。伍兄卓犖衆難同，慣禮英雄未遇中，沈埋寶劍終化龍。冷攤拾取留紉佩，鈐以紫泥芳未沫，相知願得長相對。

長歌

憶昔行贈承名世
兼示許學受、黃永年

　　憶昔相從黃與許，朝苦胡塵暮風雨。霜月在地人影稀，平旦之氣合爭取。許子學醫黃治史，一喜朝誦一夜語。我與二子同心期，別有幽懷未能語。一別金陵已十霜，苦辣酸甜亦備嘗。晚識承子若夙契，云與許黃二子爲同鄉。常州學派所欣慕，我愛三子各自發光芒。醫國醫人老生常談耳，何如三子分鼎足嶄擅勝場。精研病理探史籍，發揮創造五采彰。名世原爲農家子，年少苦學亦酸楚。赤手奮鬪與我同，頭角崢嶸今若此。淺人恒以耳爲目，拘牽資格每使騏驥長鳴陷泥滓。天生我才必有用，青蓮豪語鼓舞我輩勇邁力行不自止。脱穎而出陣堂堂，我與三子乘風馭氣高翱翔。努力參加社會主義之偉大建設，更向羣衆學習吸收養料作爲長征萬里之資糧。名世於我亦如許黃二子三人赤膽與熱腸，不以升沈顯晦易其方。云聽二子談吾舊事周且詳，中心藏之何日忘。子名名世名終揚，我進苦藥知不妨。表獨立兮氣摩蒼，穩步前進行康莊。一空依傍自發皇，造化爲師藐四王。定知源遠流可長，眼看遠景正輝煌。好爲來者作橋梁。艱鉅工作同擔當，勉旃積累功難量。

【補校】

"表獨立兮"之"立兮"二字原缺，據手稿補。

五古

五月十四日往西郊馬橋鄉
高級農業生產合作社視察猪棚作

都市盛肉食，供應或有爽。運輸亦勞費，何如近飼養。視察及四郊，畜牧日推廣。西郊馬橋鄉，飼猪識所倣。剖竹構猪棚，軒窗見疏朗。寢食各分隔，衛生所必講。清潔到毫毛，閃光交滉瀁。娘兒一室中，吮乳互偃仰。思勤惟鞠育，娘瘦兒易長。乳罷試奔突，摩柱若搔癢。楞眼看生客，搖尾發癡想。得此清涼境，一生不爲枉。族類定蕃殖，口腹獲豐饗。美哉合作化，努力作榜樣。

長歌

五月二十五日自黄浦江
入蘇州河視察，倚檻放歌

誰染吴淞半江水，衆穢所歸難嚮邇。夾江聳立有層樓，百年腥羶待勤洗。坐使神州物力殫，精華吸盡餘渣滓。幾多排泄入尾閭，不知何物堪相擬。濁流一派看彎環，潭子灣連潘家灣。緊抱市場隨吐納，生憎膿血助波瀾。水面人家用淘米，對此何以爲朝餐。清濁並以人謀致，勿怪薰天臭氣垒涌於其間。亦有棚户臨江起，東倒西歪似將圮。樓前童稚卻怡然，盆景駢羅雜紅紫。吾民自富抵抗力，亦復天然知愛美。顔回陋巷奚足云，甕牖慣自蓄生齒。激輪西溯及荒郊，麥穗隨風自動摇。一片黄雲迷遠浦，半帆紅日送歸橈。回頭卅里經行處，濁浪滔滔向東注。待穿地底輸爾入重溟，黄河可清似爾一溝臭水烏足數。黄浦灘通日夜潮，沿江坐愛緑陰交。從兹積穢都消盡，更漾輕舠渡畫橋。

蝶　戀　花

五月二十七日上海業餘政治大學開學典禮席上聽石西民校長講話引《人間詞話》中語爲喻，感呈此曲

芳草黏天天已曙，目極天涯，個是西來路。悟澈真源無一語，馬蹄得得應難駐。　衆裏尋他千百度，燈火闌珊，驀忽欣相遇。不爲捲簾通一顧，三關勘破誰當阻。

五古

五月廿八日視察西郊華漕鄉農村
試驗田,因念城內居民作

農爲生民資,物土各有宜。倘能適其性,品種乃繁滋。溫室與陽
畦,成熟判早遲。供應無或缺,人謀惟所施。我觀玻璃棚,復聽農師
辭:"番茄試密植,結實已離離。陽光所照射,高下頗不齊;彼居屋梁
下,煦育有偏私,光線難透澈,矮小良可思。"察彼有生物,向陽理無
違;因念城市內,摩樓見參差,蜷伏與猱升,庇身一何危! 亦或類穴
處,無緣窺朝曦。於此蕃族類,健康待何時? 市政勤規劃,理之如亂
絲。條達使上遂,世運迅推移。感物動我心,竭慮敢告疲。

載《文藝月報》一九五六年十一月號。

七古

曹 楊 村 行

枇杷黃熟雨紛紛,奔車來過曹楊村。村中戶戶藏煙柳,月季爛漫
香氤氳。下車先入幼兒園,童稚見客各歡欣。舉手相招旋相握,膚柔
肉厚性溫文。保育薰陶適所願,已解敬業與樂羣。勞模聚居競美化,
時有嘉賓來叩門。開門延賓喜修潔,問訊各各展殷勤。豐衣足食愛
勞動,同樂仍將禮俗敦。亦有公園快游息,小橋流水娛朝昏。食堂浴
室般般好,我欲描繪窮於言。舊時荒郊成錦繡,富裕亦如花爭繁。始
信雙手創萬物,羣力端可變乾坤。更向樓頭看遠景,人間到處是
桃源。

蝶　戀　花

初夏視察西郊，車過楊家橋作

　　曾是當時絃誦地，煙雨淒迷，一陣狂飆起。試問楊家橋下水，可能流盡相思淚。　　二十餘年尋舊壘，雙燕飛來，風景依稀是。幾處紅樓生眼底，爲伊挤得人沈醉。

五古

七月二日在寓開講唐宋詩詞，
迅雷風烈中諸生皆如時至，感賦此章

　　老至欲何爲，辛勤事篇什。出谷快嚶鳴，英俊稍來集。亦有青年輩，愛把朝花拾。明燈耿四壁，環坐甚親暱。不因聲氣感，何由聚一室。是時暴風雨。來者多沾濕。將欲防其病，妻爲搜舊篋。長短未稱身，服之免疏失。據案各傾聽，此自聞根入。講罷作長吟，感情隨緩急。厥體雖萬變，自然有規律。五音遂繁會，萬古同一轍。如何竭知慮，慰彼情熱烈。來者定勝今，我但作舟楫。偉哉大時代，共此光曄曄。

七古

放歌贈唐弢

　　結交喜獲唐風子，算惟苦學差相似。顧我華顛君黑頭，肥瘦相懸又如此。鷺門初識魯迅翁，也曾殯舍禮遺容。不應壁上觀鏖戰，相知乃若馬牛風。從此蹉跎二十載，獨絃哀歌少光采。短翼差池不及羣，飛紅萬點愁如海。沈吟垂老值昌期，月明烏鵲未安枝。嚶鳴求友情轉切,瑤華折取將貽誰。聲澀老鶯遲出谷,熱情空有萬千斛。欲渡無梁喚奈何,天寒翠袖倚修竹。太陽普照百花開,老樹迎陽花自胎。不謂醜枝終出衆,鮮鮮曾是日邊來。多君卓犖稱先進,覺有距離難接近。一從讀得自傳文,異中求同心相印。優良傳統果何如,老蚌能生明月珠。君看且介亭中作,得來原自費功夫。烈日炎炎汗如雨,滴向尊師墳上土。生色園林靶子場,相承一脈人爭覷。游氛掃盡太陽昇,當日文壇劇鬬爭。黑暗面隨筆伐去,願同歌舞慶豐登。追隨未覺年華暮,願得執鞭上前路。爲君揮翰發狂吟,如此光明肯孤負。

七古

贈 李 俊 民

主觀於人爲大敵,更有利口甜如蜜。思量二害絕須防,要以相爭成莫逆。與君原是昧平生,一席傾談見性情。肝膽向人心自赤,襟懷乍展眼恒青。春光爛熳花將放,莫遣封姨妨長養。吸引行看尺度寬,奔騰坐喜波瀾壯。陰陰綠樹鳥爭鳴,雛鳳清於老鳳聲。霞蔚雲蒸來不斷,幾多美器待裁成。華東由來盛人物,力量新生要扶植。一切增強責任心,神奇本自平凡出。鳥歌花舞慶河清,東方喜見太陽昇。與君拍手同歡抃,展出文壇萬里程。

五古

爲黃永年題明嘉靖刊本元白《長慶集》,
即送其之西安

少讀香山詩,所務在兼濟。及其遭竄逐,性靈合有寄。廬山構草堂,南賓頌丹荔。俯仰去來今,留戀色香味。續觀池上篇,援琴鼓秋思。遺愛在蘇杭,攜取雜菱芰。柳蠻與櫻素,餘興託游藝。最愛霓裳

舞，引聲如鶴唳。歛退豈寡情，沈吟果何地。千載柴桑心，遙遙果相契。當時寫五本，一在禪林寺。撫茲錢氏刊，淵源知有自。秦中勢殊昔，善以意逆志。持此壯行色，華實得所繫。頗怪微之作，特以會真傳。當時交白氏，相勉濟元元。情愛逾骨肉，所守寧不堅。獨於困阨中，非類易作緣。感恩恒自誤，毀譽亦多偏。兩家長慶集，此獨缺不全。區區身後名，顯晦莫非天。黃子嗜殊俗，每喜誦遺編。含咀亦何害，勿以人廢言。試聽琵琶歌，嗚咽嗚冰泉。

定 風 波

豐子愷將以七月二十六日溯江西上入廬山小住，來書云："今夏炎熱爲上海百年來所未有，弟鎮日困頓，直視此六尺之軀爲贅物，詞翁想亦消減雅興，不知亦有'冰肌玉骨'之製否也?"是夕，予方往美琪電影院觀南斯拉夫歌舞，座上隳括來書中語，寄子愷發一笑

夏日炎炎不可支，何來玉骨與冰肌。顧視此身真似贅，昏睡，栩然胡蝶欲安之。　今夜江風吹夢去，如雨，半空飛瀑濕人衣。妙舞清歌燈影裏，爭比，松間泉韻竹間棊。

定 風 波

陳仲弘元帥來書，有"幾生修得到
梅花"之語，綴成小詞奉報

培護芳根競吐芽，辛勤原是爲當家。不避祁寒兼盛夏，休訝，幾生修得到梅花。　但把家常來共話，牽惹，杜陵廣厦望非奢。揮塵從容人入畫，蕭灑，更看水木湛清華。

七絕二首

羅叔子將從劉海粟入廬山小住，
漫拈二絕句贈行

鍾靈來自祝融峯，真面廬山同不同。潑墨試參清淨理，未須丘壑在胸中。

好手故應師造化，磅礴大氣吞廬山。憑君傳語劉夫子，拱立諸峯未許間。

七古

題胡伯翔爲仲弘元帥畫馬

神駿追風去無迹，所向當者皆辟易。踏遍千山與萬山，烈烈威名動沙磧。洗兵寧待挽天河，煙塵四斂海不波。泉甘野曠同歡抃，無際春陽照淺莎。

七古

一九五六年建軍節前一日仲弘元帥招同陳丕顯、劉述周、盛丕華、曹荻秋諸同志對酌，謹賦七言詩紀盛

如今膌與自然戰，衆議傾聽每忘倦。難能抽得片時閒，脫略形跡共談宴。葡萄酒滿玻璃鍾，花發應同酒面紅。座上六人我獨逸，倘從無謂致有功。冲懷轉爲人羣熱，普向炎天作冰雪。飲罷瓊漿業益精，壅來沃壤花爭苗。辛勤賴得種花人，行看花枝簇簇新。後樂未容辭重負，全真卻是愛閒身。袒胸赤脚搖大扇，山禽按曲泉鳴澗。颯然迎取北窗涼，陶令流風良可羨。我聞此語心鬱陶，樹木欣欣綠蔭交。他

日許尋泉石趣，願效馳驅敢告勞。

【校】

"賴得"、"赤脚"、"願效馳驅"一作"賴有"、"跣足"、"有役能從"。

江 南 好

題江南蘋畫杜鵑便面呈弘公

胭脂紫，和露攝花神。刺出千山新樣錦，好教人共惜芳辰。不負豔陽春。

七古

題畫馬寄劉伯承將軍

名將由來愛名馬，乍喜騰驤轉閒暇。蹴踏寧誇汗血功，從容細品丹青價。昭陵六駿蝕冰霜，曹霸傳真墮渺茫。陶馬摩挲聊慰意，眼中誰是真乘黃。驀澗穿林風颭颭，走石飛沙響相答。馳上峯頭顧視雄，驕虜聞聲全棄甲。

浣 溪 沙

於第二屆全國國畫展覽會上獲觀陸小曼畫《江邊綠陰圖》，清潤之氣撲人眉宇，輒占小詞，以表傾服

坐聽松濤撼碧虛，飄飄誰爲颺瑤裾。水風多處足清娛。　得意鷗波應避席，會心蒙叟不知魚。撲人濃翠渺愁予。

七古

丙申初秋於國畫展覽會上獲觀謝無量先生題嚴貞煒畫秦吉了,欽此筆妙賦,爰賦長歌寄成都

梓潼謝公夙所敬,不信人間俄變景。三原座上最少年,重見金臺雪盈頂。差池短翼喜乘風,好客應思陳孟公。何意傳舍一把手,須臾飄散又西東。錦城雖樂何堪戀,臨眈長江真一綫。乘興東游倘有期,馬叟沈翁俱在念。乍愛涼颸入畫樓,峨眉山月半輪秋。試託通辭秦吉了,想得揮毫氣轉遒。東道早聞懸榻待,肯以賸馥相沾溉。好留詩句滿江南,炫眼楓丹波似黛。

長歌

胡伯翔屬題王一亭所畫行香子,上有吳缶翁題句

芭蕉分綠闇塵屏,落紙驚人看彩暈。彈指流光四十年,起衰心事未應冷。前輩清徽不可攀,眼中來者孰登壇。好將萬類陶甄手,力挽千堆既倒瀾。邂逅相逢成莫逆,晚際明時期騁力。獨往何妨舉世非,真知留與英年識。何愁歲月陣堂堂,日月光華漢道昌。蔽錮豈能勝重負,琢磨終自耀星芒。吳叟王翁嗟已往,嶄新世界愜心賞。重教二老作風流,偉業當前須共創。

琴適歌詞

宮意

軟風絲雨釀花天,似繡郊原,青秧一片。歌唱儘忘倦。好景當

春，戲舞留連，爭妍，柳拖金綫，映人影波間。折得繁紅插鬢，蝶亂蜂喧。趁此韶光，勞作於田。欣欣集體，歡容滿面。掠水飄來雙燕，春衫勤自剪，心愛在誰邊。

商　意

秋風秋風秋風生，爽氣宜人，翻飛黃葉舞輕盈。愛秋光如許，分外關情。何況秋月倍晶清，嚴霜施惡榛荆。真成如畫江山，籬邊促織喜爭鳴。涼生錦屏，素琴彈罷，快意寫商聲。蕭蕭嚴霜愛晚晴，聽幾處慶豐登。

角　意

輕雷響徹村莊，翠潑新篁。滿湖春水汪汪。也宜耕稼也宜桑，綠遍江鄉。蓮葉徐傾珠顆，纔浮水面，待村姑新換羅裳。薰風吹過麥田香，無限也思量。思量幾處農忙，七絃解慍聽鏗鏘。

徵　意

蟬鳴高柳草連天，菱歌調入冰絃。風來四面舞蹁躚，綠蓋擁紅蓮。打槳蘆邊，盡消煩念，長笛悠然起波間。羨鷗鷺閑眠。水籠煙，涼意漸滿歸船。

羽　意

紅衣脫盡野塘秋，情絲不斷蓮根藕。那時相向，脈脈意悠悠。每驚清瘦感溫柔。颼颼涼風乍起，芳意長留。怕登樓，心頭舊事難丟。

聲 聲 慢

得龔翰青翁書，報家珠以

七月二十六日下世，賦此紀哀

雲藏倩影，梁裊餘音，而今怕更登樓。慧業三生，知應爲我淹留。相看每驚清瘦，兩無言、頻執纖柔。纏綿意，送寒幃人去，淚炯星眸。　長忍伶俜心事，問洞庭樵徑，夢結韓謳。怎便能忘，當時若個恩仇。多情只慚負汝，料歸魂、凝睇臨流。千萬語，對秋蓮、腸斷素秋。

【補校】

"而今怕更登樓"、"料歸魂、凝睇臨流"，原作"可堪病翼迎秋"、"凝睇臨流盼芳洲"，依手稿改。

虞 美 人

丙申中秋前八日往虹橋視家珠殯宮作

今番不似前番了，一睡連昏曉。千呼不應意云何，可憶燈前瘦影漾簾波。　洞庭秋好歸無地，餘韻縈雲水。新詞琢就與誰看，最是蘭心相印月光寒。

吳門女弟子龔家珠曩在音樂專科學校從予受唐宋詞曲，喜歌予所作《玫瑰三願》曲。既卒業，不相聞者屢年。會予遭幽縶，家珠奔走營救，不遺餘力，又爲邀集舊時同學，開音樂會於上海蘭心大戲院，所演奏多爲拙作歌詞，并以門票所獲，贍予家常。省予吳門獄中，一日語予家有薄地在洞庭西山，思謀諸老父，他日爲結茅於彼，延予息影其中，更相從執卷學詩焉。予因感其誠，略師唐宋大曲及文人散套體格，爲製長短句，題曰《洞庭樵唱》。家珠一過目即能暗誦，已而及門無錫錢仁康教授爲製五線曲譜，家珠倚曲歌之，謂猶未能與詞情相稱也。迨予脫厄，而家珠嬰肺疾，加以腦膜炎，昏迷屢歲。其父翰青翁傾産爲之療治，神思漸復，而脊髓神經損壞，不能挺起坐，偃臥病榻者七八年。予每兼旬往視，温語慰藉之。每聞予褰簾呼喚聲，仰首凝視，悲喜交集，恒訝予何清瘦乃爾耶。迨予辭出，輒倚枕目送之，若不勝依戀者然。予爲徧訪名醫，皆辭以難能起廢。今年七月一日，予復往視，一燈相對，執手淒然。孰料別纔廿餘日，遽於二十六日長逝於廣慈醫院。予既倚《聲聲慢》一曲悼之，今晨至西郊撫棺一慟，復成此闋，冀幽靈未昧，他日當結響於蒼茫雲水間耳。一九五六年九月十一日附記。

五古

悼 家 珠 詩

龔氏有好女，其名爲家珠。少小習詩禮，窈窕吳中姝。肄業來樂院，慧敏真吾徒。天然好低音，儕輩莫能逾。見賞蘇石林，騰譽滿海隅。我詞珠愛歌，三願徒區區。硯田約同耕，不覺日月徂。伊予邅屯蹇，兩歲困幽拘。幸賴珠之俠，營救忘其軀。奔走冒風雪，顛危相匡扶。期我洞庭山，棲隱此結廬。執卷重請益，松濤和喁于。此情逾骨肉，此意乃成虛。我占既濟時，珠值抱病初。纏綿七八載，探視每驚呼。肥瘦兩關心，何以相呴濡。依憐老父女，酸嘶説勞劬。斯人有斯疾，命也欲何如。接引冀慈氏，冥冥不復蘇。撫棺一長慟，荒原足踟躕。作詩附貞珉，言盡情有餘。珠其鑒我誠，淚不隨海枯。

八聲甘州

秋曉書懷寄陳仲弘元帥

乍東窗報曉，見曈曨秋陽色彌鮮。看階前小草，更回生意，清露珠圓。猶自驚魂未定，結習總難捐。懺盡多生業，个向誰邊。　大好風光到眼，願辛勤忘我，奮厲無前。信工人階級，最是重才賢。把詩家、從頭細數，歎不爲奸佞即顛連。歸依黨、冀重胎後，更與加鞭。

五律二首

戲贈唐風子

吾愛唐風子，團團好面模。心誠師魯迅，貌乃似陶朱。腹擁五車富，塵應一抹除。世猶崇偶像，珍重有爲軀。

吾愛唐風子，開心試打油。具瞻惟二老，發興在三秋。生活如何化，愚籌且自由。果然争得好，百鳥聽啾啾。

七絶

題于非闇畫牡丹

魏紫姚黃彼一時，而今雨露果無私。榮華富貴寰區滿，更倩徐熙寫折枝。

水龍吟

用稼軒壽南澗韻爲張菊生丈九十壽

起衰不尚空文，老來鉛槧寧離手。心心念念，中州文獻，南州耆舊。隱几含毫,和顏接物,萬流低首。愛東方曙色,朝霞紅滿,河清近,公歡否。　多幸得依山斗,撥陰雲、自消長晝。乾旋坤轉,天留人瑞,看予趨走。日月光華,嶷然魯殿,陶然春酒。更瑤卮跪捧,牀前拜舞,獻千齡壽。

五古

富壽蓀來作夜談,並以農山先生詩見示。卅年欽挹,難已於懷。輒賦短章,聊以代簡

黃菊擢霜姿,澄潭耀金鱗。由來耿介士,浩氣淩秋旻。聞諸石遺叟,内行公最淳。服膺卅載餘,跡疏心則親。振聵欽謇諤,結交無賤貧。灰木吾鄉人,公乃全其真。壽蓀吾小友,公能示之津。所以屬清操,得子物爲春。世運占剝復,人間識鳳麟。誰領西來意,悵對東家顰。前賢重起衰,奮筆爲推陳。何以發幽光,無使積垢塵。燕郊氣初肅,高歌定日新。翹首瑤瓊報,醉我如酒醇。

六言絕句

孫中山誕辰九十周年紀念

革命以俄爲師,晚歲乃契真理。其志百折不回,盡瘁死而後已。醫人以致醫國,忠信貫澈終始。千秋節概凜然,活在人民心裏。

浣溪沙

壽陸丹林六十

人海浮沈六十年,幾多塵影上吟箋。經霜紅樹轉嫣然。　閒理性情看粉本,聽殘絃誦撫陳編。瓊壺自醉一燈前。

一九五七年

鷓　鴣　天

報吉川善之教授東京

繭白同功緒漸抽，盈盈一水望瀛洲。今宵只許談風月，相處偏宜著釣舟。　新味蔗，舊盟鷗，老夫乘興欲東遊。秦黄事業吾滋媿，別倚朱絃好唱酬。

摸　魚　兒

讀稼軒詞

幾曾酬、美芹初志，壯懷撩亂宮羽。求田問舍成何事，惆悵當年青兕。呼酒起，怕柳外、斜陽牽惹傷春淚。爲春憔悴。奈望斷天涯，塵昏瓜步，歸計墮煙水。　男兒事，萬里中原夢裏。驚飆吹破窗紙。征鞍顧盼邊聲急，尚想元戎笳吹。今已矣，向北固樓前，漫把危欄倚。雲悲海思。贃迸入銅琶，絃絃掩抑，留取浩然氣。

水　龍　吟

贈馬茂元

起衰吾仰桐城，眼中餘子誰方駕。莊騷左史，杜韓元白，合歸陶冶。蘊蓄瓌奇，恢張世業，念茲來者。看揮毫萬字，氣酣墨飽，堂堂陣，真堪怕。　一席歡談未已，待他年、更傳佳話。河清可俟，芳華細擬，濁醪重把。江上峯青，雨餘風暖，好春無價。喜錢章同調，光芒并發，向遐陬射。

七律

丁酉立春後江南累雪，
拈此寄懷秉農山丈北京

　　窗前日見雪皚皚，早道春回轉費猜。偶向靜中觀物化，乍欣竹外報花開。撥殘鑪火神彌王，漫想南薰曲自裁。何日燕郊陪杖履，風光駘蕩樂銜杯。

七律

酈衡叔自湖上寫寄《竹枝》，
漫成寄謝

　　霧吟風舞騁妍姿，愧負先生寫竹枝。偃仰霜晨終自直，蕭條甕牖復經時。關心雨露滋蕭艾，入眼汀沙立鷺鷥。記取去年湖上月，清輝長護鬢邊絲。

念　奴　嬌

上海業餘政治大學哲學組第一期結業，
用坡翁韻賦呈同學諸公

　　嶄新時代，最難忘、耆艾同研唯物。各各眼前森萬象，莫更冥行戈壁。相挾推移，多方鼓舞，忘了盈顛雪。主觀片面，由來貽誤英傑。
　　休道感性無憑，錯綜體認，寶藏終開發。但把立場端正了，隨事從觀生滅。照眼花繁，關心道遠，攬鏡明毫髮。浩歌前進，何妨嘲弄風月。

長歌

有懷傅抱石白門，兼索作畫

　　江西詩到散原盡，山川靈秀乃以昌我無聲詩。我觀抱石畫非畫，直覺煙巒出沒氣淋漓。人言清真詞格臻渾化，嗟哉此境誰能夢見之。離騷廿五極芳悱，抱石圖之光陸離。眇眇愁予轉静穆，毫端幻出天人姿。下筆有神腕有鬼，斂手非以阿女私。謫仙酒氣尚拂拂，我欲仰贊窮於辭。何時過我一痛飲，使我蓬蓽生光輝。

七絕

高教局園中看牡丹

　　輕綃皺疊一層層，小立游蜂若不勝。更有清香含露斂，肌膚原自冷如冰。

漢　宮　春

　　春事平章，聽高梧鳳噦，深柳鶯藏。園林幾分景色，綠紫紅黃。風輕雲淡，無人處密蕋濃香。只待問朱顔青鬢，從今作甚梳裝？
飛盡榆錢個個，看牡丹富貴，芍藥芬芳。野花三株兩朵，開又何妨。評香品艷，且由它蝶浪蜂狂。憑寄語新枝老榦，年年伴住東皇。

菩　薩　蠻

　　凝眸坐待春消息，春來又道春無跡。心事託東風，搖窗花影重。　　花蹊來又去，莫把春光誤。萬紫雜千紅，鶯啼處處同。

263

以上兩首詞載《芒種》雜志一九五七年七月號。

清平樂二首

往聞沈尹默丈云，蘇聯艾德林教授譯白居易詩，既風行彼土，復從事陶潛詩之迻譯，心儀其人久矣。頃誦夏瞿禪兄贈彼二詞，悠然神往，爰次原韻示瞿禪託爲轉致艾君。文化交流，要當着眼於此爾

何當把袂，細領西來意。一脈香山連栗里，尋得靈源箇裏。　任它風雨翻江，小舟搖兀何妨。今日一家兄弟，高原好共栽桑。

遠勞雙屐，爲訪陶彭澤。招得詩魂同雅集，弄翰何分主客。　花光浮上霜髭，遙遙沮溺誰知。真意悠然心會，重來把酒東籬。

醉花陰

艾德林教授訪瞿禪西子湖上，云於宋詞最喜漱玉一編，瞿禪既贈此詞，予亦效顰一闋

惻惻輕寒生翠袖，人意如花否。試與捲簾看，萬里西風，省識花前友。　新翻陶白詩千首，染聖湖煙柳。乘興幾時來，漱玉搖金，同醉重陽酒。

沁園春二首

坼墻

墻你來前，剷汝根基，於意云何。看枝頭紅杏，難藏春色，樓心翠袖，暗擲秋波。此意悠悠，相看脈脈，誰使雙星阻絳河。人天恨，正同

心待結,愁損羞蛾。　共欣布暖陽和,更誰願長將尾巴拖。但向榮瑤草,每憂霜瘁,鳴春好鳥,猶畏虞羅。狗急能跳,雨來終壞,搏土媧皇補得麼。相思苦,待堁垣拆盡,樂舞婆娑。

　墙告主人,我本無心,誰實爲之。但高高築起,特防他盜,重重禁閟,轉礙連枝。各喜相輕,誰能互信,宗派由來總是私。茫然感,問幾番成毁,幾度然疑。　好教前事休提,要泯盡猜嫌悟昨非。歎因緣湊合,儼如堅壘,虛空打碎,重作黏泥。脱略形骸,等同呼吸,好浴春陽萬景熙。墙告罪,爲多情眷屬,毁滅奚辭。

水調歌頭二首

老友周谷城教授枉過暢談,
賦詞以紀,兼託上候毛主席

　吾愛谷城子,文史足風流。別來依舊青鬢,愧我雪盈頭。憶得邊烽初舉,同聽江南春雨,牖户費綢繆。彈指卅年事,心上不禁秋。重把手,驚世換,喜相投。河清真箇能俟,幾處動歡謳。聽到嚴陵嘉話,喚起湘纍騰駕,攬芷向芳洲。浩浩楚江濶,振翮一沙鷗。

　摸索向前進,懼負好時光。抱殘守缺何濟,此日不尋常。曾是爲虛前席,頓感心頭火熾,照我有星芒。草木轉堅瘦,鷹隼劇飛揚。凍全解,花待放,浴春陽。壅培須更著力,風露浩瀼瀼。看得芳根兼倚,不遺微雲相淬,枝葉顯輝煌。吾土日當廣,盈耳喜洋洋。

木 蘭 花

冼玉清屬題《授經圖》

　風篁韻與經聲答,過眼滄桑真一霎。不須惆悵感秦灰,坐愛光輝開漢業。　幾多英俊相師法,料得微言當有合。高歌瞬即見河清,

265

暮誦朝絃共歡洽。

【補校】

　"風篁韻與經聲"、"不須惆悵"、"坐愛光輝"、"幾多英俊相師"、"料得微言當有合"，一作"琅玕風動絃歌"、"休將舊恨"、"好抱遺編"、"南州多士傳心"、"坐看珠光終出匣"。"高歌瞬即見河清"，原作"河清高歌轉眼明"，依手稿改。

臨　江　仙

丁酉秋窗雨夕寄馬湛翁靈隱禪林

　喜得西窗連夜雨，新涼滌盡煩襟。可消三毒一沈吟。薰香施戒忍，彈指去來今。　　最是今生難自贖，寶珠淪海深深。光風霽月企遙岑。怎將青兕意，乞取紫陽鍼。

水　調　歌　頭

　上海音樂學院同人紛紛響應下鄉上山號召，爭取體力勞動鍛鍊自己。顧憖衰病，屢欲報名，而又感於力不任鋤犁，懼反爲農村同志之累也。適誦仲弘元帥《喜雪祝幹部下放》之什，賦此述懷

　幼惑孟軻語，偏自重勞心。孜孜矻矻窗下，誤我到而今。萬卷詩書何用，墮溷沾泥堪慟，感慨一沈吟。誰爲換胎骨，領導有金針。上山去，勤四體，拓胸襟。手披榛莽，邪許相和間鳴禽。萬壑陽光照耀，樓閣參差木杪，無地不黃金。於此鍛筋力，嘯詠發清音。

浪　淘　沙

豐子愷寄示辭緣緣堂之作，
漫拈小闋博笑，兼懷馬湛丈杭州

長憶石門灣，碧水迴環。四時風物一般般。菱芡堆盤村酒美，長駐朱顏。　何用愜清歡，直溯真源。龍蛇飛動静中看。結習已空花不住，閒話緣緣。

摸　魚　兒

丁酉歲闌燈下忽憶前歲陳仲弘元帥招談京邸，促膝論心，公有"君果命途多舛"之語，閣筆悽然，賦呈此曲

對孤檠暗思前事，命途原自多舛。拚將結習消除盡，爭奈亂愁難遣。將骨換，待檢點生平，要入洪鑪鍛。華予歲晏。更瀝膽披肝，深恩肯負，把筆正悽哽。　情長戀，大好風光在眼，乾坤日夕千變。旅行星際期非遠，催換素娥嬌面。宏圖展，信壓倒西風，六億人爭勸。醉紅自暖。記促膝燈前，沈吟今我，磨洗敢辭倦。

【校】

"原自"一作"無是"。

蝶　戀　花

丁酉十一月十八日曉月當樓，
耿耿不寐，賦寄謝無量丈北京

霜氣縈簾寒轉峭，圓月當樓，已報江城曉。夢裏江南原自好，時光何事催人老。　憔悴十年情未了，一夕相思，回首長安道。煦我春

267

陽無不到，東風看綠池塘草。

七絕二首

冬夜對諷朱晦翁、辛幼安《武夷棹歌》，悠然意遠，慘然涕下，漫拈兩絕句寄呈馬湛丈湖莊

探盡真源不掩關，一樓人境看湖山。冬陽曝背溫如許，倘爲哦詩一倚闌。

風颭枯荷斷續聲，曉來霜氣喜還晴。素娥耿耿情難冷，重踏人間第幾程。

七律

聞無錫錢子泉先生
下世武昌，賦詩誌悼

惠山泉共西江水，話到尤揚喜怒時。壽世千齡文亦史，論交兩世友兼師。春風桃李神恒王，夜雨江湖鬢早絲。愧負平生相厚意，椒漿遙奠語支離。

【補校】

“椒漿”，原作“一盞”，據手稿改。

一九五八年

望 江 南

漫寫梅枝寄許紹南

江南好,松竹鬭精神。雪後愛看臨水影,尊前長憶賞音人。聊寄一枝春。

八 聲 甘 州

寫紅梅寄錢默存教授

看一枝春色逐人來,雙臉暈潮妝。對遙山斜睇,修篁倦倚,照影寒塘。曾是霜侵雪壓,歲月去堂堂。留得芳心在,省識東皇。撩撥何郎詩興,便胡沙掃盡,難近昭陽。甚才通一顧,贏得幾迴腸。是冰肌、何曾點污,記那回、憔悴損容光。橫斜影,映簪花格,淡月昏黃。

八 聲 甘 州

長 江 大 橋

任狂濤怒捲欲何如,一揮起長虹。看奔車箭激,燕雲嶺樹,來去匆匆。熠爚征帆上下,驚覺睡魚龍。妙算資羣力,成此奇功。不問仙人乘鶴,愛漢陽煙樹,佳氣葱蘢。是神州縮蹙,澹蕩喜春融。更從他、移山倒海,聽浩歌、高唱太陽紅。寥天净,望岷峨雪,照映晴空。

八聲甘州

天成鐵路

問秦關蜀棧幾艱難，難於上青天。記青蓮詩句，猿猱欲渡，愁絕攀援。幾處晴轟霹靂，重繡舊山川。宛宛遊龍去，洞口迴旋。　險阻低頭讓路，看剷平疊嶂，衝破荒煙。算誰當戰勝，頑石亦瞠然。溯靈叢、王兮幾歲，遣六丁、歸去醉瓊筵。飆輪好，共穿雲處，未怕高寒。

清平樂

賀張文銓、黃文卿婚禮

杏林春好，洞口桃花笑。佇看翩翩雙翠鳥，託得通辭真巧。　情知兩小無猜，緣深佳偶終諧。喜見玳梁棲燕，黃昏並影歸來。

七絕

題吳湖帆畫雙蕖贈張文銓、
黃文卿夫婦

灼灼雙蕖出水清，含苞早自孕深情。朝陽並影無邊好，斜倚薰風逸興生。

六言絕句

戊戌元宵前二日即事用半山老人《題西太乙宮》韻二首寄陳寅恪翁嶺南。沈尹老與馬湛翁屢用半山老人韻相唱和，而見仁見智，亦復殊途。病中有懷，因亦效顰求教

蝦舞短瓶自適，梅含紅萼半酣。斗室高天厚地，看看春到江南。

境幻難空物我，心同不隔東西。誰挹曹溪一勺，鶯啼綠樹烟迷。

七絶

戊戌元宵後一日寄錢默存教授北京

豈緣多病故人疏，窗外春光畫不如。柳蓓纔黃梅露白，傾城看要好妝梳。

浣 溪 沙

春日忽憶謝稚柳、陳佩秋夫婦，
拈此寄之

憶得秋蘭紉佩初，並肩旋看擁雙雛。春山能抵黛痕無。　金綫舞風懷稚柳，霜皮閱世愴寒榆。未應踪跡一來疏。

清 平 樂

病 起 寄 弘 公

孰醫予病，鼓起渾身勁。瞬息乾坤看變景，躍進應須相競。　敢忘再造深情，磨揩翳鏡重明。此世此生難得，日新好頌河清。

蝶 戀 花

題劉嘯秋《椰風集》

誰遣羈愁侵曉動，蕉雨椰風，更聽荒波湧。縹緲蓬山煙霧重，迴腸一曲釵頭鳳。　北望家山常入夢，裁剪冰綃，身是多情種。惱亂秋蟲吟砌縫，彩雲看把冰輪擁。

西 江 月

春中病起偶占寄馬湛翁湖上

翠篠徐舒嫩葉，崇蘭猶泣芳叢。一樓簾外雨濛濛，春意如今全動。　懊恨拖泥帶水，欽遲霽月光風。詠歸鏗爾與誰同，昨夜還曾入夢。

五古五首

春 晚 雜 詩

幽蘭久自芳，惡草在必鋤。偉哉天地心，雨露兼涵濡。萬類樂當春，枝葉縱橫舒。蕭艾不自生，乘時乃復蘇。芟夷充糞壤，良苗益豐腴。灼灼百種花，向陽開庭隅。端居澄萬慮，所患在無知。

自從省愆來，門真可羅雀。寂寞良自甘，聞聲總歡躍。夕夕喧鑼鼓，朝朝噪喜鵲。淳風頓改觀，顧我寧無覺。臥痾候六旬，心病愧難藥。知新要勤求，溫故亦堪樂。澄慮觀物化，莫爲浮榮縛。

湛翁今紫陽，誨我以持敬。養生在其中，直內以復性。大患惟私欲，無欲何由病。我思濂溪語，所務在虛靜。謙謙君子德，物來斯順應。盈虛理則同，往哉期自證。

秉翁吾父執，聞聲慳會面。偶緣覦詞翰，神契適所願。翁精動物學，名譽馳荒甸。乃復厲清操，內美采自絢。偶一發謳吟，朱絃疏以淡。時時辱書問，德我以相勉。中夏盛文化，歷久遭踏踐。曠古見休明，吾道當及遠。善保有用身，修己毋自炫。謹將書座右，日與故吾戰。

槐聚實我師，論交及兩世。悠悠衆口中，相勉不相棄。獎飾每逾量，匡救情彌摯。我亦有心人，肯自外明世。愆尤忽叢集，憂來不可制。邯鄲夢早醒，但欲豁蒙蔽。悶來一窺窗，萬木足生意。逝魂渺天末,慰我望書至。

浪 淘 沙

擬元遺山《妾薄命辭》

無分浴春陽,獨倚蓬窗,當年悔作嫁衣裳。待到花時蜂也妒,難訴衷腸。 未羨綺羅香,自掩啼妝。思君如月怯更長。有限年光無限感,魂夢飛揚。

西 江 月

再用前韻報湛丈湖莊,兼爲七十五壽

復性宏開絶學,傾樽樂傍珍叢。緑楊垂手絮濛濛,坐聽南屏鐘動。 半嶺徐傳鳳吹,四時不斷花風。故應四海此心同,報道先生無夢。

【補校】

"鳳吹",原作"鳳吟",據手稿改。

五古

春 晚 雜 詩

山石可攻玉,磨礲賴礧礪。《二程遺書》二引邵堯夫説。況此叢垢身,刮剔要尖鋭。盡言寧取咎,無知乃有蔽。風露浩前庭,草木感上遂。何以暢我懷,轉側不成寐。

浣 溪 沙

程明道拈出石曼卿"樂意相關禽對語,生香不斷樹交花"一聯,以爲此語得浩然之氣,惜不得窺其全。因效雙井道人以《浣溪沙》歌張志和漁父詞例,足成此闋

過雨池塘漾彩霞,好春來到野人家。鑪灰閒撥試新茶。　樂意相關禽對語,生香不斷樹交花。此時幽思滿天涯。

七絶三首

寄方君璧海外

三年不見鱗鴻到,阿姊心情近若何。夢裏家山新樣錦,幾時重對醉顏酡。

江城重見老冰如,往事尋思淚眼枯。祇爲殘棊差一着,秣陵煙樹總模糊。

壓倒西風萬姓歡,天邊明月共團圞。將雛老鳳春方好,他日歸來畫裏看。

點 絳 唇

農曆三月十九日爲予五十八歲生日,已過立夏一日矣,濛濛細雨中感成此闋

負了芳時,修椽愧殺飄流燕。呢喃自怨,不是春韶淺。　尚有童心,凡骨從頭換。平生願,加鞭自勉,未覺征途遠。

木　蘭　花

五月二十三日晨起口占

燈前促膝情難了，負了深期躬自悼。此時凝望祇憖魂，他日相逢終脫帽。　綠陰滿院宜清曉，煦我朝陽無限好。要同飛躍答芳時，丟卻背包心未老。

【補校】

"丟卻背包心未老"，原作"丟卻背心尚未老"，據手稿改。

臨　江　仙

晚獲新人堪託命，幾曾夢向邯鄲。捲簾喜聽鳥關關。柳花纔撲面，梅子已含酸。　偶向樓頭擡望眼，迴風漾起微瀾。所思無奈隔雲端。畫眉勤攬鏡，深淺入時難。

金　縷　曲

嶺表歸來，忽逾廿載，滄桑幾度，幸際休明。葉君子琳賦詞見寄，謬欲相從問業，不知衰朽之一無所當也。今日願以掃空萬古相期，且勿罪其荒率

塵夢仍來否。愛當春、紅棉燦發，料應如舊。幾輩推排催鬢白，孰問王前盧後。但夜起、恒依南斗。屈指廿年真露電，溯深期我亦沈吟久。花自坼，意良疚。　新聲未比朱絃好。聽謳歌、移山倒海，怎容心老。旋轉乾坤今日事，莫羨詞場周柳。要爭取、專深紅透。萬古掃空先忘我，信淋漓大筆原天授。教六合，並低首。

水 調 歌 頭

正字意何似，經歲斷音書。清泉細酌蒲澗，荔子熟來無。但愛紫綃被體，莫問瓊漿如醴，此外總區區。回首廿年夢，向晚正愁余。花自發，人空老，願成虛。紅牙按拍誰聽，寂寞子雲居。九轉丹成難料，萬事直須稱好，且自染髭鬚。翹首更南望，珍重百年軀。

七律

戊戌中秋浦東學圃歸來，有懷章秋桐丈北京，即用往年見贈詩發興

十年憔悴到秦京，重入修門悵未成。不合時宜空懇款，細思臣罪信分明。三旬學稼腰堪折，萬象生新氣自平。慚負當年親厚意，金丹換骨認歸程。

水 調 歌 頭

馬湛丈寄示《戊戌中秋戲和東坡韻》詞，
因念浦東村景，補成一闋

昨夕浦東住，素月正流天。滿村鑼鼓相競，變景看來年。送得窮神都去，突兀連雲棟宇，萬戶共暄寒。縹緲鏡中影，羞道勝人間。搗藥兔，耐霜女，苦無眠。何人何物流轉，妨我向人圓。揮斥陽開陰合，指顧乾旋坤轉，規劃最周全。桂影好低亞，起舞鬪便平聲娟。

【補校】

"陽開陰合"，原作"陰陽開合"，據手稿乙正。

七律

秉農山丈寄示《中秋追憶戊戌政變》一律,其頷聯云:"幾經萬刧千災日,有此吟風弄月天。"極能道出舊人心境,謹次韻報之

莫嗟身世幾迍邅,分我清輝一快然。桂子香凝枝上露,豐年景換鏡中天。長鑱並舉都忘我,短髮徐搔足自妍。不似前朝老詞客,欲超苦海恨無邊。

七絕二首

張文銓貽菊二盆,開後識爲佳種,燈前愛玩,爰書兩絕報之

朱衣黃裏巧梳妝,燈底欣看姊妹行。不是淵明偏愛爾,胎奇原自要風霜。

嫛辟金盤蠏爪黃,蜷毛細刺護幽芳。生新變種多奇致,怪道神農百草嘗。

采 桑 子

戊戌重陽後十日,得吉川教授寄贈《中國文學報》第九册,賦此報謝,兼懷小川環樹先生

經年未得東來信,誰辨絃聲。霧阻蓬瀛,看取秋陽作意明。　大同本是吾儒事,凝想澄平。蕩盡羶腥,彈壓西風好共鳴。

七律

戊戌十月既望，金月石夜攜狄平子舊藏《石淙詩》見過，取與予所獲吳湖帆藏本對讀，各有勝處，漫拈一律報之

明空才自壓羣雄，漫谷旌旗在眼中。久視料應光四表，一吟寧遣蟄雙龍。開元相業儲來舊，法曲霓裳舞未終。墨本摩挲慚結習，忍寒清興祇君同。宋人東冬同用。

【補校】

“蟄雙龍”、“清興”，原作“醒蟄龍”、“幽清”，據手稿改。詩後原有注：“宋人東冬同用。”據補。

五絕二首

金月石折小園蠟梅枝見貽，瓶供案頭，清香撲鼻，因用山谷韻爲謝

妝面不入時，芳心向誰展。分我歲寒枝，情味知深淺。
已慣狎風霜，何期慳雨露。金蓓孕瘦肌，寒月窗前度。

水 調 歌 頭

晨起陰霧四塞，已而開霽，披誦陶淵明詩及稼軒詞，有懷蠲戲、嗇庵二丈，率拈此闋

宿霧乍開歛，皎日耀窗明。捲簾貪看飛鳥，聊用慰予情。未要高堂施帳，瞬即池塘生草，容易到河清。折取一枝寄，立雪我猶能。
金臺去，孤山隱，兩修齡。童心我亦尚在，夢向短長亭。滿眼陵遷谷

變，別有光風霽月，萬姓以詩鳴。陰翳定全掃，一笑大江橫。

五古

煉　鋼

鋼爲百工本，由以致富強。敵誇上萬噸，肆虐及兩洋。中邦苦窮白，奮起力耕桑。急務工業化，籌畫最周詳。喚醒六億人，大任共承當。高爐遍處處，錘聲響瑘瑘。深宵北窗外，射眼散星芒。長鉗夾頑鐵，炎炎閃紅光。幾輩弓其腰，鍊人非鍊鋼。

一九五九年

七絕三首

戊戌歲晏有懷小川環樹東京，
兼訊吉川善之教授、今關天彭詩老

往來頗喜談風月，酬唱聊堪紀雪泥。草草杯盤人散後，更無清夢到橋西。

海日門庭許共窺，曾於斷簡愜心期。不知詩思添多少，表斷三唐得巧師。小川於十六七年前得閱見予所刊布《海日樓詩》，遂愜心契，近著《唐詩概說》，不獲一讀爲憾。

久喜唐風盛海東，鮮鮮舊曲轉曈曨。頗傳紙貴低徊甚，大雅知應致大同。

七絕二首

寅恪翁寄示聽贛劇二絕句，適於廣播中聞俞振飛、言慧珠歌《遊園驚夢》，感成二章

話到還魂意惘然，堂前玉茗渺飛煙。不將靈秀鍾男子，寂寞人間三百年。

閉門覓句亦何憂，忽聽寒泉繞屋流。流到窗前仍有語，未須咄咄且休休。

卜　算　子

歲　暮　有　懷

託命在新人，昔昔勞魂夢。地變天荒只此情，誰惜湘妃凍。　　投杼慮驚疑，澈骨餘酸痛。萬種思量且奈何，熱血心頭湧。

七絕三首

吉川善之教授辱和拙詞，復用《奉懷三絕句》原韻見寄，感不絕於予心，再疊奉報

寐叟三關未易窺，聊從海外覓牙期。何心更話前朝事，造化悠悠宜所師。

麗藻鮮鮮出海東，紫霞深處見曈曨。各應留得童心在，看到車書竟混同。

一點通犀自駭雞，雙飛紫燕會銜泥。殷勤好共騷人語，遠夢何勞向海西。

七絕三首

　吉川善之、小川士解兩教授主編《中國詩人選集》，承以三種見寄，各賦一絕致謝

　盈耳洋洋樂未央，微言相感意難忘。折衷漢宋成新解，扇得芳風萬里長吉川教授註《詩經‧國風》。

　四唐遺韻費鑽研，逆志應須讓後賢。幾輩詞源疏鑿手，知他愛好是天然小川教授《唐詩概說》。

　一晌貪歡事可哀，彎彎新月入簾來。詞成比似機絲巧，遠夢驚回意未灰村上哲見君注李煜詞。

七絕二首

　桐城房陟園秩五以所著《浮渡山房詩存》見寄，賦此奉答，兼及先君往事，感不絕於予心，輒拈兩絕句奉報

　吳陳姚馬杳難攀，浮渡山光照鬢斑。料得扶筇迎晚翠，西江一脈自彎環。

　趨庭猶憶先君語，葬死桐鄉魄亦安。愧我飄零頭漸白，卅年湖海淚汍瀾。

臨 江 仙

　作意東風勤長養，故應冷暖無時。輕雷一夕染楊絲。驟驚春到眼，挤與病相期。　　知向樓頭推物理，曉寒不放簾垂。滿湖雲影共低徊。源頭斟活水，硯外點殘梅。

【補校】

"知向樓頭推物理,曉寒不放簾垂",原作"曉寒知且向樓頭,不放簾幕低垂",據手稿補改。

減字木蘭花

案上盆蘭養之三歲矣,

忽抽一蘂,喜賦此闋

孤莖擢秀,拚向燈前人比瘦。對影沈吟,肯負東皇長養心。　出牆紅杏,釀得春濃還自警。懷素開遲,待吐幽芬慰所思。

木蘭花慢

獲聞毅成溘逝,用樂章體賦此悼之

視乾坤蕩蕩,更何事、苦牽縈。是慧業難忘,春蠶自縛,秋菊遺馨。沈冥,夢隨蝶去,化蠶魂喜得傍西泠。轉使尼山爲慟,最憐滄海曾經。　誰聽,歲晚哀箏,欣把手、共嚶鳴。正聲氣相投,何期小別,莫制頹齡。縱橫,看揮淚處,賸燈前顧影愴勞生。癡絕薪傳不斷,那知眼倦還青。

虞美人

張樹霖索題薛濤箋冊,

率書小調應之

錦官城外花如錦,紅雨來侵枕。夢中猶作海棠顛,酒憶郫筒難忘少陵篇。　風流文采懷香宋,綠綺閒調弄。萬重山過聽啼猿,待辦輕舟西上證前緣。

蝶 戀 花

盆蘭花發，重拈小調紀之

慣吸寒泉花乍吐，細數枝頭，點點凝珠露。瘦影攲斜風自舉，朝陽入戶勤相煦。　五爪徐舒香暗度，脈脈無言，心素憑誰訴。桃李爭春開滿樹，樓頭又聽瀟瀟雨。

水 調 歌 頭

馬、謝二老並和拙詞，再用前韻奉謝

翹首望南北，一道紫霞明。天風海雨剛過，長嘯最移情。坐聽南屏鐘動，又報花飛瓊島，相應恰雙清。閒玩舊詩句，有味是無能。酌芳醑，張赤幟，保遐齡。且同文字般若，寂寞叩玄亭。不用商量今昔，喜得能均物我，誰更草蟲鳴。凜凜映霜月，綠綺對窗橫。

浪 淘 沙

冬日有寄葉遐翁北京

曲海正翻瀾，萬姓騰歡。山鳴谷應一般般。八十狀元猶未老，願共開顏。　火箭入高寒，比似驂鸞。素娥留我小盤桓。結習消除從所適，長嘯雲端。

283

好 事 近

葉子琳由合浦寄貽龍眼肉，
走筆報謝

　　夢向嶺南時，龍眼荔枝都熟。猶有車螯珍味，與坡翁腴腹。　衰遲無以報瓊瑤，杜集更重讀。喜得萊衣多采，但高歌相屬。

清 平 樂

爲敏孫族兄題全家福照片

　　相親相敬，好個賢梁孟。瓜架豆棚堪養性，鶴髮朱顔並影。　含飴調弄孫曾，禾麻歲歲豐登。仍有少年幹勁，壽隨日月俱增。

水 調 歌 頭

嗇翁再和拙詞，三用前韻奉答

　　健者果難敵，日照大旗明。森然鋒鋭誰禦，騁驟有餘情。最愛西湖處士，同上江心孤嶼，海宇見澄清。破帽犯風雪，孤往總難能。抱明月，舒翠袖，足千齡。歡然起舞歸去，荷蓋見亭亭。未是陰陽差錯，坐使姮娥驚怪，攲枕聽骹鳴。人境正奇絕，青眼若爲橫。

【補校】

　　"海宇見澄清"，原作"蕭灑海宇清"，據手稿改。

浣 溪 沙

吳溝廎寄示送別賴樹翁之作，
次韻一首，兼呈樹翁

纔報花開春便闌，夢中仍自怯餘寒。漫云蜀道已非難。　坦蕩
襟懷關氣類，輪困肝膽惜衰殘。相期事業愧藏山。

浣 溪 沙

入春不得謝嗇翁書，賦此寄懷

人海經年愴索居，一場春夢果何如。感春懷舊跡應疎。　花發
愛聽連夜雨，夢闌重展隔年書。嵩雲秦樹看模糊。

摸 魚 兒

儘無言、暗香徐度，緣何清瘦如許。一枝蕭灑春仍在，伴我幾番
朝暮。情自苦，但溉汝、寒泉燈影聊相煦。際天風露。便滋潤無緣，
伶俜長忍，意象自軒舉。　君試覷、點點丹誠傾注。孤懷脈脈誰語，
荒山棄置尋常事，難忘移根前度。須記取，歎極意壅培，未是芳期誤。
流光好駐。愛麗日輝輝，奮飛生翼，重與展衷素。

七絕

晨坐華山路周氏園小山上作

壘石穿池向徑開，蒼松翠竹小亭臺。拒霜初領新涼味，一綫朝陽
射眼來。

五古

夜讀東坡過海前後詩，欣然有會，即用其《藤州江上夜起對月》韻賦寄馬湛丈湖上

讀坡南遷詩，暫得舒肺肝。荔子酌天漿，聊用薦冰盤。飽啖良自適，意行江不湍。老慣狎風波，幽險恣探看。獨憐烏臺案，千載猶心寒。茫茫天壤間，誰爲察所安。叢蘭吸餘瀝，湛湛露珠溥。過窮恐未必，顧瞻海漫漫。壁有焦尾琴，興到試一彈。鏗然如可作，扁舟舞奔灘。

生　查　子

展誦吉川善之教授東京火車中見和三絕句，更寄小詞並檢舊藏《海日樓遺詩》爲贈

奇峯幻夏雲，紈扇消煩暑。搖兀警敧眠，拾取驚人句。　天風喜暫來，海日明初吐。何用發幽情，零落蘭成賦。

南　鄉　子

朱居易教授長沙岳麓山來書云今歲亦五十矣，回憶同客江南時情景，漫拈小調壽之

舊夢落江南，刻意宮商苦共耽。三十六陂荷正好，紅酣，秀句臨川且細參。　吉夢兆宜男，岳麓烟嵐一鏡涵。閒抱孩兒渾得趣，嬌憨，啖蔗從知晚節甘。

八聲甘州

一九五九年兒童節前三日吳弱男夫人枉過寓齋，爇茗談往，將夕曳杖告別，謂"對知音，不覺其言之長也"，感賦一曲兼寄行嚴丈

看摩挲老眼爲誰青，雄談長精神。羨朱家節俠，紅妝季布，會啟真人。閱盡瀛寰興廢，喜得及吾身。親見澄平世，轉愛清貧。　尚想嚴陵高致，記客星犯座，長展殷勤。悵鹿車遠引，漠漠想征塵。待高歌、唯師尚父，向金臺、預祝八千春。人長健、羨雙飛翼，同畫麒麟。

【校】

"羨"一作"是"，"節"一作"輕"。

醉太平

寄任中敏成都

南柯夢醒，西州淚零。晚來鄰笛愁聽，看沈陰乍晴。　彊村硯凝，霜厓韻清。相期不負平生，更誰當共鳴。

清平樂

不見陳援庵先生瞬且廿年，頃於《人民日報》獲誦新論，有"任教六十年，遂使青春常住"之語，雖不能至，心嚮往之矣

絃歌洙泗，慨想真儒事。歲歲招邀佳子弟，不覺老之將至。　少年意氣峥嵘，老年爐火純青。日夕交相淬礪，這般常保新生。

287

浣　溪　沙

　　垂老真成七不堪，廿年陳事夢沈酣。曹溪一勺總同甘。　詞派西江縣絕業，禪心夜月映寒潭。幾時重與發深談。

【補校】

　　"同甘"，原作"自甘"，據手稿改。

臨　江　仙

　　愛共商量今古，閒來觸撥絲桐。南薰發詠與誰同。不將投杼感，付與舞雩風。　活水尋源在望，新簹脫籜凌空。清詩曉日正瞳曨。曹溪分一勺，好障百川東。

西　江　月

檢辛氏祠堂本《稼軒集鈔存》
以貽金月石，綴此小詞

　　誰共鵝湖嘉會，遙欽玉局宗風。孝標一論慨應同，閒把危絃調弄。　心契多年見晚，酒醺雙頰潮紅。瓢泉一酌興還濃，樓外狂濤任湧。

長歌

己亥夏至後一日昧爽枕上
有作寄謝薔庵丈北京

　　蜀賢詩句我所耽，前有香宋後薔庵。仰止眉山不可到，及事二老氣猶酣。嗟我壯年遘喪亂,鴻飛往往銜瑶函。百書不如一見面,寄我畫像慰饑貪。椰栗橫擔儯行腳,即今瞻禮供佛龕。我親耆老乃在香宋後,俯仰今昔情何堪。前歲金臺獲重晤,旅邸話舊味覃覃。峨眉靈秀鍾傑特,謬以澤德相濡涵。中懷耿耿轉叢詬,謂姑食性頗難諳。邇來閉戶斷交往,日與諸生共講談。忘我忘世誠未易,所願愆尤一身擔。紫陽復禮勤相勗,驪龍頷珠亦思探。拉雜書此發一哂,自縛誰當哀春蠶。

【補校】

"叢垢"之"叢"字、"謂姑食性"四字原缺,據手稿補。

浣 溪 沙

晨讀湛丈《復姓書院學規》及《泰和宜山會語》,悵尼山之在望,未能日夕從遊,爲負此生也,漫呈小闋

垂老猶思稍攝身,攀援未絕鏡仍昏。何當巨壑縱脩鱗。 舍瑟鏗然聲正永,拈花莞爾座皆春。真源在望莫逡巡。

水 調 歌 頭

贈富壽蓀、鐵耕兄弟

吾老復多幸,常獲友羣才。眼中真見雙璧,寧久困塵埃。伯氏精研聲律,仲氏深情鬱勃,振喉奇靈胎。胸次萬人敵,來者孰登臺。 轍間鮒,槐根蟻,兩堪哀。何如屠者朱亥,懷抱爲誰開。曾見相如滌器,又報梁鴻舂米,烈火鍛鋼材。我亦似啖蔗,甘向舌根來。

【補校】

"眼中真見雙璧"、"振喉奇靈胎",《忍寒詞選》作"江東二俊方少"、"鶴喉本仙胎"。

木蘭花令

用東坡《次歐公西湖韻》悼冒鶴亭丈

　　文章誰敵波瀾濶，憶枉高軒情哽咽。滄桑過盡戀明時，往事前塵隨手抹。　　絃絃似聽流鶯滑，爲省當年花十八。宮商按徹轉微茫，越秀山前清夜月。

臨 江 仙

二旬不得吳瀟廎書，云有泰岱之遊，賦此訊之

　　誰視友朋如性命，范張雞黍重論。轉因屯塞見情親。我思吳季子，暢詠白頭新。　　未必世人皆欲殺，斯人幾輩情真。難能肝膽見輪囷。天風來浩蕩，珍重有爲身。

五言排律

有懷陳寅老嶺南

　　感音甘屢躓，懷舊總牽腸。戶外花翻錦，尊前髩怯霜。未煩占剝復，何處問行藏。寂寞玄堪守，迢遥夜未央。腐心西寶主，稽首大醫王。丹荔知方熟，新橙佇轉黃。披襟消永晝，舉案酌天漿。珍重藏山業，低徊繡性章。南天正翹首，高臥想羲皇。

蝶 戀 花

已亥立秋前九日呈湛翁湖上

　　欲借丹鉛消暑氣，不有金風，那得新涼味。湯火魂飛詩作祟，南

290

荒九死何曾悔。　閉閤焚香真得計，一枕華胥，珍簟紋如水。吉便乘流隨坎止，和歌自契歸來意。

五律二首

張菊生丈挽詞

丈以一九五九年八月十四日下世，
享年九十三歲

開國尊耆碩，由衷效款誠。肯因身半廢，便遣筆停耕。樂志丹鉛業，歸心日月明。百年殊未已，瞬即見河清。

離亂貧兼病，提攜誼勝師。繫心唯慧業，努力向明時。榻畔情如在，風前淚暗滋。日新慚後死，聊用哭其私。

七絕三首

懷天彭詩老，兼寄吉川善之、
小川士解兩教授

鉥心搯胃孰爲儔，詩老揮毫老更遒。今日桃源隨處有，唐風大扇望瀛洲。

真成樸學繼乾嘉，數到莊經願轉奢。曲盡世情元雜劇，多君一例咀英華。

寫艷長驚吳彩鸞，漢音演變亦多端。同聲相應情何似，且向遺編試探看。

金 縷 曲

陳垣庵先生來書有"更加努力改造自己"之語，感不絕於余心，再呈此闋

夫子長年少，向明時、日新厥德，旁搜遠紹。閱盡滄桑澄平見，真理從吾所好。正鬼斧神工輪巧。豈特河清今可俟，便天維地軸從人造。一彈指，變全貌。　料知長自掀髯笑。數從前、微言有託，孤光自照。戶外胡塵連天暗，檐際看舒窈窕。但盼得、東方紅曉。我愧沾泥仍再誤，要書生結習從頭掃。思凡骨，公其導。

浣 溪 沙

己亥中秋前七日鄭君量自孝豐
寄惠新茶，漫拈坡翁遊南山韻報之

一雨驚秋播峭寒，吟蚤鬧似響奔灘。怎生消得夜漫漫。　喜看旂槍斟活水，旋拋珠玉走冰盤。長教舌本足清歡。

百 字 令

三年前仲弘元帥招過高齋促膝暢談，詢及馬齒，知公長予一歲。默數來年爲公六十大慶，適得《李翰林集》初印本，謹題此曲預獻九如之頌

岷峨毓秀，數青蓮而後，英豪輩出。怎似宏開新世界，頓使乾坤變色。坦蕩襟懷，詼諧風趣，儒將真無敵。崎嶇險阻，贛南長憶游擊。一戰欣下江南，輿圖奠定，海宇安磐石。尊俎折衝欽識度，待看全銷烽鏑。保障和平，謳歌建設，揮動如椽筆。汾陽舊賞，大哉涵負誰匹。

臨　江　仙

己亥立冬前五日金平齋園中看作菊，
高各八九尺，平生所未見也

玉骨珊珊儀態好，故應壓倒西風。交輝黃紫耀雙瞳。未愁肌轉削，愴喜意能同。　偶爾伸眉成一笑，眼前得失雞蟲。團團桂影伴芳叢。小山招隱處，高詠雨濛濛。

【補校】

"眼前得失"，原作"得失眼前"，據手稿乙正。

七律

己亥立冬後九日夜起
有懷馬湛丈湖上

卻恨荒雞報曉遲，燈前攬髩怯如絲。難能由赤隨心對，慨想羲農鼓腹嬉。絕學可嫌詩作祟，先知終爲世開基。殷勤催得梅開未，放鶴亭邊有所思。

長歌

一九五九年十二月三日
富鐵畍見過未晤，走筆慰之

我於薄暮散值歸，七歲甥女急牽衣。云有富壽蓀之弟來過我，顏面黧黑身軀頎。日向工場扛鐵板，毛髮汗透朝陽晞。顧視日日減腰圍，彎腰駝背爲療飢。恨未把手情依依。天生子當與願違，鍛以烈火生光輝。子其勿餒聖可希，筋骨益堅終奮飛。鄙哉流俗競脂韋，喜子

293

意氣自巍巍。體力勞動能特立,誰能似子勵芳菲。熱汗點點生珠璣,時方玉汝吾所祈。

減字木蘭花

口占贈劉氏姊弟

奇芬自吐,蔡李遺篇何足數。氣稟岷峨,好向明時發浩歌。　汪汪叔度,更喜登高能作賦。世業眉山,千載應堪伯仲間。

臨 江 仙

大雪後一日得龔慈受覆書,
獲聞湛丈湖莊安隱,喜賦兼簡蘇盦

乍報樓居安隱,旋看促轉陽和。情殷立雪邈山河。宮牆窺未得,祠壁怯重呵。　待習屢提功欠,長占剝復如何。平生只覺負恩多。竹山方侍坐,佇聽發高歌。

【補校】

"待習屢提功欠,長占剝復如何",原作"待習屢提功欠長,每占剝復如何",據手稿改。

七絕

己亥冬至前八日獨游
華山路醫院後園,漫成一絕句

風來四面響蕭蕭,淡日籠雲度小橋。直待芳林搖落後,森森翠翠自凌霄。

【補校】

"翠翠"疑爲"翠竹"或"翠柏"之筆誤。

七絶五首

己亥冬至前四日偶書

故吾決絶勵今吾,暮誦朝絃德不孤。行者一心期證果,願抛肝腦任他箝。

穢在骨時勤刮剔,君思我處忽然疑。向陽瑶草情何限,肯爲曉枝護老枝。

樹立全新世界觀,情知道遠敢辭難。玉成兼感高聲罵,寧與花崗石等看。

地方劇種真多采,挖掘誰當第一功。我亦經常思學習,弋陽終是楚人風。

自然征服已開端,領導英明萬姓歡。忘我衰孱齊躍進,報章看了又重看。

七律

己亥冬至前一日桂末辛翁偕松生見過,談及北行與秉農山丈同游頤和園情景,爲神往者久之。輒拈一律示桂翁,兼呈秉老

二老風流喜可攀,河清瞬得與同看。還涼世界全新造,把臂園林改舊觀。膡擁殘書能照座,偶思塵夢尚餘酸。陽回且自勤添綠,翠柏森森耐歲寒。

七絶

冬 至 偶 書

世皆欲殺李太白，人尚思子哀駘佗。憂樂相尋亦何有，靈均自喜壁可呵。

七絶三首

己亥歲晏有懷吉川善之教授日本京都，再用前韻兼簡天彭詩老、士解教授

每愛銀盤上海東，尤欣曉日見曈曨。當年喜聽荒雞語，海宇澄平願定同。

辛黃門户舊曾窺，村結朱_{彊村}陳_{散原}愜素期。文采風流長在眼，經師可並作人師。

當年頗喜聽荒雞，嬾問禪心絮墮泥。自幸老來居樂國，懷人月在小樓西。

一九六〇年

水 龍 吟

庚子仲春壽章行嚴丈八十，
丈以農曆二月廿一日生

衆欽老子猶龍，八千春色來無際。芳菲滿眼，是誰胎孕，萬千紅紫。早識真人，晚搏鵬翼，憑虛適志。問圖南幾度，披星戴月，知多

296

少,團圞意。 仰止文章山斗,記餘杭、同孚舊里。高談驚座,風流二老,抗心相契。童子何知,高歌向我,玉成終始。待秦京重到,跪擎金盞,侍磻溪醉。

減 字 木 蘭 花

六月三十日晨,偶於襄陽公園邂逅朱季海,獲悉章湯國梨夫人近狀,遙寄一曲

欣逢季海,問訊幽居欣自在。大雅馳聲,解挹清芬王秀卿。 難能脫俗,頑鈍如今知不足。花欲重榮,頭白甘爲小學生。

五絕

上海音樂學院池蓮初放,
佇立觀賞久之,漫吟二十字

一片向陽心,出水誰能染。鮮紅透幾分,帶露開還歛。

八 聲 甘 州

得馬湛丈湖上來書,云將往廬山避暑,因撝撦六一、東坡詞句綴成一曲,寄呈博笑

愛雙龍飛出迓高軒,何幸過吾邦。聽衝濤旋瀨,鈞天廣樂,水石舂撞。暢以光風霽月,幽夢落山窗。倘可諧深趣,漸盡紛龐。尚想遺規鹿洞,企紫陽高躅,俗慮都降。問千家絃誦,村笛亦成腔。溯溪流、閒尋蕭寺,阻追隨、日影轉經幢。凝情久,西飛歸來,悵對長江。

七絕二首

七月十二日過第一醫院後園，新篁解籜，宛然丹丘生筆毫。徘徊玩賞久之不能去，口占二絕

夏至風來意自寬，披襟未要惜衰屛。清陰滿地丹丘筆，付與先生仔細看。

修篁一帶净娟娟，直節應須上拂天。獨怪杜陵殺風景，青松何意獨蒼然。

七絕三首

酷暑中憶嶺表舊游，
漫成三絕句寄陳寅恪教授

四時春愛嶺南天，荔子丹來欲放顛。懊恨西窗炮烙苦，不將火傘化紅棉。

經年未誦簡齋詩，恨對南雲有所思。料聽珠喉歌宛轉，弋腔應是勝於絲。

老來未許戀陳編，越艷吳趨味轉鮮。盲女琵琶溪洞舞，龜年白髮費鑽研。

七絕二首

張次溪屬題《散原老人種松圖》

眼看人間幾桑海，惟有蒼松顏不改。想見散翁把鋤時，倏然雲鶴輸光彩。

摩挲喜作老龍鱗，料得丹青更有神。一統山河光日月，未須惆悵

憶前塵。

减字木蘭花

金平廬暑中見過，戲云"得常會面，便契夙心"，因綴此詞

經旬會面，把手忘言情戀戀。來往風流，身世飄然不繫舟。　　何因寄傲，同聽樓前流水操。雨露涵濡，更感捐金爲買書。

七古

一九六〇年九月十七日上海第一醫學院附屬第一醫院手術室中割治甲狀腺瘤，賦呈陳化東、徐振邦、周南橋三醫師

頭倒豎分身挺直，延頸受刀促呼吸。技入肓間索逋寇，不遺血肉竟狼籍。搏兔力挾雞卵出，瘤如雞子大，匿神經血管交絡處，歷三小時乃獲取出。病去喜得開心胸，看生新血胎春紅。

五古

校園種菜詩

庚子立冬前五日拂曉録寄厦材我兒一笑

盛代恤老弱，許我但學圃。荷鋤入校園，此亦堪用武。先人樂兹業先君蜕庵晚號學圃老人，壽登八十五。我隊十二人，病肺過半數。予忝衰屛長，同隊有病肺結核者七人，年五十以上者五人，予爲最長。歡言相爾汝。顧視同學翁，隊長姚繼新及隊員夏承瑜、朱琦等皆二十年前音專學生，並二毛滿鬢矣。頓覺氣虎虎。頸間紅一綫，新生資皷舞。予自上月割去甲狀腺瘤，頓感心胸開朗。創口紅痕一綫隱起如山脊，雖時作刺痛，亦生新機之必然現象也。各各幹勁足，緣畦互佝僂。蠢爾諸蠕動，蛺蝶所孳乳。競欲繁族類，翩翩來復去。

兩指但一捺,微命委泥土。害蟲隨手盡,澆灌瞬沾溥。昨來初植苗,乍見翠玉舉。民生貴在勤,衆力合同努。熙熙了無倦,愛此秋陽煦。

一九六一年

西 江 月

庚子歲除賦示廈材、英材兄弟

挤得半生憔悴,難能十口團欒。朱顏凋盡寸心丹,可奈霜侵鬢短。喜遇朝陽煦育,更看雛鳳翩翩。健兒身手怎容閒,把酒相期共勉。

【補校】

"可奈",手稿一作"爭奈"。

七絕二首

辛丑元旦,天未破曉,聞四遠爆竹聲,
喜占二絶句,示廈材、英材兄弟

昨飄瑞雪兆豐年,爆竹聲聲破曉天。記得懷仁堂上語,河清人壽舞翩躚。

蓬矢桑弧志四方,鵬搏大翼恣翱翔。百二十歲吾纔半,異軌同奔樂未央。

五年前,毛主席賜宴懷仁堂,面告以在社會主義制度下,人人心情舒暢,皆可活至一百二十歲。以此準之,則吾之後半生,猶能與兄等異軌同奔,各盡所能,以圖貢獻於未艾也。一笑。忍寒翁。

長歌

辛丑春節後七日，厦材長男將還撫順石油設計院，特爲伊母選購山茶、幽蘭各一盆，供諸書案，潛回淑氣，催放五花，山茶清艷，幽蘭秀挺，恍若紅妝之與玉頰互相映帶。昕夕賞玩，寫以長歌，錄寄厦材一粲

滇南特産奇花葉，翠玉高擎紅玉頰。又似天女洗頭盆，琉璃碎剪冠纓色。金粟堆盤光相射，秀出一針如拔戟。嬌春羅綺笑桃杏，庶見靈均抱昭質。獵日仰風恒自喜，帝子淩波倘相匹。此花清艷故絶倫，偶以幽蘭共傾國。我有甥女邵弘度頗解事，謂言要把同心結。山茶森聳蘭婀娜，並肩仍各標獨立。更愛吾兒能養志，絶塞歸來善相責。金丹換骨期二老，導以移情尠差忒。長與雙花不凋謝，粲然相對永朝夕。

七絶

辛丑元宵前一日拂曉忽憶效魯兄，因占一絶句寄合肥

叔子豪情吾所愛，高譚能使四筵驚。赤闌橋畔鵝黄柳，吹拂新詞戞玉聲。

七絶

辛丑驚蟄後五日緩步通衢，見夾道垂楊，競裊金絲，忽憶十五年前與無錫張生壽平、江陰黄生永年同在金陵，共切磋之樂，因口占二十八字以寄壽平

金陵舊共絃歌地，風雨雞鳴意若何。肯作龍門親弟子，芳根應是

301

滿巖阿。

外岡吟小引

予以一九六一年五月三日獲至嘉定外岡上海市社會主義學院脫產學習，迄於九月十五日結業。歸來得詩詞三十八首，彙錄爲《外岡吟》一卷，聊抒所感，兼紀黨對改造舊知識分子之厚恩，不特勝地留連，長縈夢寐而已也。辛丑中秋前五日萬載龍榆生元亮附記。

眼 兒 媚

一九六一年五月廿八日上海市社會主義學院文娛晚會聽吳縣姚蔭梅同學演《雙按使》彈詞，賦贈

鏗然撥罷三絃調，滿座寂無聲。攢眉撫掌，備描諸態，頓遣移情。儼如對話數殘更，點巧觸機生。霎時變幻，轉悲爲喜，雨過天青。

《外岡吟》

臨 江 仙

六月八日昧旦賦呈李文院長

一自朝來沾化雨，頓教宿草回青。未須黃菊制頹齡。發心鋤積穢，把手契平生。　九轉丹成勤普濟，予惟顧影慚形。太陽日日看東昇。再期周甲子，長愛頌河清。

附注：一九五六年二月六日奉召飛京，大宴懷仁堂。予坐毛主席右側。主席語予：“在社會主義以至共產主義制度下，人人皆心情舒暢，可能活到一百二十歲。”予以五月三日來此學習，適爲農曆三月

十九日,恰值予五十九年前誕降之辰也。李院長一見即詢予馬齒幾何,當據實以答,願從此得慶更生也。 《外岡吟》

五律

社會主義學院樓頭看月作

小市明燈火,長林浸玉壺。天低迎海曙,野曠覺身孤。強聒蛙爭鬧,微吟興自殊。隔溪勤十駕,銀杏聳雙株。學院地近練祁塘,隔溪即錢氏祠堂,竹汀先生大昕著有《十駕齋養新錄》。 《外岡吟》

鷓　鴣　天

辛丑盛夏侵曉行外岡田野作

慣向芳原踏月行,餘輝映徹露珠清。高樓幾處明燈火,柔櫓一溪畫水聲。　南斗燦,戲魚驚,橋頭小立最關情。趁墟愛聽吳儂語,同沐朝陽髮轉青。 《外岡吟》

鷓　鴣　天

擬元遺山

錯認金鈴解護花,深閨枉自惜芳華。委身冀弭離魂憾,抑志驚消點臂砂。　貞不字,玉無瑕,那時冥索到天涯。竭心苦憶文姬語,净洗鉛華保室家。《後漢書·列女傳》蔡琰《悲憤詩》云:"托命於新人,竭心自勖厲。" 《外岡吟》

303

望 江 南

夏日昧旦外岡練祁塘書所見，江南人名溪曰塘

　　江南好，碧水漾烏篷。兒慣風波眠正熟，婦勤炊爨鬢輕攏。泛宅羨吳儂。

《外岡吟》

虞 美 人

辛丑立秋日聞梅畹華蘭芳逝世北京，賦此致悼

　　嫣紅姹紫紛開落，驚夢情如昨。倩魂長戀牡丹亭，賸向妖嬈銀幕囀春鶯。　眼神秋水喬梳掠，眉樣春山學。欣將絕藝廣傳人，風義梅邊萬古定常新。予於二十年前偶與畹華相遇於嘉興沈氏喜筵，接席傾談甚契。當畹華赴朝鮮爲中國人民志願軍作慰問演出時，予曾以《念奴嬌》詞寄之，承報以近影。前歲獲觀畹華與俞振飛、言慧珠合演《驚夢》影片，情態猶宛然深閨少女也。畹華篤於風義，予所稔如溥西園侗、李釋戡宣侗皆賴其周濟存活，至其晚歲蓄鬚拒寇之卓犖懿行，彰彰在人耳目，更無待不才之仰贊矣。

《外岡吟》

七絕

社會主義學院後園有新移老桂一株，殆百年前物，黎明立其下，玩賞久之，漫成一絕句

　　蟾宮應是伴嬋娥，飄散天香冷露多。無改團欒擎直榦，黃童白叟共婆娑。

《外岡吟》

七絕

農曆六月十五日侵曉徘徊
雙桂及老梅樹下作

冰輪遥映水晶盤，吳敕雙姝契古歡。更仗東風健詞筆，苔枝玉綴更來看。

《外岡吟》

七絕

自題外岡荷鋤小影

恒虞草盛豆苗稀，映徹紅霞竹四圍。會得淵明絃外趣，欣然日暮荷鋤歸。

《外岡吟》

木 蘭 花 令

贈蒲圻舒宗僑同學

蓬山此去無多遠，換骨丹成期九轉。與君同是過來人，水滴楊枝身漸滿。　西楊橋畔秋陽暖，竹泛濃青曾倚徧。更看老桂解相偎，清影團欒宜永玩。宗僑精於攝影術，曾爲予攝取"竹邊荷鋤圖"。

《外岡吟》

定 風 波

題《外岡荷鋤圖》寄劉嘯秋

種豆勤勤悟昨非，稱身初覺短衣宜。沈疴十年欣去體，秋至，好音遥寄雁南飛。　問我生涯何所似，猶是，寒儒風味故人知。不望輕裘娛晚歲，經洗，青氈舊製倘相貽。

《外岡吟》

浪　淘　沙

　　徹夜聽吟蛩，心尚能童。月華如練露華濃。有限年光無限事，定
卜相逢。　採豆短籬東，曉日曈曨。衣沾不惜願全同。今我故應非
昔我，快擴心胸。　　　　　　　　　　　　　　　　　　《外岡吟》

七絕

　　農曆七月半與都昌劉重熙咸同學夜自外岡歸上海，車行
嘉定、南翔間，光景奇麗，賦示重熙

　　絕愛江南好風景，苦無山影伴歸途。嫦娥忽現觀音面，透入米家
潑墨圖。　　　　　　　　　　　　　　　　　　　　　《外岡吟》

七絕

　　侵曉獨至西楊橋，佇看涼月橢圓如雞子，漸向西斜，東
望霞采幻出峯巒，海日微送曙光，風景幽絕，以二十八字
寫之

　　晶瑩雞子轉晴空，終古盈虧理或同。一帶藍霞迎海曙，峯巒出没
有無中。　　　　　　　　　　　　　　　　　　　　　《外岡吟》

七絕

評彈藝人姚蔭梅邀留合影，
漫題一絕句贈之

　　絕藝能兼楚兩生，梅村心折見歌行。吳偉業《梅村詩集》有《楚兩生

306

行》,謂蘇崑山、柳敬亭也。**曉來愛就陽光浴,合創新聲替舊聲。**《外岡吟》

七絕

自題竹間留影

脫卻青衫愛荷鋤,朝陽影裏探畦蔬。虛心似竹情如火,莫把今吾認故吾。

《外岡吟》

滿 庭 芳

辛丑中秋前十日留別
社會主義學院諸師友

金鼎燒丹,溪流浣月,絳樓高會神仙。教持寶鑑,細與判媸妍。凡骨如今暗換,胎禽伴、起舞蹁躚。涵濡徧,琪花瑤草,勝境足留連。 鑽研,真理見,還童有術,樂志忘年。愛河清在眼,日麗中天。儘把西風壓倒,龍山上、落帽翩翩。情舒暢,長征萬里,快着祖生鞭。

《外岡吟》

七絕十八首

外 岡 雜 詩

碧溪柔櫓響咿啞,小竈炊煙好作家。一號橋邊成永憶,貪看曉月與朝霞。一號橋在練祁塘上,爲安嘉公路所必經,舊稱西楊橋。

銀杏雙株欲拂雲,乾嘉舊業斷知聞。潛研有願空祠宇,佇立閒庭小草薰。錢竹汀先生大昕祠堂在外岡一號橋側。

荒塚高低列作行,隔溪遥睇見祠堂。只餘銀杏標通德,仆卻豐碑卧石羊。竹汀先生墓在練祁塘東首,平列五塚,依次高低,墓碑及石坊並早經摧毀，惟石羊石馬臥叢草中。取《嘉定縣志》勘之，依稀可辨錢墳所在。

神祠轉化幼兒園，定見行行出狀元。生客過門齊拍手，移風今已徧農村。

海東雲起恍仙山，幻出樓臺紫翠間。爛若繁星更舒錦，樓臺突兀滿人寰。

雨後清溪似鏡平，朝霞倒影倍鮮明。映取紅心樂歸去，天風吹送鳳鸞聲。

姹紫爭開蔍豆花，黃衫豪客是絲瓜。此間合作神仙會，朝飽芳風暮絳霞。

平疇彌望綠油油，稻穗迎陽競自抽。葉底棉鈴應吐絮，預敲鑼鼓慶豐收。

一畦黃豆經包幹，疏落猶如癩痢頭。綠豆趁時勤自補，繫懷昕夕望苗抽。

勤將惡草連根拔，合遣良苗占上風。盆水莫言難濟事，橫簪漆管報年豐。夏旱時朝夕以臉盆取溪水灌之，苗乃特盛，結實纍纍如漆管。

半畦包幹花生地，翠綠茸茸似疊氊。譬作女兒難割捨，臨分欲去更留連。將去外岡，特至包幹落花生地告別。

徧灑甘霖噴水機，回青催得豆苗肥。能降旱魃惟鋼鐵，主導收功願忍飢。以抽水機與人工灌溉相較，何止百千倍，乃悟"工業爲主導，農業爲基礎"之英明政策。但使農業早獲機械化，雖節衣縮食，情所甘也。

桂影團欒梅影疎，月明如水露如珠。彩霞徐向東方現，如此多嬌畫怎摹。

走廊燈影伴微吟，作陣飢蚊喜見臨。莫道書駾好欺負，開河掘草具雄心。予每晨三點即就走廊燈下讀書，天明恒往田間除草，亦曾參加開河勞動。

朝餐豆粥午饅頭，香稻蒸來白且柔。更喜園蔬能自給，轉教思想兩豐收。

也養猪羊也養魚，大家庭裏樂誰如。淮南雞犬同沖舉，舒暢心情
願不虛。

巨鑊燒湯破曉初，白頭相見慣提壺。與君結得知心友，茗椀沾唇
好讀書。留別炊事員沈福康同志。住院四月餘，蓋無日不於晨光熹微中獨與
福康相見也。

垂老甘爲小學生，太陽昇處露華清。涵濡許我增朝氣，竹解虛心
眼漸明。自題竹邊小影留別李文院長。予慣于早起，往往與李院長相遇，屢蒙
溫語慰勉，但一清算過去，策勵方來，尚可爲黨與人民作二十年事，使我感不絕
於心也。

《外岡吟》

七絕二首

贈 顔 棣 生

習齋倡導在躬行，運甓開河許許精。更以餘閒勤探勝，較量今昔
向光明。

金針慣向錦囊貯，妙諦寧辭牛角鑽。去掉背包同猛進，更多佳境
足留連。棣生爲顔駿人惠慶先生之子，小予十歲，與予在外岡聯牀者四月又半。
其人極喜脩飾，又愛訪古探勝，有所發現，必以告予，或導往觀之，亦能任強度勞
動，惟學習慣鑽牛角尖耳。

《外岡吟》

七絕

題大厂居士遺作雁來紅扇面

念吾村裏態蕭然，彈指流光二十年。解與秋花同絢采，嚴霜過後
水澄鮮。廿年前大厂居士寄住念吾新村一厢房中，四壁惟有破舊圖書耳。

《外岡吟》

七絕三首

題大厂居士殘畫青椒扇面寄劉作籌

學種園蔬手自鋤，不教蔓草占膏腴。菜根咬慣多滋味，爭奈無由_{諧聲雙關}濟腐儒。

青椒開胃勝鹽梅，待把陶盆手自栽。一樣充飢同畫餅，饞涎三尺對尊罍。

寧同薑桂老彌辣，合伴雞魚味轉鮮。遠愧故人相厚意，惹他噴嚏是油煎。

《外岡吟》

蝶　戀　花

夏夜行江南田野間，有懷吉川善之幸次郎、小川士解環樹兩教授日本京都

野曠風多宜歇夏，雨過江南，景物真蕭灑。燈火樓臺身入畫，畫中誰是悠悠者。　曳杖鏗然占靜夜，雲幻奇峯，似接蓬山也。欲把丹青描變化，雲山莫辨真和假。

《外岡吟》

長歌

辛丑中秋夜放歌，略效岑參體寄彭深友哈密，兼訊蕭向榮將軍北京，二氏皆湖南醴陵人也

中秋無酒醉瓊筵，月隱雲端我困眠，醒來明鏡乃高懸。歡然起舞拜銀闕，慈輝所被無間東西與南北，一時魂夢俱飛越。塞上江南望見之，哈密瓜甘如蜜脾，安得與君傾玉卮。大漠風沙吹颯颯，凌雲豪氣與之狎，天魔遙睇全棄甲。開墾邊疆當故鄉，合多民族放光芒，夜戴

310

明月畫太陽。彭子壯游所深羨，我亦寧甘搔首悠悠守筆硯，齊向自然作酣戰。好乘火箭逐冰輪，挽住嫦娥繡練裙，踏歌來迓飛將軍。

《外岡吟》

减字木蘭花

辛丑中秋後一日過建國西路視李太疎宣個，叩其門則已易主，太疎下世且三月矣，爲泫然者久之

握蘭栽曲，太疎舊有《握蘭簃栽曲圖》，三十年前居北京時爲梅畹華作也。綴玉枝頭看不足。風義平生，遲得芳魂鼓掌迎。　文昌窮睇，猶辨絃聲花十八。悽斷秋心，太疎暮年潦倒，賴畹華周濟，勉能存活。畹華以立秋日病逝北京，距太疎沒不過月餘也。舊夢橋西月照臨。太疎居金陵時，於三步兩橋間賃一宅，叠石栽花，恒爲文酒之會。病中閒話，頗悟前非，謂生既無補於明時，何須苦苦留戀也。

《外岡吟》

連理枝

賀顏棣生同學與鄭德怡女士結婚之喜

灼灼夭桃美，曾與神仙會。結業歸來，綵毯自接，香肩常倚。數卅年、彈指戀情，深卜佳期四喜。　竹馬同嬉戲，恍忽階前事。清潤檀郎，閒偎玉頰，特饒滋味。向桂花庭院，月團圞，愛良宵嬾睡。

《外岡吟》

木蘭花令

辛丑重陽前九日寄胡步曾先驌教授北京

散原仙去風流歇，聞笛山陽聲轉咽。滄桑過後樂澄平，舊夢前塵

311

隨手抹。　雅音誰味中邊徹，沉芷澧蘭花接葉。也應詞派有西江，雲起軒前看鬱勃。　　　　　　　　　　　　　　　　　　《外岡吟》

浪　淘　沙

題彩畫蝶羣

展翅駕東風，飛舞晴空。競乘陽氣逞英雄。華采聯翩看換世，樂也融融。　聲氣感全同，化作長虹。彌綸六合建奇功。旋轉乾坤隨畫手，巧奪天功。　　　　　　　　　　　　　　　　《外岡吟》

浣　溪　沙

寄萍鄉劉嘯秋祖霞北婆羅洲

管鮑交期世所欽，豪情未許鬢霜侵。故人相望錫南金。　草長江南思故國，燕歸華屋愛紅襟。重逢須酌酒杯深。　　　　《外岡吟》

水調歌頭二首

辛丑重陽訪周谷城於淮海公寓，放懷高論，莫逆於心，率賦此詞，藉傾積愫

佳節遘重九，發興上層樓。良朋把手相視，笑口不能收。破帽寧容久戀，瑞腦看縈香篆，未怕雪盈頭。染得寸心赤，猶有氣橫秋。曠千載，彌六合，仰嘉猷。波濤湧現南嶽，蕩盡古今愁。回首嚴陵灘畔，更看鳶飛魚躍，勝景徧全球。與子淬詞筆，抃舞奏歡謳。

挹取洞庭水，傾注入西江。腥埃血洗全净，皎皎愛春陽。坐看燎原星火，迸發嶄新花朵，芳烈向風揚。聖地井崗上，草樹發輝光。共瞻仰，天險處，闢康莊。吳儂軟語相告，此處勝天堂。誰羡桃花源

裡，向晚繁星密綴，會舞樂洋洋。歇浦賴支援去聲，豐産有餘糧。

【補校】

以上二首詞，作者曾於"辛丑立冬前五日寫奉志清同志"，第一首題作"辛丑重陽訪老友周谷城作"；"看縈"、"嘉猷"、"嚴陵灘畔"、"更看"、"徧全球"作"看消"、"宏猷"、"嚴灘蓑笠"、"更喜"、"冠全球"。第二首題作"聽谷城作江西革命根據地參觀報告"；"全净"、"發輝光"、"天險處"，作"都净"、"溢輝光"、"夷險塞"。"歇浦賴支援"句後有注："去聲。"據補。

七 絶

於舊篋中檢得嶺表故人易大厂居士遺作菊花便面，率題一絶句，以贈志清同志留玩

誰與陶陶進一觴，東籬又放幾枝香。故人留得殘英在，持贈知音見吉光。

滿 庭 芳

爲夏炎德題其亡友蔡弘之畫扇，因憶廿年前與大厂居士往還舊事，遂以此曲寫之。炎德曾以此扇乞大厂作書未果，而大厂下世後十七八年，其女忽從遺篋中檢得之，予因即取以還炎德，冥冥中似有情緣未斷者，亦不可不記也

貧賤交情，江湖夙契，怕聞鄰笛悽清。斷魂何處，留韻在丹青。彈指流光容易，人琴感、一例傷情。芭蕉外，風清月朗，猶記夜吟聲。　堪驚，當日事，藥鑪茶竈，相對忘形。愛甘回舌本，旋逐征程。僕僕飆輪來去，濡呴意、慰我飄零。俱往矣，白頭師弟，好共進瑶觥。

鷓鴣天二首

為新會陳一峯題《初曦樓圖》

數盡雲帆出海涯，滄波滉漾捧朝曦。生憎夜永終須旦，及見河清卻未遲。 身漸暖，髮初晞，卅年冥想愜深期。天低鶻没歸心壯，坐擁螺鬟彼一時。

涉歷山巔與水涯，妙高臺上佇晨曦。放愁無地狂濤撼，撥霧驚心怨漏遲。 花自好，露徐晞，霞光煥彩問歸期。海綃詞筆彌逾健，試共歡謳勝舊時。

菩 薩 蠻

辛丑大雪日昧旦有懷章孤桐丈北京

文雄子長騰光燄，雙眸炯炯長縈念。丈室問維摩，寒暄今若何。 陽阿晞我髮，莫制心花發。材與不材間，寧歌行路難。

菩 薩 蠻

得吳漙廎書，感賦卻寄

風前乍感秋蕭瑟，寒爐灰冷誰重熱。蔽體是淤泥，寧容曳尾龜。 明珠悲薏苡，賸搵綃中淚。白首倘同歸，拚將身許伊。

【補校】

"白首倘同歸，拚將身許伊"，原作"拚將身許伊，白首倘同歸"，據手稿乙正。

浣 溪 沙

兩訪谷城未遇,率拈小調述懷

攬芷紉蘭有所思,濂谿襟度愜深期。光風霽月愛追隨。　九竅牽絲原不染,三秋浥露悵來遲。北辰遥拱願無違。

浣 溪 沙

題雙鈎蘭寄贈劉嘯秋

愛泛光風利斷金,倚天長劍會瑶琴。餘薰歸夢繞椰林。　每傍疎篁標勁節,更同芳芷護騷心。一回展玩一沈吟。

【補校】

"倚天",原作"閒倚",據手稿補改。

水 調 歌 頭

得蕭向榮將軍來書,虛懷摯誼,溢乎楮墨。率成俚調,藉答嚶鳴,即送其訪問越南民主共和國

何物最相感,文字有因緣。發函無損深契,珠玉洒心泉。不向花前月底,趁取舟車餘晷,遐想竟聯翩。噴薄浩然氣,託興在吟牋。壯士志,投筆意,奮英年。妖氛同掃都净,更與綉山川。血肉相連交廣,好共馭風來往,赤幟看高懸。擅勝石林業,酣詠樂賓筵。

浣　溪　沙

辛丑冬至喜得劉嘯秋寄惠猪油，率拈小調爲謝

自笑平生爲口忙，花猪肉味撲簾香。松柴活火快先嘗。　爭得酒狂仍故態，欣聞韶樂在他鄉。感君相厚寄脂肪。

浣　溪　沙

久不得謝薔翁消息，賦此代柬

江左風流數謝家，真成絕世擅才華。老來依舊筆生花。　屑玉霏珠飄咳唾，舞風回雪鬭尖叉。肯傳芳信到天涯。

【補校】

"屑玉"，原作"清玉"，據手稿改。

臨　江　仙

昧旦讀陽明子論學書，因用東坡《夜歸臨皋亭》韻寫呈馬湛丈湖上、熊滌翁上海

六十韶光彈指去，飽看世務紛更。何來綺語以詞鳴。鉗錘金躍冶，攻擊玉成聲。　烈燄騰騰甘自蹈，風前小立屏營。波光瀲灩縠文平。私吾能去體，寧復感勞生。

五古

偶獲閒静，快讀陶詩數十首，
適得嘯秋寄惠火腿，走筆報謝

晨坐北窗下，冬陽暖我心。長養開殘帙，快撫無絃琴。乞食與乞米，亮節古所欽。所嗟拙言辭，何以展素襟。故人遠相眖，薄植故難任。細布幸我身，凝脂潤我音。香臘花豚蹄，濁醪聊相斟。分享到兒輩，恍若獲甘霖。平生懷飢溺，歲月去駸駸。終將邁羲皇，已見撥層陰。春臺樂熙熙，因風寄椰林。

蝶 戀 花

吉川善之教授寄示辛丑陽曆
除夕見和拙詞，再用前韻爲報

暾出東方聲誼夏，絢采朝霞，簾底金如灑。絳闕瓊樓都是畫，鯨波待制滔滔者。　逝者如斯連晝夜，飢溺爲懷，大道終行也。遠紹旁搜人共化，語皆真實無虛假。

【補校】

“絳闕瓊樓”，原作“瓊樓絳闕”，據手稿乙正。

317

一九六二年

七律

大寒日曉起燈下
寄陳寅恪教授嶺南

蹉跎不覺歲將零，起趁荒雞月照庭。苦歷鉗錘金自喜，望窮嶺海眼誰青。簡齋詩思知長健，學海波濤亦慣經。託興我聞徵舊史，迴瀾倘爲播餘馨。

【補校】

"簡齋詩思知長健，學海波濤亦慣經。託興我聞徵舊史"，原作"詩健塾書成學海，知長波濤亦慣經。我聞徵舊史託興"。按：此詩用圓珠筆書寫，中多塗乙增損，年久漫漶，辨認困難。茲尋繹語脈，兼顧格律，於詩句適當調正，未知原意果如是否？

西 江 月

春江許承晃伉儷絜愛子辰自濟南歸廈門，中途過滬，留宿蝸居者三夕。傾談甚契，戲效東坡俳體賦此贈之

侉子性兼蠻子，解牛氣已吞牛。牛兒生母最溫柔，羨爾變飛佳偶。　好夢絃歌長在，新聲炮火相酬。金門煙樹望中收，喜聽歡謳齊奏。

【補校】

"好夢絃歌長在，新聲炮火相酬"，原作"絃歌長在新聲，夢遙炮火相酬"，據手稿乙正。"氣已"，原作"氣還"，並改。

七律

辛丑歲不盡八日得葓君北京來書，言及往歲偕訪沈尹默、褚平君伉儷，留與共餐，文采風流，雙輝珠璧。前塵回首，恍然隔世矣

拈花密意共誰參，略似坡翁竄嶺南。乍喜西風吹破帽，難守北柳駐征驂。雙輝珠璧形憎影，等視冤親苦疚甘。未度有情寧自度，千絲吐待護春蠶。

水　調　歌　頭

辛丑農曆歲不盡九日，喜獲呂展青驥同學來書，所以相勗勵者至爲殷切，漫成此闋報之

道在步當猛，老至眼恒青。卅年彈指消逝，晚喜見河清。羨你精金百鍊，高舉紅旗三面，戛玉振奇聲。抃舞太陽下，頭角共崢嶸。曠千載，欣一遇，契平生。迷塗追悔何及，奮發制頹齡。沾得新春雨露，誓與有情同度，百卉正敷榮。鑒我寸心赤，窗外月朧明。

七絕

除夕前一日得默存來書
關懷鄙況，走筆報之

黃州一謫四經秋，破帽寧容久戀頭。細撥爐灰真有味，回暄遙睇思悠悠。

七絶二首

辛丑歲除得小川士解教授寄贈東坡《寒食詩》真蹟影片，賦二絕句報之

蓬蒿釋耒禮金仙，丈室維摩總解禪。猶喜罏灰吹得起，黃州寒食過三年。

行雲流水感遺編，詞翰驚從海外傳。飛動龍蛇誰得髓，宜春帖子自光鮮。

縵盫按："蓬蒿"，抄稿本作"頹垣"，此依手跡。

七絶三首

辛丑歲除寄彭深友哈密

老來雙眼幸能青，駒隙流光不暫停。樂苑一燈長耿耿，時傳雁信下青冥。

含咀英華趨聖域，牢籠宇宙固初基。浮雲未阻圖南路，積厚培風更勿疑。

細針密縷少陵詩，還將臭腐化神奇。愛看飛將驅驕虜，更向騷壇樹大旗。

五律

壬寅人日臥病有懷
賴少其同志合肥

藹然仁者態，心欽賴少其。違離經四載，縈惹有千絲。葵藿傾陽性，嚶鳴求友詩。黃山欣在眼，更與話襟期。

七律

正月初十日雪霽暢晴，食嚴生所饋臘肉，戲拈東坡《黃州大雪中送牛尾狸與徐使君》韻

昨喜飛綿競入帷，晴輝助我更伸眉。迷濛似看虎兒畫，狩獵何來牛尾狸。豐歲預占農事好，快遊旋把鹿車脂。如今學圃真堪羨，酒暈飛紅正透肌。

七絕三首

從小男英材家報中獲聞傅抱石近狀，又從《人民日報》讀所撰《鄭板橋試論》，漫拈三絕句寄之

江山如此信多嬌，攝取毫端奉舜堯。往哲漫云師造化，從教造化羨今朝。

聞道先生貌轉豐，人同國運日昌隆。飛揚我亦雄心在，壓倒西風唱大風。

板橋三絕懷胞與，抱石一醉吞海洋。挹取真儒歸馬列，嚴寒過盡雪梅香。

七律

春意漸濃，晨起漫成
一律寄蕭向榮將軍

丁丁伐木聽嚶鳴，淑氣潛催愛曉晴。皎日曈曨欣入眼，奇才磊落總關情。好將填海移山志，并入鏤金戛玉聲。老更癡心看桃李，千紅萬紫映河清。

【補校】

作者《近三百年名家詞選》重校附記引五六兩句，"好將"作"要將"，"并入"作"进作"，於義爲長。

浪　淘　沙

蕭湄從桂林來書誇景，報以短歌

傲兀溯西江，鼎崤朱王。起衰看取陣堂堂。綺語何妨呈壯采，曲換伊涼。　夢到水雲鄉，山影低昂。櫓聲鴉軋韻笙簧。鏗爾風前吾與點，高詠蒼茫。

七律

秉農山教授寄示《自笑》一律，欽其治學之勤，老而彌篤，真吾曹表率也，輒次原韻求教

不爲爭名向市朝，簞瓢未遣壯懷銷。儘抒骨化薪傳火，爲贊河清力挺腰。警夜荒雞瞻北斗，生春老樹燭層霄。紅棉正向炎方發，絳蠟高擎樂永朝。

清　平　樂

壬寅清明前五日，晨起塗此，
寄美宜吾女一笑，忍寒翁時年六十

柳搖晴晝，添綫成新綉。碧水平橋雲出岫，正是鶯飛時候。　愛看桃李爭榮，更聽絃管新聲。歌罷天風海雨，成連一曲移情。

七絕

壬寅清明後一日,《文滙報》載東京消息:岩波書店方有
《中國詩人選集》之刊行,略稱中國詩被稱爲古今世界文學
中之珠玉,彼邦千數百年來即已接觸光輝,特加熱愛,透入
心靈深處,流風餘韻,充滿彼邦人士之情操中。渺兮予懷,
漫成絕句,寄吉川幸次郎、小川環樹兩教授京都

情操由來漸漬深,內藤一老演唐音。蓬窗片羽輝珠璧,縞紵西洲
思怎禁。

七絕二首

往荷張孟劬丈寄贈內藤湖南博士手書一律:"空羞薄宦
半生謀,仍慕前賢四品休。三世書香研乙部,一時縞紵遍西
洲。浣班翰苑嗟才短,築室山中愛境幽。獨剔寒燈聽夜雨,
廿年塵事到心頭。"附註:"錄丙寅歲除舊製奉謝孟劬先生作
文見祝馬齒。"詩書雙絕,宛爾唐賢,懸諸壁間,怳如瞻對開
元間人物也

怳同二俊擅江東,聲入情交感易通。爲播唐風成異采,餘霞散作
滿天紅。

盈盈一水阻蓬瀛,風引仙槎聽鳳鳴。書是坡公詞小晏,泠泠絃外
有餘情。

七律

丁義忠來,談及上海博物館資料室舊藏徐光啓手校所

譯《幾何原本》經由中央文化部借付影印，爲紀念徐公功績之傑品。此書爲予主資料室時屬義忠於某地廢紙堆中檢得，幸免刧灰，喜成長句

　　未放明珠委刧灰，摩挲老眼淚花來。誰其啓牖明天算，卻護心魂出草萊。的皪珠光隨照乘，沈埋金劍總生哀。由來重器常含垢，盡意揩磨莫浪猜。

【補校】

　　"誰其"，原作"誰共"，據手稿改。

七絕三首

壬寅晚春漫興

　　慚愧江東太瘦生，花開花謝不關情。眼中自愛新桃李，朱實纍纍即漸成。

　　彈指韶光六十春，半生落拓困風塵。老來欣見河清日，愛把金針度與人。

　　紅透專深總自期，芳根看苗最繁枝。光風泛出離離影，沅芷澧蘭有所思。

望　江　南

漫拈彊村老人題《拙政園詩餘》
語發端書蕭湄詞卷

　　雙飛翼，長憶塞垣春。日晚歸來堂上坐，潑茶凝想似花人。羅帕寫輕鸞。

浣 溪 沙

題知不足齋精刊本《白石道人歌曲》贈劉明瀾

冰雪聰明水作神，新聲漱玉眼中人。蘇家小妹是前身。　烘月裁雲縈妙思，紉蘭攬芷趁芳辰。此心長與物爲春。

【補校】

“縈妙思”，原作“妙思縈”，據手稿乙正。“裁雲”，原作“戴雪”，並改。

鵲 踏 枝

爲黃雨亭蔭溥題其母柳太夫人《苦命行》

憶得呱呱寧解語，別鵠離鸞，誰省茹荼苦。鐙影機聲恒達曙，護雛旋指階前樹。　綠鬢絲絲千萬縷，暗把金刀，咽淚營抔土。寸草春暉寒食路，渭陽遺筆應悽慕。

七絕

上 海 竹 枝 詞

高級點心店

隔着玻璃透色香，行人駐足意徊徨。腰包掏盡人民幣，難制饞涎一尺長。

古詩

六十自壽戲和陳子昂
《登幽州臺歌》韻

前不負古人，後不負來者。持此願以終生，庶凋浹乎上下。我生忽忽度過六十年矣，愛桃李之新陰，竭涓埃以自效，輒用陳伯玉《登幽州臺歌》韻寄懷。

鷓 鴣 天

壬寅晚春，金平廬折園內
白牡丹一朵見貽，欣然爲賦

素面朝天願未違_{虢國夫人}，依然富貴瑩冰肌。華清浴罷香凝露_{楊妃}，金屋妝成雨洗脂_{陰麗華}。　憐欲墜，恨來遲，留仙裙褶漾情絲_{趙飛燕}。風前展出驚鴻舞_{洛神}，惱亂陳王不自持。

【補校】

"展出"，原作"展開"，依手稿改。

望江南二首

爲吳雙白題拙編《唐宋名家詞選》

空靈感，細領似非花。但使胸無塵土氣，翛然水木湛清華。勞思喜交加。

春陽好，紅紫正爭妍。誰似劍南詞筆健，茶山我自愧鄉賢。欣見一燈傳。

小重山令

勞動節後一日，戲劇學院研究班爲我設高座，太似卅九年前在覺園聽諦閑老和尚説法時情景，惶愧不敢當，遂自撤去，并用蘄春黃先生侃《寒食遊高坐寺》韻賦小詞以紀之

桃李陰濃一徑微，看看朱實滿，敞柴扉。十年樹木定成圍。東風好，世界總芳菲。　信得願無違，靈光慚魯殿，笑巍巍。壯懷同逐曉雲飛。殷勤意，寸草報春暉。生我者父母，教育培養我、使我暮年能鞠躬盡瘁、致力於文化事業以圖光大發揚民族遺産者，共産黨與毛主席之恩也，故結句及之。

鷓鴣天

兆芬新製有"擊節聲中玉漏遲"之句，
感不絶於予心，次韻一首

開遍東風桃李枝，慣將青眼注妍詞。聞雞起舞心猶壯，待漏傳衣意未遲。　懷落落，興孜孜，晴虹千丈護期思。孤飛老鶴聽鳴鳳，報答朝陽望豈癡。"傳衣"用禪宗六祖事。稼軒"再到期思卜築"《沁園春》詞有"千丈晴虹"之句，期思，池名，在江西。

附：

鷓鴣天

詞學老師年逾花甲，爲我班批改作業，
常至深夜三點。此情此景，殊爲感激，
作鷓鴣天一首，以表寸懷。　　　吳兆芬

初試東風第一枝，青燈白髮綴新詞。幾回搔首仍含笑，擊節聲中玉漏遲。　情切切，意孜孜，一聲一字費三思。叩窗寒雨催

眠急，不識師情比你癡。

小 重 山

贈徐佩珺培均原名

淮海維揚一俊人，相期珍重苦吟身。詞田萬頃待耕耘。熏風裏，百卉自芳芬。　回首憶彊村，榻前雙硯授，意殷殷。韶光催我再傳薪。桐花鳳，何日過行雲。

六言絕句四首

漫步半山韻寄寅恪教授嶺南

杜宇聲催春去，木棉花發紅酣。憶得靈光魯殿，輝輝長燭天南。
桃李新陰驟密，絃歌舊夢猶酣。禁得一春風雨，依然身在江南。
豈有絲竹陶寫，長歌勞燕東西。忽忽六十年去，悠悠萬里路迷。
特識旁搜杞柳，多聞直貫中西。休嘆滔滔皆是，問津長賴指迷。

江 城 子

爲陸丹林題香宋老人《鄉居詩卷》

英年抗疏老疏狂，采幽芳，入詩囊。對客揮毫，醉墨看淋浪。詞翰略參坡谷意，驚倒峽，下瞿塘。　草堂人日寄篇章，語周詳，意徊徨。報道兵塵，不到鄭公鄉。一自飛仙歸去後，誰更爲，發幽光。

【補校】

"草堂人日"，原作"人日草堂"，據手稿乙正。

慶 春 澤

黃君坦寄示辛丑除夕餞歲詞，
勉次原韻，即題其《慶春一覺圖》卷

攬鬢欺霜，驚心乞米，難馴鳥雀階除。蕭瑟蘭成，漫嗟今古同符。
燈前擁髻長相守，問團欒、花影誰扶。認年時，兒女燈前，老鳳將雛。
辛盤有味都嘗慣，信陽春麗澤，終顧茅廬。躍冶精金，寧須自笑狂夫。
不成一覺揚州夢，倩何人、淺畫成圖。羨君家，花萼相輝，萬彙同蘇。

西 江 月

次蕭湄見壽六十詞韻，即題其西山留影

霧歛山前簾捲，月明林下風生。潑茶佳興樂承平，暫向清泉照
影。　海燕徐翻健翮，嶺梅長著芳名。還看樂苑粲明燈，笑指浮圖
作證。

五律

次韻奉酬彭深友哈密寄懷之作

不作窮途感，長殷濟世情。浮雲消暗影，芳訊至邊城。彭澤知今
是，靈均笑獨清。嚶鳴聲不斷，何以答休明。

滿 江 紅

五月二十九日在上海藝術劇場舉行杜甫誕生一千二百五十周年
紀念會上作

颯颯東風，吹細雨、潤花微濕。休再歎、吾廬獨破，布衾如鐵。煙瘴定傾東海洗，長吟共許丹心切。慰騷魂、向曉定歸來，同歡悅。

許身意，寧終拙。傾陽性，固難奪。爲黎元惆悵，榮枯咫尺。已分飄零思錦里，更從排奡昌詩律。看如今、芳烈播寰球，長無絕。

卜 算 子

壬寅端午有懷向榮將軍

迴睇薜蘿衣，朝夕思公子。憶得騷人托興深，愛飲湘江水。　角黍尚成棱，荼苦甘如薺。千朵芙蓉向日開，紅絮人間世。

浣 溪 沙

濟南高生義龍以所作《原上草》見示，
即拈小調貽之

詞筆春風想二安，浩歌一曲亦才難。試揩老眼與重看。　閒傍沸泉霏玉屑，要登絕頂瞰煙巒。珠宮貝闕在人間。

鷓 鴣 天

彭深友從西陲解職東歸，既繞道北京與蕭將軍一傾衷曲，特取道南來見訪，肝膽照人，爲誦陶公"終曉不能靜"之句，并綴小詞送歸醴陵故里，兼寄蕭將軍

莽莽平沙展壯圖，騁懷猶戀篋中書。可將西極真龍種，來對寒窗老蠹魚。　揩病眼，數真儒。照臨寧怯路崎嶇。杜陵詩思斜川感，俯仰乾坤偉丈夫。

蝶　戀　花

炊　婦　詞

竈下勤炊情未已，幾個婆婆，教我如何是。騁力高衢憐病驥，夾生香飯難成味。　食性初諳深自愧，雙鬢飛蓬，膏沐誰當理。太母含飴儂倍喜，噓寒問暖關心事。

蝶　戀　花

浩浩長空展巨翼，樽俎雍容，仁者真無敵。壓倒西風看瞬息，指揮戎虜趨瑤席。　坐聽邊聲還自急，羽扇徐揮，旋遣炎威戢。馬首是瞻旗直立，掣鯨身手方羣集。

【補校】

"坐聽邊聲"，原作"邊聲幾輩"，據手稿改。

好　事　近

淞濱長夏有懷馬蠲叟丈西湖

岱頂俯兒孫，寒入喬松落落。夢到嚴陵灘畔，看鳶飛魚躍。　巖花山鳥正迷人，矯首仰先覺。咳唾九天飄下，肯但專丘壑。

洛　桑　游

於《人民日報》獲誦弘公游洛桑之作，不特託興深遠，抑亦復面目全新，因竊取爲調名，次韻奉贊

雨過天逾净，波明興欲飛。雪峯秀出玉成堆，照耀晴光、任向鏡

中窺。　浩蕩宜冲舉，蒼茫孰奪魁。攀藤捫葛緊相追，腰脚輕便、風力不能摧。

沁　園　春

　　大杰勉以"多著闡揚詞學之書，以導來者"，不知予之精力分散，有願未能也。率拈此闋求教，兼示谷城

　　我豈無心，飄墮風塵，潦倒半生。幸河清到眼，寖除積垢；春陽相照，轉更癡情。大意方來，奇文鬱起，愛聽穿雲裂石聲。飛騰意，挽嫦娥共舞，環佩鏘鳴。　卒卒天樂難名，趁火箭歸來恰五更。看東昇皎皎，環球變景；南薰馥馥，麥浪搖金。傳火情殷，出藍苓美，衰朽猶應與有榮。嚶求感，願齒勞略假，一表予誠。

【補校】

　　"轉更癡情"，原作"更癡深情"，據手稿改。

點　絳　唇

　　與中敏最後相聚金陵盧冀野宅中，忽忽逾二十年，冀野亦下世久矣。適自成都東還，相見幾不相識，賦此誌感

　　天上飛來，錦城絲管今何似。四絃重理，身外無窮事。　收拾閒情，重飽淮南米。秋無際，更騰雙翅，烟樹參差裏。

點　絳　唇

　　秋宵不寐，起看盆竹寫影窗間，
　　　　宛然坡翁墨妙也，戲成小闋

　　疎影便娟，夢中歛盡干霄氣。託根無地，皓月明如水。　喚起坡

仙,把筆成游戲。涼風至,旋看搖曳,環佩歸來未。

鷓　鴣　天

惡鄰他徙,因得與静宜五女
布置書齋,喜占小閣

重理書齋思轉深,隔鄰分緑尚陰陰。秋陽暖我迎西曬,斷簡珍他惜片心。　磨鐵硯,撫瑤琴,天涯何處不知音。祇應收拾衰遲感,青眼高歌勵自今。

滿　江　紅

暖透心頭,西窗外、翠陰猶密。勤操翰、太陽流照,寸陰宜惜。無際碧天勞悵望,有靈詞客知相識。待招來、毅魄共料量,今非昔。雕蟲手,誰得失,啓新意,憑結集。怕吴霜凋鬢,怎抒胸臆。燈燭末光難自耀,聲詩偉業將奚適。戀餘年、何以答休明,情如織。

好　事　近

六載別京華,宏麗又增千百。相約天安門下,共婆娑永夕。　幾時重到日邊來,鑒取寸心赤。願共三吴英俊,頌光輝無極。

好　事　近

寄劉嘯秋北婆羅洲

三月杳鴻音,南望海天空濶。一樣月圓人壽,度中秋佳節。　依然苜蓿舊生涯,光影浸華髮。待向廣寒叢桂,慶團圞芳潔。

齊 天 樂

江南秋爽,有懷閩廣舊遊,賦寄
中山大學及集美學校老同學及諸友好

一彈指頃醒春夢,俄然驟驚吾老。荔子灣頭,相思樹底,課罷欣同吟嘯。花光永耀。愛照海騰天,醉瞻雲表。暑往寒來,寸懷難忘夢緣巧。　涼風天末乍起,記樓船去遠,憑檻凝眺。桃李新陰,絃歌舊業,齊唱陽春高調。情殷思渺。便換了嬌妝,鏡中曾到。問訊何如,一枝春更好。

采 桑 子

得宛卿出關途中見懷之作,次韻答之

飆輪馳向冰天去,衝破迷漫。休歎漫漫,颯爽英姿第一關。　莫愁前路無知己,暗握刀環。月子彎環,躍馬高秋力未殫。

七律

讀新編《中國文學史》
賦寄錢默存教授

定見門多問字車,文章藻鑑比何如。三長小試知幾手,萬卷移輝抱樸居。秋爽王城占筆健,露涵朝旭孕花舒。淹通絕代軺軒語,寧止青編映石渠。

【補校】

"知幾手"、"淹通",原作"展知幾"、"淹留",據手稿改。

鷓鴣天

湖帆、伯鷹一以膽疾一以肝疾同居病院,戲云"此真肝膽交也",譜此詞寄之

高臥滄江百不任,詩囚畫癖思惜惜。膏肓痼疾寧猶昔。肝膽交親固自深。　情默默,訊沈沈,夢中空有夢相尋。琴音薪火難同畫,誰識區區一往心。

鷓鴣天

得湖帆和章,夜不能寐,因和

焦尾懸知意不任,強名聊自賦惜惜。絃孤剩感音難和,燭燼寧期淚已深。　簾影暗,漏聲沈。醉鄉何地足幽尋。虛堂苦憶前宵雨,難喻枯荷永夜心。

清平樂

壬寅重九陳汝衡枉過寓齋,
出示新詞索和,次韻奉酬

長卿能賦,不見憑高句。爇向伊誰香一炷,卻與坡仙同住。　騷心付與詩人,清空老鶴精神。北固山頭遙睇,眼中何物非真。

木 蘭 花 令

題黃太夫人影寫傅幹《注坡詞》，
借用坡仙次歐公西湖韻

文章喜見波瀾闊，玉笛臨風還自咽。暮雲春樹翠千重，渭北江東紅一抹。　間關幾處流鶯滑，溜到圓時驚二八。悲歡離合總尋常，信得清如天上月。

卜 算 子

老妻培育紫玫瑰一枝，秋後盡發花，
冷艷清香得未曾有，賦此紀之

軒挺擢孤莖，暗與金風鬪。紅透中邊沁骨香，艷發枝頭秀。　霜飽促花腴，簾捲驚人瘦。重叠絲絨善護持，細向燈前嗅。

臨 江 仙

次韻報東蓀翁

除卻隨緣無障礙，更於何處安禪。難能平子賦歸田。泠泠脩竹裏，杳杳翠雲間。　猶有閒情迷曉夢，也知徒託空言。秋來每怯夜如年。餘明欣在壁，肯許叩玄關。

臨 江 仙

壬寅晚秋感事

砥柱中流風不斷，閒看駭浪驚濤。何曾撼得一毫毛。北辰星共

336

拱,瞻仰氣彌高。　衆志成城彌六合,笑他鼠輩焉逃。凜然高義透重霄。漫勞誇核熱,億兆仰丰標。

【補校】

"氣彌高",原作"意氣高",據手稿改。

鷓　鴣　天

得蕭宛卿長春來書,道彼中絃誦之樂,
賦此寄意,兼呈佟冬所長

一夕東風掃戰塵,霞暉長護塞垣春。直同鄒魯絃歌地,羨殺江湖散澹人。　盈室暖,射眸新,周旋冰雪膽輪囷。請纓無限遲欽感,待向尊前味道醇。

七絕三首

初冬有懷寅恪翁嶺表

何人得似黃雙井?詩派西江哂未休。擬向簡齋參活句,夢魂飛不到羅浮。

絳雲心事向誰論,躍馬紅妝目未昏。倘許傾城預家國,煩寃何止諒梅村。

小春輝映嶺頭梅,誰向玄亭問字來。料得藏山珍史筆,一時浮議只堪哈。

蝶　戀　花

壬寅冬夜感懷

擢秀花枝餘幾許,取次凋零,未要風和雨。花得再開非故樹,新枝定把奇芬吐。　花若有情應自語,換葉移根,日夕勤培護。重叠英華須細咀,東風紅遍天涯路。

臨　江　仙

聽陳其五所作報告感賦

大海狂濤隨起伏,共瞻燈塔煌然。辯才無礙見真詮。莊諧欣間作,奮發定無前。　百尺樓中誰共臥,曾聞屬意高賢。太陽紅徧雨餘天。江南春更好,隆化育朱絃。

一九六三年

念　奴　嬌

一九六二年歲除前夕,聽廣播詩歌朗誦會中,猶有歌予舊作《玫瑰三願》者。因憶"一·二八"倭寇犯淞滬時,予從真如暨南大學扶攜老幼潛行入法租界,避居國立音樂院汽車間內者彌月。一夕,於音樂會上偶有所觸,隨取片紙,率書數語付黃今吾自先生。翌晨見告,會後即爲譜曲,頃刻而成,亦頗自詡爲神來之筆。嗣是盛播歌壇者且三十年,國外有采入《世界名歌選》者。宋人柳永、秦觀皆排行第七,以歌詞擅名當世,又皆落拓飄零,憔悴以死。予幸晚際休明,竊願重創新聲,仰贊河清偉業,雖皤然雙鬢,猶當鼓勇以赴之。漫綴此詞,用資策勉。一九六三年元旦寫寄厦材長男吟諷

再陳三願,願朝陽煦我,芳根重苗。沃壤甕培清露飽,恰稱春風詞筆。絳臉歡融,檀心馥吐,輝映河山色。薔薇媿笑,臥枝嬌困無力。

秦七詩有"有情芍藥含春淚,無力薔薇臥曉枝"之句,元遺山譏爲"女郎詩",亦時

世使然耳。　誰羨山抹微雲秦詞名句,銅琶振響,詎肯師秦七。殘月曉風楊柳岸,惆悵那時行跡。砥柱中流,紅旗三面,猛志隨洋溢。天風浩蕩,圖南看假雙翼。

七絕三首

一九六三年一月九日,重到烏魯木齊路上海第一醫學院附屬第一醫院檢查胃潰瘍,便過後花園小坐負暄,漫占三絕句,距住院割治甲狀腺瘤,瞬已兩度秋風矣

依然前度舊林亭,池面冰膠樹綠陰。信是江南風景好,歲寒來此聽禽音。

崎嶇試歷小巖巒,腰腳輕便未覺酸。閒倚孤松貪曝背,喜從人境覓清歡。

眼中惟欠一枝花,佇待暄風長嫩芽。螢光為我追逋寇,浩蕩春陽詎有涯。

七絕三首

歲暮述懷寄蕭向榮將軍

金珠瑪米靜邊塵,勝算遙操正義伸。罷戰歸來齊合掌,果知無敵是能仁。

墨雲凝沍任層層,遙禮東方粲塔燈。看捲怒濤清積穢,歸心全是遠來朋。

相期百鍊莫驚猜,誰似將軍特愛才。寄語醴陵彭俊少,由來狂簡待清裁。

滿 江 紅

歲晚有懷仲弘元帥

一片烏雲，蔽不了、朝輝皎潔。堪笑是、幢幢陰影，剎那生滅。洗甲看傾東海水，消炎遺以崑崙雪。拱北辰、揮扇自從容，揚芳烈。大旗舉，兇威折。歌慷慨，情激越。亘如虹正氣，浩然充塞。無敵總緣魚水契，執言共信肝腸別。樂歸心、盡是遠來朋，欽豁達。

六 州 歌 頭

一九六三年在上海市文化俱樂部獲觀建國十四周年天安門慶典影片感賦

巍然聳峙，萬派競朝宗。日華捧，羣峯拱，立當中，大旗紅。六億爭鳴鳳，騰歌頌，如潮湧，齊舞踊，隨目送，慶年豐。煥發容光，膚色羅人種，黑白黃棕。共誅鋤強暴，浩氣亘長虹。天下爲公，此心同。看星火縱，鬪爭勇，金甌鞏，變全通。長劍竦，狂魔恐，挫兇鋒。奪天工，核彈將焉用，奔濤洶，狡穴空。花氣蓊，朱絃攏，壽喬松。萬歲歡呼，撼地如雷動，壓倒西風。化梅花千億，何物可形容，寰宇春融。

七絕

歲晏有懷劉生衡戡香港

老來意氣尚沈酣，憶着衡戡食未甘。試上妙高臺上望，可無音信到江南。

七絕三首

吉川善之教授寄示所著《宋詩概論》，漫拈小詩答謝，兼懷小川士解教授

陳黃勝義久成塵，誰數江西社裏人。切玉寶刀成永憶，海天遙契醉翁真。

果知詞派有西江疆村先生題文道希《雲起軒詞》，雲起軒前氣未降。禹域正開新曆日，何當把盞聽高腔。

李唐趙宋並昌詩，二妙殷勤爲護持。願得普同聲氣感，東風融暖粲瓊枝。

蝶　戀　花

癸卯元宵後一夕，作寄馬湛翁湖上

未怕風饕與雪虐，夕夕霜晴，卻恐春冰薄。怎得醇醪資暖腳，今年人意全非昨。　報答光風償舊約，水檻憑臨，誰共知魚樂。轉盼桃花紅灼灼，閒來自放亭前鶴。

水　調　歌　頭

一九六三年三月十五日，仲弘元帥作國際形勢報告。十九日，召集座談國際形勢問題，與會者約四十人，賦此誌感

落莫幾經歲，心暖愛春陽。元戎決勝樽俎，意氣劇飛揚。懷抱己飢己溺，肝膽亦儒亦俠。看取陣堂堂。小醜自生滅，我祖是炎黃。南嶽峙，東風好，試平章。當仁不讓，促使天地爲低昂。到處歡同魚水，次第火山爆裂，星斗煥光芒。樂育本吾願，努力更知方。

鵲　踏　枝

舊曲翻新誰敵手，探得驪珠，萬象皆吾有。奮迅如聞獅子吼，塵清八表心無垢。　　一滴楊枝欣灑透，大海微瀾，可是風吹皺。味外酸鹹同感受，春陽映出千巖秀。

江南好二首

寄康保娥北京

論智慧，康保過人多。傳業中郎欣有女，賽歌三姐本名娥。歌罷意如何。

論交道，康保不炎涼。肝膽照人誰似汝，乾坤重整早知方，稽首禮朝陽。

七絕二首

早　春　即　事

微誠鑒取仰夸娥，願學愚公忘髻嶓。桃李年年花不斷，平生未悔歷風波。

土壤由他異瘠肥，蓮花也見出淤泥。心中賊去神彌王，同沐春陽第幾批。

【補校】

"夸娥"、"忘髻嶓"，原作"奇娥"、"志髻嶓"，據手稿改。

七絕

戲塗山水小幅寄美兒

　　波濤搖撼亦何堪，放楫中流氣自酣。桃李爭開看不盡，老夫學唱望江南。

水調歌頭二首

　　南嶽毓靈秀，北斗粲光芒。太陽杲杲東上，長矢射天狼。直看摧枯拉朽，何況跳梁小醜，生滅總尋常。浩氣自充塞，熱核豈能狂。沾雨露，起廢疾，砭膏肓。昨非爭取今是，萬死願身當。我有雷鋒傻勁，轉化立場堅定，駐景有神方。稽首樂皈命，高詠著斯章。

　　壯歲歷風險，催我雪盈顛。暮年遭遇何幸，奮起欲無前。矢志竭心所事，肯放寸陰虛度，砭砭理朱絃。沃壤育羣卉，爭取十分妍。贊元化，揚往烈，賴詩篇。風騷自見傳統，常與樂爲緣。夢想玲瓏透澈，照見兢兢業業，麗日正中天。錫我指針在，霞彩看聯翩。

【補校】

　　“駐景”，原作“換骨”，據手稿改。

七古

放言示靜宜季女

　　細水長流流不已，滙入大海波濤起。朝暾捧出滿天紅，浩蕩東風行萬里。大同世界在眼前，共信人定能勝天。盡化窮荒爲沃壤，競敲腰鼓慶豐年。我愛季女有傻勁，深入鑽研輕性命。勞逸結合慎勿忘，

343

調節精神最關緊。猷幹喜汝似阿爹，全心全意爲利他。早眠早起身長健，靜觀天宇絢朝霞。

七絕三首

喜得施可愚宗浩福州來書，并寄贈所作桃花春水立幅，即次原韻報之

放眼人間色色新，當年海角共逃秦。長虹臥瞰滄波綠，可憶行吟覓句人。

流水桃花炫眼新，詞名誰更數黃秦。愚山自有名山業，同作謳歌樂世人。

匹園草樹幾番新，火樣花光燎卻秦。執手倉皇成永訣，高歌曾是眼中人。

重 疊 金

霍子禎、唐佩璣七十雙壽，
並同度金婚，拈此曲爲祝

並肩長看團圞月，芝蘭玉樹當階發。綵舞樂堯天，恍然花燭前。　海桑經幾度，早歲同甘苦。不遣鬢如銀，相期德日新。

七絕二首

爲富鐵耕題馮柳東舊藏八塼六硯拓本，內有永和塼及阮芸臺題引首

崩奔幾度未遭焚，日夕摩娑替習勤。憶得永和修禊事，斷垣何處訪遺文。

柳東不作芸臺死,嗜古誰如富鐵耕。無硯可田心力瘁,眼中人尚氣縱橫。

七律

周谷城先生有西河之痛,賦此慰之

濂溪世業正華滋,煦拂陽春鬢未絲。坦蕩襟懷經百變,辛勤鞠育逮明時。璠璵思期起往哲,松栢長青世所師。掃盡人寰諸病苦,知當勞翊答深期。

【補校】

"璠璵思期起往哲"、"勞翊",手稿一作"璠璵墮地人同惜"、"翊贊"。

鷓鴣天

寄馬湛翁湖上

潑翠山光映碧空,淡煙漠漠水溶溶。神遊故國興衰外,春在先生杖履中。　花競發,興常濃,柳搖金綫舞東風。何當擊壤歌康樂,散髮晞陽幾處同。

七絕

立夏日小齋漫成寄默存教授

雙竿翠竹襟初解,一朵玫瑰酒半酣。怎得詞源疏鑿手,爲拋珠唾到江南。

五律

久不得藹廎書賦此代簡

不得燕都信，幽窗獨寱歌。幾人示肝膽，相望渺山河。剩嘔丹心出，其如白髮何。蕭齋無限思，託興在巖阿。

【補校】

"蕭齋"之"蕭"字原缺，據手稿補。

七律

癸卯夏仲，偶從陳嘉震處獲聞丁轂音踪跡。翌日，又於復興公園邂逅蘇繼廎，忽動離合之感，賦寄轂翁，兼簡邵潭秋，時兩君並在中國人民大學

一別淞濱思渺然，記從三老共青編。肯將零落棲遲感，來對光華絢爛天。中夏宏音行自振，西江宗派倩誰傳。岷峨雪浪三湘接，波詠南薰入五絃。

卜　算　子

癸卯端午賦寄蕭將軍兼呈陳、葉兩元帥。今年農曆閏四月端午，乃遲於夏至後三日

厄閏感黃楊，延夏抽蒲劍。斟得雄黃酒滿杯，妖魅形都現。　　冷眼看蛟饞，潔志占爻變。拚與湘流洗舊愁，浩渺情何限。

【補校】

"厄閏"之"厄"字原脫，據手稿補。

七絕五首

無　題

火山爆裂日方中，膚色雖殊意態同。三昧老人何所冀，旋栽桃李
鼓東風。

妙算都從實際來，拔牙虎口迅於雷。直看飛將摧驕虜，蕩盡腥埃
霽色開。

憑將傻勁學雷鋒，點滴流歸大海中。換骨只愁功未到，愛看桃李
與誰同。

文采風流百尺樓，椰漿鹿脯愛炎洲。徐揮羽扇涼颸起，共仰元戎
氣轉遒。

運籌帷幕仰蕭規，久靜邊塵好賦詩。敷衽論心慳會合，滿林紅葉
記來時。

卜　算　子

得冼玉清教授書云陳寅恪教授自去歲折足，政府特派護士三人更番
照顧，近又爲製小車，由護士推挽於走廊，藉吸新鮮空氣。感賦此闋

蕩蕩孰能名，國士珍盲左。擊壤聲中挽小車，拍手欣相和。　天
際起烏雲，默數聽風過。日月光華心尚孩，六合歡同我。

七絕

題大厂居士遺作
山水便面寄贈朱庸齋

紅樹青山映碧流，舉頭西北睇神州。當年釣叟情何似，身世偏同

不繫舟。

天　净　沙

長夏臥病晨起有懷樸初居士北京

天涯幾輩知音，小窗延綠陰陰，老病寧猶憎傍枕。戒香深沁，甚時同撫瑤琴。

臨　江　仙

暑中臥病，案上叢蘭盛發，賦寄二蕭

齒豁頭童情轉切，寒泉酌滿椰瓢。案頭叢蕙異香飄。芳菲長不沫，猶役夢迢迢。　心力枉抛傷往事_{彊村翁絕筆《鷓鴣天》詞有"枉抛心力作詞人"之語}，殷勤護惜來朝。五絃彈罷慍全消。爲霖彌宙合，矯首睇層霄。

七絕

病中口占寄深友

墮地從知志四方，待抽長矢射天狼。如何倒海翻江手，掩卷沈吟戀舊鄉。

虞　美　人

得宛卿長春來書，情詞悽鬱，即爲下轉語卻寄

孤雲萬里隨飄蕩，日夕縈遐想。雨聲淅瀝夢難酣，怎得燭光搖影到江南。　塞垣長望山重叠，夢去情猶怯。耐寒留看月圓時，須信浩然風露果無私。

【補校】

"夢難酣"、"搖影",原作"惱人眠"、"颺夢",依手稿改。

菩 薩 蠻

秋熱中聞人言金華北山雙龍洞之勝,賦寄馬湛翁

飛廉怒吼難屠熱,崑崙積雪雲端隔。火傘任高張,北窗延晚涼。　龍來須作雨,洞口漁人語。鐘乳手能捫,豁然何處村。

一 剪 梅

八月十三日《人民日報》載吳強同志《江心洲夏景》一文,有"老范是吃河豚魚長大的,幹起活來不要命",及"人們怎能不喜在心頭,笑在眉梢"等語,纚括爲小詞以張之

吃了河豚忘了勞,闖入黃雲,揮舞鐮刀。聲聲喀嚓滿江郊,頂着火團,來似奔濤。　夯的夯來挑的挑,脫粟機邊,滾滾滔滔。金泉湧出慶豐饒,喜在心頭,笑在眉梢。

南 鄉 子

爲吳湖帆七十壽

虹貫米家船,清絶溪山上素牋。豈但江東推獨步,翛然,萬彙森羅挫筆端。　攬鏡看華顛,座上當時最少年。猶有童心俱未老,翩翩,黃菊丹楓晚更妍。

七絶二首

久不得宛卿書，悵成二絶句

躍馬揮戈苦未諳，二安詞筆要常酣。如何喻得蒼蒹感，中散常懷七不堪。

肯拋微願任成虛，惆悵羣英孰起予。看得夏聲終自振，夢中長是想瑤琚。

太　常　引

癸卯中秋適爲國慶後一夕，
賦寄蕭向榮將軍

一清如水鑑山河，喜氣隔宵多。拍手共謳歌，好共趁、長風蕩魔。衆星齊拱，全球一德，萬里漾洪波。涼意透雲羅，愛捧出、朝陽暖和。

五律

癸卯中秋有懷善之、士解兩教授

夏秋常臥病，矯首睇飛鴻。時有新編至，相望皎月中。度人心轉赤，流影鏡懸空。未覺蓬山遠，游氛尚幾重。

小　梅　花

壽金平廬七十

敦夙好，論交道，聞聲相思遇垂老。擧紗巾，倍情親，看來誰念淪落天涯人。側身天地常懷古，此道今人賤如土。剪秋江，置寒窗，吟

罷桃花潭水轉蒼茫。　猛志在,觀滄海,慣狎波濤訴真宰。搶榆枋,
笑蒙莊,八千春色恰見早梅芳。小園端得閒中趣,每趁花時常一至。
且餐英,制頹齡,二老風流來往自忘形。

卜　算　子

於上海古籍書店收得《彊村語業》二卷本,檢視爲彊村先生手題
以貽山陰諸貞壯宗元者,感成小闋,轉贈弘度詞長

斫地放歌哀,一枕華胥夢。苦恨無人作鄭箋,誰把朱絃弄。　頭
白負深期,掩卷餘長慟。入眼驚看手澤新,別聽芳風動。

【補校】

"入眼驚看手澤新",原作"驚看手澤新神采",依手稿改。

七絕三首

滬上喜晤蕭向榮將軍

晚見河清興轉饒,風流人物數今朝,如何掃蕩心中賦,更爲推陳
弄綵毫。

三載相知夢自親,一朝把手意難伸。怳然天地英雄氣,愧煞風塵
落拓人。

深慚小技事雕蟲,敢竭微誠贊大同。掌握語言新藝術,更推上將
作先鋒。

七絕四首

秋宵不寐,忽憶七年前重到燕都,承秋桐丈贈詩,有"恰
似元和八司馬,十年顚頓到秦京"之句,漫成四絕句寄之

十年顑頷到秦京，前度劉郎夢自驚。種得桃花貪結子，不知垂老竟何成。

蕭瑟迴風記永州，鉢心搯腎愴詩囚。燈前細籀河東集，忍看晞陽遂罷休。

山斗文章韓吏部，曉風殘月柳郎中。明時合獻河清頌，惜取波心一點紅。

清潤潘郎病起時，關情合遺共昌詩。朱絃別奏生民什，耿耿微誠說向誰。

小　梅　花

壽啓明翁八十

掣鯨手，談龍口，白雲悠悠看歸岫。棗花簾，晚風恬，寒泉一盞著得些兒鹽。紫金山頂斜陽暮，老虎橋邊吼獅子。渺飛煙，箭離弦，八道灣中一榻自蕭然。　苦茶味，鼎中沸，誰爲明前致龍焙。定中僧，對青燈，前身遑問北秀與南能。蓬萊早結神仙侶，笑指乘鸞去何許。繼玄奘，發幽光，坐愛壺中日月似天長。

七絶三首

悼　瓶　中　蝦

寒泉一盞障玻璃，徐展雙螯自弄姿。比似華佗五禽戲，江湖浩渺欲何之。

思憑猛躍上龍門，失水蛟龍欲斷魂。重向小瓶試身手，翻騰無力臥黃昏。

一息猶存意未甘，雙睛突出氣猶酣。蘭根合作要離塚，無際江天轉蔚藍。

七律

癸卯小雪後一日灌蕪詩老約其五部長小飲談藝,其五以病未果來。席上得讀所爲七律二章、《沁園春》一闋,深服其詞筆之蕭灑清壯,笑謂灌老:"其生平抱負與所涉歷皆絕妙好詞也",率拈一律寄意

劍南一脈廣茶山,看閃朱旗北斗殷。直向人流迎浩浩,不教月子唱彎彎。馬蹄踏碎層峯雪,詞筆掀翻大海瀾。老愧雕蟲對鴻製,森然壁壘可容攀。

七律

弔新嘉坡許紹南先生

汝南月旦共誰評,顧視瀛寰世屢更。曾荷聞聲勞夢去,慳同把盞慶河清。留心宗國珍圖史,遺澤遐方識姓名。聞道旌陽忽冲舉,臨風一慟愴餘情。

七絕二首

癸卯冬得冼玉清教授
從化温泉療養院來書卻寄

名山入眼倦追摹,修竹泠泠伴讀書。好是身心無罣礙,女中元自有真儒。

温湯醫療百般宜,姑射神人冰雪姿。長放夢魂飛越處,嶺梅開遍最繁枝。

一九六四年

七絕三首

癸卯歲晏有懷黃槱亭香港

執別羊城屢換星，吳霜點鬢眼常青。妙高臺畔閒風月，可有龍吟試一聽。

燭天絳炬木棉花，北郭東山興未賒。吟侶半凋情轉熱，欣看日月燦光華。

地轉天旋感歲華，春光迤邐到山家。不須更羨仙源裏，灼灼行歌滿路花。

五律

癸卯大寒後一日昧旦寫寄吳薾廎

性命視朋好，如君復幾人。縱橫猶健筆，偃蹇惜吟身。振翮思豪舉，天涯亦比鄰。樊籠終自困，含意向誰申。

臨 江 仙

立春日寄呈湛丈

確信東風能解凍，何妨細履層冰。朝暾長向眼前明。漫尋千歲藥，盼得一陽生。　閒向小窗窺易理，宵來玉宇澄清。傳衣室外報三更。太平開萬世，愛聽小車鳴。邵堯夫常乘小車出遊，兒童聞車聲皆歡呼拍手。

【補校】

"傳衣室外報三更"，原作"維摩丈室夜傳衣"，依手稿改。

清 平 樂

癸卯歲不盡八日立春，賦寄蕭向榮將軍

春回大地，萌發山花來送喜。碰壁蒼蠅飛不起，迅看風行雷厲。　展開陣勢堂堂，人人鬥志昂揚。愛得金丹換骨，相期淬我冰霜。

水 調 歌 頭

甲辰春節過海粟翁，
喜其健康全復，賦此博笑

浩氣轉磅礴，談笑復風生。纖雲四卷都净，天宇見澄清。細數古來豪俊，幾個不遭厄困，坎軻若爲平。誰得似吾輩，垂老共欣榮。惟鼓勁，能卻病，保修齡。歲朝把臂相視，健筆尚縱橫。驅使胸中丘壑，容與工農偕作，何必以家名。風日正清美，合共偃滄溟。

浪 淘 沙

甲辰春節後五日大雪，
爲數年來所稀見，喜拈俚句紀之

瑞雪兆豐年，盡日飄綿。輕鬆皎潔積如山。七億人民穿不了，喜笑開顏。　不斷好音傳，幹勁冲天。白氊鋪了又紅氊。看取太陽紅到處，萬卉爭妍。

清 平 樂

甲辰人日復降大雪,喜賦

滿林搖曳,可是天花墜。一素無情寧送喜,看在軟紅光裏。 輸他體態輕盈,消融未抵層冰。一瞬銀光眩眼,從頭細數虧成。

臨 江 仙

忍得伶俜成卓絕,天教歷盡酸辛。春陽長煦後凋身。獨憐雙桂影,無分傍修筠。 聞道貓兒真解事,銜魚答報慈親。牀前懇喚解飢呻。千山留皓月,萬感懺前因。

南 鄉 子

甲辰元宵後一日昧旦,有懷下鄉同志

向曉月臨窗,寒竦吟肩氣未降。雪霽郊原春漸好,雙雙,新事聽來又幾樁。 村笛自成腔,打鼓敲鑼送下鄉。烈烈轟轟同起早,昂揚,闖到高潮浴艷陽。

卜 算 子

施肖丞有反陸游《詠梅》之作,湯影觀夫人答以同調,愚亦繼聲

危立孕春生,冷蘂迎陽放。顧影低徊自獲持,幻作莊嚴相。 細吐骨中香,肯逐柔波漾。醉倚東風蕩舊塵,未要供觀賞。

卜　算　子

賦呈海粟，乞畫紅梅

質比後凋松，特稟凌寒操。淬勵冰霜臉自丹，喜得迎陽到。　　間向野塘開，引出山花鬧。筆挾東風與播芳，齊唱春光好。

滿　江　紅

一九六四年三月一日，陳仲弘元帥陪同周恩來總理由錫蘭飛返昆明，賦此致敬

勝利歸來，看又是、一番春色。東風染、菜花黃粲，山茶紅徹。團結亞非成錦繡，從教世界均涼熱。愛太陽、普照顯光華，誰能敵。曾訪問，十四國。齊歡抃，迎佳客。向雲端矯首，繫心銀翼。支援何須論大小，悅來原自尊謙抑。佇明辰、把手慶成功，情無極。

鵲　踏　枝

沈劍知寄示所爲《黃山吟拾》，爲神往者久之。輒拈小調，寄賴少其同志合肥

雪後羣峯如錦濯，雲幻兜羅，劍露新鋩鍔。敷衽論心情似昨，何時得踐看山約。　　金闕芙蓉初破萼，粲粲朝陽，容我舒腰腳。抱石相望胡老樂，春風杖履思量著。

七絕

甲辰春日文銓醫師偕愛人見訪，
並貽我盆梅，口占致謝

皎如玉樹倚交枝，喜見風標似舊時。清瘦總憐梅格在，燈前薄醉睇冰肌。

浣 溪 沙

春 日 偶 占

檢點形骸願總違，森然矛盾蔽心扉。舉頭閒睇燕巢泥。　有客加餐情自喜，求神相助夢猶迷。老來真覺笑啼非。

卜 算 子

王錯以拙輯《唐宋名家詞選》乞題，
漫拈數語報之

密處不通書，疏處能馳馬。出入蘇辛周賀間，旨在揚騷雅。　三世恣遨游，萬彙歸陶冶。浩蕩鷗波喻此情，莫歎悠悠者。

【補校】

“揚風雅”之“揚”字，原作“抑”，依手稿改。

八聲甘州

聞行嚴丈年來愛倚屯田此曲，
且傳近又奉命南飛，賦此寄之

趁東風振翼向南溟，挾來幾分春。似幽燕老將，沈雄氣韻，落紙驚人。唱出新聲幾疊，妍暖稱芳辰。試問門前柳，怎鬭丰神。　凝想屯田佳製，又江天過雨，景色全新。愛沙明水净，隨處好垂綸。闞幽潛、羅池迴睇，散舊愁、相共析奇文。襟懷展，料掀髯處，更掃千軍。

【補校】

"沈雄氣韻"、"新聲幾疊"、"江天過雨"、"景色全新"之"韻"、"疊"、"過"、"色"、"全"，原作"發"、"層"、"遇"、"物"、"都"，據手稿改（《忍寒詞選》同此）。

丈室閒吟小引

因病得閒，高歌自廣，倘亦張文潛所謂"滿心而發，肆口而成，雖欲已焉而不得者"耶？計自甲辰春入烏魯木齊中路病院，以迄還家養息，半載中得詩詞若干首，先寫定長短句六十首爲《丈室閒吟》一卷，藏諸篋衍。聊紀歲月云。小雪日拂曉萬載龍元亮榆生記於上海南昌路香山公寓二樓。

七絶

清明前三日昧旦占此寄宛卿長春

心期北秀與南能，向曉寒窗耿一燈。坦蕩襟懷傳逸響，鶯聲啼過看鵬騰。

采 桑 子

清明後四日，臥病上海第一醫學院附屬第一醫院，醫令往放射科
檢查肺部，得一下樓，見紫荆、櫻花盛放，欣然賦此

小樓禁受連宵雨，纔過清明。似有流鶯，嚦嚦花間不住鳴。　適
來行過曾遊處，開遍繁櫻。香霧冥冥，氣暖知將轉快晴。　《丈室閒吟》

七律

清明後七日，病中忽憶黃任軻談
錢默存教授近狀，因成長句寄之

當年風度故翩翩，報道腰圍轉碩然。囊括異聞歸腹笥，牢籠萬彙
出真詮。可能餘事添新構，更綴旁行濟大川。悵對花辰人臥病，我思
黃子爲傳牋。

浣 溪 沙

四月十二日病院曉起憑欄，
有懷仲弘元帥雅加達

曉向樓頭睨彩霞，五星旗閃到天涯。椰風拂面展春華。　久慣
憑虛凌浩蕩，懸知即目總清嘉。六洲何處不爲家。　《丈室閒吟》

360

卜 算 子

病中得閩中王筱婧詞翰,
並請列弟子籍,喜拈小調報之

不斷眼中青,未覺三山杳。每到花時憶舊游,偏被流鶯惱。少日游福州,小住石遺老人匹園花光閣中,轉眼四十年矣。 病榻展瑤牋,喜看盤珠走。又向朝陽聽鳳鳴,一笑開懷抱。 《丈室閒吟》

浣 溪 沙

再題筱婧詞札

漱玉清音世鮮儔,飛鴻將夢落南州。梅花知是幾生脩。 合耐冰霜香特遠,喜親風雅緒能抽。一鐙樂苑備剛柔。 《丈室閒吟》

七絕

平廬過存病院,
因與共坐後園池畔作

釀花天氣乍陰晴,透日花光潑眼明。魚躍波心知水暖,風醺皺面喜春生。

七絕

四月十五日夜起倚樓口占

錯落街燈亂列星,風廊悄立正三更。老來會得長生訣,自愛雞鳴狗吠聲。

七絕

穀雨前三日病院口占

心肌梗死名堪訝,談笑風生興轉豪。因病得閒殊不惡,喜看紅日上花梢。

七絕二首

穀雨前二日拂曉坐後園池畔,
戲爲二絕句

池頭蝙蝠競翻飛,華底幽禽自在啼。過卻清明春正好,曉風搖翠撲人衣。

海棠纔謝杜鵑發,勻染胭脂粲曉枝。潑剌聲中魚散子,東風良辰耐人思。

浣 溪 沙

劉公純錄示馬湛丈近詩一聯,因竊取綴爲小詞,寄呈湛翁湖上,兼簡公純

臥傍名園亦夙緣,醫院後有盛氏園,頗饒花木池亭之勝。偶親魚鳥總欣然。春風杖履想輕便。　　送老生涯唯疾病,調神上藥是詩篇。拈花微笑出花前。　　　　　　　　　　　《丈室閒吟》

362

七絕

再 示 天 侔

天侔於我最情真，病榻相看一愴神。歷盡風波心自苦，强拖瘦影趁芳辰。

南 歌 子

病榻展朱庸齋舊作《小五柳堂説詞圖》，
感成小調

細雨荒三徑，閒情寄六朝。歸來詠罷客魂消，賴得門前柳色尚妖嬈。　喜見山河改，還將俊少招。先生原自樂簞瓢，爭奈鏡中華髮不相饒。十六年前寄跡金陵玄武門内，寓宅門前適有五株柳，因榜書齋曰"小五柳堂"，并更名元亮，非敢妄希鄉先哲也。　　　　　　　《丈室閒吟》

浣 溪 沙

老友黃綆厂教授有招游青島之約，
率拈小調報之

潢洞胡塵日色昏，幼安心事向誰論。舊游回首總消魂。　晚際河清圖自湔，閒思漆契待重敦。幾時相對把芳尊。　　《丈室閒吟》

浣 溪 沙

得江楓來札，述幼年時事，漫拈小調報之

掩卷低徊夜色稠，滿風吹面冷於秋。算來詞女總工愁。　飄絮雪花行踽踽，纖煙絲雨思悠悠。乍欣晴旭豁吟眸。

【校】

　　"乍欣晴旭豁吟眸"一作"梅花知是幾生修"，又作"梅花笛裏又江樓"。

浣　溪　沙

臥病寓樓寄呈沈尹默丈虹口

　　席上當年最少年，俄然夢覺已華顛。推排幾輩渺飛煙。　　晚際澄清思騁力，永瞻光霽試調絃。稼軒詞筆倩誰傳。予始於吳湖帆席上獲見沈丈，丈恒以最少年稱之，今且卅五六載矣。　　　　　　　《丈室閒吟》

蝶　戀　花

題影明本南唐二主詞，即用重光韻

　　肯向邯鄲尋故步，青眼相看，那復傷遲暮。只恨芳韶留不住，消凝洛浦淩波去。　　一霎滄桑驚幾度，月上潮平，靜愛幽花語。合共湘纍縈墜緒，澧蘭沅芷迷歸處。　　　　　　　　　　《丈室閒吟》

　　　江楓同志從予問倚聲之學，自謂"一片芳心千萬緒，人間沒個安排處"二語，爲能道著其心中事。因檢此冊，漫次原韻，題一闋以貽之。其詞云（略）。亦冀楓也能以靈均之芳悱，重光之語妙，更從大處著眼，使所有含靈普被薰染，以躋於大同之盛，亦如若梅花之化身千億，香滿三千大千世界也。甲辰孟夏之月，廿六日拂曉，忍寒詞客漫筆。（見《詞集題跋・影明萬曆刊本南唐二主詞》，《詞學》第五輯）

鷓　鴣　天

王鍇出示其表姊筱婧來書，相對悽黯。病懷方惡，不知將操何術以相慰解也

讀罷纏綿悱惻詞，六橋煙柳亂如絲。烘晴暖日漫空雪，撲面飛英稱體霓。　情落落，思依依，姑射山頭絕世姿。多生慧業珍文字，玉宇高寒莫拂衣。

《丈室閒吟》

八　聲　甘　州

病中得東蓀翁來書，根觸舊事，賦此抒懷

任胡塵撲面餓鴟號，醉登霸王臺。看悠悠西楚，蒼蒼落照，豎子堪咍。怎似當年青兕，躍馬渡長淮。剪燭寒窗語，密意誰諧。　過眼滄桑一霎，愛東風驟猛，掃盡浮埃。便河清在眼，合與共開懷。玩牀前、盆栽松竹，笑淵明、何事賦歸來。聞雞起，向忘言處，月滿蕭齋。

附：　　　　八　聲　甘　州　　　　張東蓀

記倭氛、腥染遍幽燕，血喋雨花臺。恨長城不倚，擲戈折戟，幾處聞咍。且喜請纓子弟，跋涉越江淮。我掬新亭淚，客裏難諧。

回首金甌無恙，看朱旗拂地，一掃飛埃。對重華開路，薄海有同懷。且隨君、觀梅東閣，更休提、共感賊中來。驚魂定、齊聲嘯月，遙想吟齋。

得讀新製，勉爲步韵，聊藉舊事，且舒胸肔。亦遵來示勿尚雕琢之旨耳。幸爲指正。　　弟　東叩。

病仍未愈，家人告誡。以後亦不敢再擾公也。又及

甘　　州　　　　　　　　張東蓀

甚西風、吹透幾疏窗，篆香散餘煙。望盤雕沒處，迷離難認，
虎踞龍蟠。殘霸山河冷夜，乍聽角聲闌。誰念微茫意，漲海回
瀾。　　　却笑低頭臣甫，只麻鞋竹杖，依舊清寒。把吟鞭遙指，
極北失長安。有紛紛、猿驚鶴怨，步楓林遊目極東偏。期他日、
舉杯同酌，看月中天。

前寄和章但涉舊事，與大作原旨不符。茲再補作，亦略取所謂餓鷗之
意。特以婉轉出之。蓋弟以爲詞宜深婉，敢以質諸高明。東叩。

浣溪沙三首

爲筱婧題拙輯《近三百年名家詞選》

飲水憑誰訴斷腸，前身道是李重光。荷衣換卻舊時妝。　　碧海
青天風浩浩，蕙心蘭質思茫茫。不思量處待思量。

無益爭能遣有涯，舌根徐吐妙蓮花。幾人肝肺共杈枒。　　看把
須彌藏芥子，更教羲馭駐年華。鷗波映出臉邊霞。

黍谷溫回合鬪妍，蒼生有分共春眠。木棉花發自參天。　　露染
胭脂籠淡日，海浮樓閣感華顛。西江兀傲寄嬋娟。　　　　《丈室聞吟》

浣　溪　沙

叠得江楓來札，檃括其中情事，漫拈小調報之

脩竹寒梅韻儘高，動如脫兔靜藏韜。前身相馬九方皋借用成句。
飲水故應知冷暖，當風寧屑鬪妖嬈。山花野菓一肩挑。

好　事　近

甲辰仲夏，黃公渚教授自青島寄贈所寫嶗山北九水一角，有招待同游之意，病中展玩，爲神往者久之

九水漾奇峯，蒼翠迎人欲滴。閱盡浮雲變幻，樂去平生泉石。
煙霞供養足延齡，一望海天碧。二老風流來往，證盟鷗心跡。

《丈室閒吟》

臨　江　仙

爲王筱婧評點所作詩詞，漫題
一闋歸之，時筱婧任教俄語明溪中學

老眼摩挲情轉切，幽花秀發山隅。采芳何憚路崎嶇。乾坤清氣，
迤邐到吾廬。　我亦江潭憔悴客，幾番忍死須臾。墜紅留與護霜膚。
朝曦絢彩，藪澤等雲衢。

《丈室閒吟》

望　江　南

題晉府舊藏王子敬書《洛神賦》
十三行精拓本以貽錢生

簪花格，應數十三行。樹骨清剛全內美，凌波嬝娜襲遺芳。顧盼
莫相忘。

《丈室閒吟》

367

望 江 南

題半塘老人遺照寄贈南寧圖書館

行吟意，結草愴荒菴。留取騷懷空冀北—作"大振宗風光嶺外"，可堪沈魄寄江南。星宿待重探。半塘客死吳下，寄殯結草菴中，未聞歸葬臨桂也。

《文室閒吟》

七絶

得高生義龍平陽來書，
述山居之勝，漫拈小詩寄懷

病來無地發高歌，日撫盆松當澗阿。勞力勞心雙有獲，思君不見奈情何。

五絶二首

甲辰小暑前二日，檢侯官嚴幾道先生復爲呂碧城所書紈扇，轉貽王筱婧，附題五言兩絶句

譯事推卓絶，奘師與嚴子。泱泱扇華風，有志亦如此。碧城姑射姿，緣何只自了。持此更貽誰，雪峯明遠照。

　　侯官嚴幾道先生戊申八月爲旌德呂碧城女士書此紈扇。碧城久居瑞士雪山中，以弘揚佛法爲職志。倦游歸香港，於怛化前來書相勸學佛，并以此扇見貽。念筱婧女弟於嚴先生爲鄉後輩，詞筆清雋，又與碧城後先媲美，兼擅西歐文字，欲其以廣宣中夏文化自期。庶幾一段因緣，得筱婧而益彰，亦衰朽所殷望也。

五古

題傅抱石爲予所作拉縴上峽小幀

抱石罕題詩，知特饒詩思。江山經點筆，乃益增雄麗。爲作上峽圖，巫雲鬱奇氣。如讀酈氏書，全神注江水。奔流阻峭壁，怒復不可制。縴夫牽百丈，稍縱即狂逝。臥對駭心魄，沖撞劇騰沸。他日出平湖，與君杭一葦。險怪歸平淡，此中有至味。細繹廬陵語，更皷毛錐銳。震蕩激風雷，涼熱均氣類。爲君吟三絕，病魔亦退避。

望 江 南

戲塗桐江小景，綴以俚句

桐江好，誰與共垂綸。五月披裘殊自哂，三年求艾且全真。波鏡絕纖塵。 　　　　　　　　　　　　　　　　　　　　　　　《丈室閒吟》

望 江 南

題自塗甌江孤嶼便面以貽張珍懷。珍懷籍永嘉，家住謝池巷，傳爲康樂池上樓遺址

甌江好，孤嶼媚中川。會得池塘春草意，奇聲漱玉豈虛傳。空水共澄鮮。 　　　　　　　　　　　　　　　　　　　　　　　《丈室閒吟》

望 江 南

題鶴山亡友大厂居士遺作紅蕖雪藕畫扇殘稿

湖光好，灼灼映紅蕖。坐對紫金山潑黛，回看雪藕玉爲膚。清絕

怎追摹。 《丈室閒吟》

望 江 南

題大厂畫扇殘稿以貽魏照風

山花好，嬌艷不知名。看似杜鵑渾未準，牽牛引蔓弱難勝。彷彿老青藤大厂作畫頗有徐文長風度。 《丈室閒吟》

五律

題明潮州通判星子夏之時詩卷

壯年遊海會，星子俯山城。往哲縈心切，湖光潑眼明。字微參玉局，興且寄瑤觥。愛向潮陽去，江山愴別情。

星子夏之時詩卷索題，率拈五字律一章，緬懷鄉邦文獻之意，吾贛人與潮州緣亦不淺也。萬載龍榆生元亮，時年滿六十二歲，同客淞濱。

望 江 南

爲蘇乾英教授作韓江便面

潮陽筆，萬古映江山。嶺表宗風原磊落，盛時文藻壯波瀾。未信掣鯨難。 《丈室閒吟》

望 江 南

爲陳繼農醫師作普陀消夏便面

潮音好，住近普陀山。大海波濤開健筆，斷厓鐘磬助清歡。點點

白鷗閒。　　　　　　　　　　　　　　　　《丈室閒吟》

望　江　南

自題長征畫扇寄贈蕭將軍

長征好，萬水與千山。橫掃烏雲開霽色，看飄紅旆漾奇瀾。換卻
舊人間。　　　　　　　　　　　　　　　《丈室閒吟》

浣　溪　沙

自題竹石便面

暑挾餘威苦見尋，夢中胡蝶撲花心。曉霞催送一蟬吟。　水月
交光浮淨影，竹風相戞播清音。坐看嘉樹綠成陰。　《丈室閒吟》

望　江　南

爲湯靖作自黿頭渚望太湖便面

湖光好，妙筆數雲林。平淡喜看超象外，澄鮮原自出波心。珍愛
墨如金。　　　　　　　　　　　　　　　《丈室閒吟》

臨　江　仙

得知堂翁七月十三日北京來書，鈐有"壽則多辱"一印，因拈小調
以解之

忍辱仙人能自在，八千歲裡春秋。拚將身外付悠悠。幾多神話，
蟠屈在心頭。　比似奘師還懷往，妖魔鬼怪都休。何人更爲記西遊。
本來面目，天地一沙鷗。

臨　江　仙

題溥希遠所寫墨竹

崑亂爭傳紅豆館，淒涼法曲仙音。一聲歌罷汗涔涔。王孫末路，嗚咽淚盈襟。　愛寫晴梢情轉切，小窗風觸鳴琴。南薰待撫力難任。深期隔世，宿草展紅心。　　　　　　　　　《丈室閒吟》

　　　希遠翁與予忘年契，其下世前深以及見河清，不及以崑曲正
　　　聲傳之其人爲憾。身後賴梅畹華爲經紀其喪。展茲遺墨，蓋不
　　　勝人琴之痛矣。

七絕二首

甲辰大暑前二日，筱婧自三明寄贈
長春花一枝，縢以二絕句，次韻報謝

幽懷未逐黅顏消，且伴盆松詠後凋。但使嫣香來不斷，寧辭霜霰立朝朝。

　　由來代謝是枯榮，惟有低枝不世情。墜露飽餐根自苗，驚猜腐鼠任他爭。

望　江　南

戲作自雞鳴寺望紫金山畫扇

雞鳴寺，喜聽曉雞聲。升起太陽紅似火，消除積垢解如冰。耀眼百花明。　　　　　　　　　　　　　　《丈室閒吟》

畫　堂　春

甲辰立秋前四日詠插瓶紅藁，
用山谷體寫寄筱婧女弟聲家

　霞衣幾叠裏丹心，向陽低首沈吟。擢莖危立到如今，風露沁來深。　白鷺潛相窺伺，寒塘獨自追尋。新翻語妙出奇音，飛越夢難禁。讀中共中央七月廿八日復蘇共中央六月十五日來信，結尾引用晏同叔"無可奈何花落去，似曾相識燕歸來"二語，隨手拈來，頓成妙諦，恐解人亦未易多得耳。

燕　歸　梁

江楓慈溪來書，述返鄉所感，
用謝逸體拈此以答

　紫燕呢喃語畫梁，別久不相忘。舊巢猶帶落花香，驚午夢，共悠揚。　玉簪舒展，楊絲搖曳，趁取晚來涼。親承色笑任家常，知此樂，未渠央。一作"攜小扇，迓秋光"。

西　江　月

聞錢仁康教授被評爲先進工作者，
賦此致慶

　誰數秦王破陣，從教解谷生春。更看龍馬足精神，實至名歸先進。　風自泱泱大國，花開簇簇芳辰。艷陽相煦是知津，前路須憑導引。

《丈室閒吟》

臨 江 仙

小窗默坐,戲塗天都峯小幅
寄胡伯翔老畫師

曾是偶然成莫逆,消來爾許炎涼。薄冰臨履費論量。雞聲茅店月,人跡板橋霜。借用温庭筠一聯。　來往風流看二老,溪山好處徜徉。野花簪鬢樂春陽。天都常在眼,上藥是何方。　《丈室閒吟》

卜 算 子

八月二日弘公特派李治同志前來問疾,越三日,扶病至友誼電影院聽公作國際國內形勢報告,感呈小闋

義憤睇東南,勝算操尊俎。羽扇徐揮氣自豪,狼鼠隨狂顧。　待詠石湖仙,苦乏鏘金語。黽勉同心致大同,肯便嗟遲暮－作"夢逐旌麾去"。　《丈室閒吟》

渡 江 雲

病中得孟恒來書卻寄

江南風景好,采蓮唱罷,波渺正愁予。鳳臺懷舊侶,補種梅花,散策到山隅。宵深夢遠,愛新來、綠滿庭除。休更憶、槐柯酣蟻,一例了榮枯。　何如,搔殘短鬢,細領長圖,指蓬萊征路。須共惜、羅階玉立,擊壤歌餘。平生未忘方家姊,道久要、肝膽還抒。珍重意、相望霧海模糊。

鵲 踏 枝

甲辰七夕寄馬湛丈山居

暑氣今年來忒狠，禁慣炎涼，嬾問秋期近。剗席未驚人瘦損_{孟郊}詩"病骨可剗席"，只愁黃葉飛成陣。　樓外輕雷聞隱隱，道阻銀潢，誰爲傳芳信。一抹霞光風驟緊，松簹寫韻歌無悶。　　　　《丈室閒吟》

七律

戲和菉君七夕寄行嚴翁香港

矍鑠還欣走傳車，釣鰲瞬又別京華。佳期悵望三分鼎，夢雨閒飄八月槎。繡榻橫陳燈影綠，哀箏啼破雁行斜。銀潢怎抵香江好，老子猶龍興未賒。

望 江 南

穆然從兄自南昌來滬，宿予書齋中者半月。因憶前度吳門探監，忽忽十七八年矣。於其別也，貽以便面，附綴小詞

江南好，把盞轉情親。前度暗驚獅子口，後期重品碧蘿春。長愛物華新。　　　　《丈室閒吟》

臨 江 仙

趙樸初居士以中國代表團團長出席世界宗教徒爭取和平會議及日本第十屆禁止原子彈氫彈大會勝利歸來，拈此致敬，即以居士寄贈長谷瑩潤長老詩句"豎起脊梁真佛子"發端

竪起脊梁真佛子,霞光徧繞東溟。無邊壯麗眼常青。魔軍全壓倒,勝諦見分明。　坦蕩襟懷無盡願,毫端般若旋生。行空天馬俯蒼冥。愛聽獅子吼,不斷凱歌聲。　　　　　　　　　《丈室閒吟》

虞　美　人

錢仁康教授遊廬山,歸貽我雲霧茶,
拈此致謝,不嘗此味瞬逾三十六年矣

品泉長憶康王谷,七椀清心目。別來牯嶺幾經秋,浩浩大江東注雪盈頭。　平生每作歸田計,筋力驚衰憊。香濃味釅看新芽,沁入肝脾遐想更無涯。　　　　　　　　　《丈室閒吟》

浣　溪　沙

江南秋暑特盛,冥想閩中山居
景物,賦寄王筱婧明溪

龍眼纍纍倚夕曛,樵風乍起暮蟬聞。黃雲繡壠待嘗新。　身健不愁張火傘,巖深徐看湧金盆。叢蘭浥露泛奇芬。　　《丈室閒吟》

水　調　歌　頭

夏曆八月初一日爲順宜長女誕辰,不覺正滿四十歲,諸弟妹相約稱觴,老人賦此助興,寫寄厦材長男一笑

四十正年富,秋菊漸堪餐。何由插翅飛去,爲汝助清歡。記得同華輪上卅九年前與順宜同往厦門時所乘輪船,經受狂濤搖撼,意態自悠閒。索取鍋巴啃,逗樂有鴉饞進寶養女攜順宜在甲板上啃鍋巴。　憐稚齒,即多病,怎開顏。中更憂患,老幼扶養一身擔。眼底成羣弟妹,父職長

勞兼代,痛癢總相關。香是桂花好,更看月團圞。

南 鄉 子

鄭君量夫婦自孝豐來視予疾,
歡然把手,別後拈此寄之

青眼爲誰横,駭浪驚濤亦飽經。乍喜重逢開口笑,勞生,齒豁頭童愛晚晴。　菊可制頹齡,且向庭前掇落英。何日扁舟苕雪去,徐聽,雛鳳鳴諧老鳳聲。　　　　　《丈室閒吟》

水 調 歌 頭

甲辰中秋夜有懷美宜次女芝加哥

相望渺煙水,悵對太平洋。俯窺一碧如鏡,何處問滄桑。縱有狂鯨跋浪,試看風雷激蕩,霧歛湧清光。骨肉散還聚,瞬息佇空航。睇蟾采,能普照,變炎涼。夢中兒女歡敘,忽覺在他鄉。故國江山無恙,更喜全新氣象,老至得眉揚。萬里共明月,桂酒正芬芳。美宜於解放前誤適蔣幫空軍少校鄭某,夫死逾十年,撫兩孤已入中學。去夏由臺灣隻身走舊金山,傭於華僑商店,旋復轉往芝加哥,甚冀能得閒歸來,骨肉重聚也。　　　　　《丈室閒吟》

水 調 歌 頭

建國十五周年慶典日作

忘我試瞻矚,昂首一揚眉。吾生六十三歲,强半受凌欺。萍寄洋場十里,忍看羣遭鞭捶。炫眼是花旗。誰爲信高潔,烏黑一般飛。　星火縱,東風猛,運全移。輝輝麗日高照,無遠不來儀。八表同深鼓舞,今日

更誰敢侮，景物競芳菲。莫作等閒看，永固萬年基。 　　　　《丈室閒吟》

七絕

甲辰仲秋，偶於篋中檢出舊塗小景，廿年前行木瀆、靈巖道中，仿彿此境，率題廿八字寄博子異詞長一笑

姑蘇城外恣幽探，霜染疎林酒半酣。拔地蒼厓標特立，人生端合老江南。

水 調 歌 頭

病 中 偶 述

熱愛大時代，攬鏡惜衰顏。病魔直似頑敵，奔突脅胸間。來勢頗爲兇猛，競向咽喉阻梗，日必兩三番。擲盡手榴彈，呼吸亦維艱。果何怪，恒併發，覓醫難。沙鍋打破追問諺云"打破砂鍋問到底"，誤我是儒冠。抵抗寒邪無力，深感培花溫室，脆弱易凋殘。續養浩然氣，朝日照團團。 　　　　《丈室閒吟》

七絕

爲非洲阿爾及利亞之中國醫療隊作

能教落地便生根，針灸療人到草原。二十三名醫護士，欣看盡似白求恩。

中國醫療隊在賽義達省工作，其地在撒哈拉大沙漠之北，爲一望無邊大草原。廿三名醫師並能艱苦樸素，認真負責，爲當地人民所稱頌。尤以針灸療法取得奇效，見一九六四年十月八日《人民日報》阿爾及利亞通訊。

點 絳 脣

甲辰重九臨病雨窗口占小調

歲歲重陽，古今多少登高者。珠穆作平朗瑪，奇采難描畫。珠穆朗瑪在我西藏自治區與尼泊爾王國交界處，爲世界第一高峯。我登山隊曾於去歲攀登，舉世爲之震駭。　絕頂能攀，誰敢相淩藉。蒼穹下，陰晴變化，輝映吾廬也。

《丈室閒吟》

滿 江 紅

金平廬以所撰《吳梅村詩箋校勘記略》見示，漫題一闋，即用梅村《白門感舊》韻

忍淚看天，愴孤寄、層冰千尺。哀時意、江關詞賦，蘭成蕭瑟。讚佛清涼傷窈窕，影梅金谷迷朱碧。悵雙成、何忽似明妃，思佳客。重闇鎖，森戈戟。西陵下，看松柏。更幾多沈恨，共誰呵壁。疑案鉤稽情具在，沈吟次第天難黑。倩何人、爲散杜陵愁，吹長笛。

滿 庭 芳

甲辰立冬前五日侵曉，漫成一曲寄謝子異詩家遠貽藥物，兼簡公渚教授青島

叢桂留人，小園曾賦，江關幾輩縈懷。曈曨曉日，撥盡瘴雲開。誰道桑榆急景，肯輕委、壯氣蒿萊。差堪慰，金丹換骨，漸得近瑤階。　蕭齋，傳遠訊，心儀坡谷，跡略形骸。愛庭前玉樹，沃壤移栽謂哲嗣鍇在此就學。也信頹齡可制，有籬菊、美酒隨來古人以酒爲醫。人長

379

壽，河清在眼，曠覽向高臺。

洞 仙 歌

立冬後一日壽金平廬，平廬以
光緒癸巳十月初五日生，長予九歲

頳顏可駐，向東籬把手，喜對黃花進芳酒。小陽春、正好彈壓西風，紅葉裏，還放青峯挺秀。　與君成二老，來往風流，論齒相差數當九。見晚契偏深、休戚關情，看真個、河清人壽。最堪羨、玳梁燕雙棲，又湖上游歸、暗香盈袖。

《丈室閒吟》

鷓 鴣 天

得冼玉清教授廣州腫瘤醫院來書卻寄，兼訊陳寅恪先生

黃蘗歸來老大家，音姑。黃山俗稱黃蘗山，見徐璈《黃山紀勝》卷一引《黃山辨》。玉清晚歲歷游名山大都，最後至黃山，旋歸琅玕舊館。百城坐擁足清娛。情同骨肉珍吟卷，跡略形骸味道腴。　秋興好，故人疏，藏山事業定何如。憑誰問訊陳居士，可更安心强著書。寅老雙目失明已久，前歲復折足，不能行動自如，音問遂疏。偶得玉清爲傳消息，今玉清亦病倒矣。

《丈室閒吟》

七絕

玉清寄示寅老報贈詩，感成一絕

羸疾誰當問死生，高樓百尺頗關情。嶺南氣暖春先到，丈室閒吟樂歲聲。

380

七絕

買得紫菊一枝兼作葵心，喜賦

人工巧自奪天工，菊亦凌霜鬪艷紅。更有葵心長向日，東風勢已壓西風。

鷓　鴣　天

立冬後二日侵曉，讀嵇康《養生論》，綴成小調示張珍懷。珍懷原籍永嘉，其先世所構如園，傳即靈運池上樓遺址

叔夜高風未可攀，謝池哀樂感中年。借用元遺山詩句，妄易"謝公"爲"謝池"，勿嫌割裂。生憎蕞爾攻非一，忘卻囂然氣自全。　晞日下，立風前，遺生翻得駐韶顏。尋尋覓覓知由徑，莫作雙溪李易安。

《丈室閒吟》

水　調　歌　頭

臥病多時，朋好以杖相貽者三，而皆無當於用。偶檢老杜及蘇、黃篇詠，亦往往及此物。吾雖衰邁，猶思曠覽新繡山川，不可無此濟勝具也。頗聞婆羅洲盛產古藤，恒運至九龍製諸器物，思得雙莖作杖，所貴不加塗飾，庶摩挲汗漬，共全其天耳

養拙豈存道，鳳解向陽鳴。當風瘦馬嘶罷，不斷眼中青。紅樹喜看霜染，村酒醺顏特釀，曳屨聽江聲。子美愛桃竹，防與老蛟爭。桄榔樹，慳一遇，也關情東坡有《桄榔杖贈文潛》詩。鏗然正復多趣，要使鬼神驚。聞道婆羅洲裏，盛產紫藤尤美，誰爲致雙莖。作頌繼山谷山

谷有《筍竹頌》,登陟攬餘清。 　　　　　　　　　　《丈室閒吟》

臨　江　仙

傳溥心畬畫師旅居香港,
奇窘以死,感成此曲

敧枕高歌拚餓死,如何不辨宼親。故山供養足煙雲。枉懷三絕,
無地與埋魂。　　曾向燕郊尋舊隱,廿年前曾訪心畬於萬壽山,專以書畫及
倚聲自遣。篋中詞翰猶新。相哀莫解趁芳辰。陽春布澤,歧路一沾
巾。傳政府頗有意招心畬歸,惜其迷不知返耳。 　　　《丈室閒吟》

虞　美　人

吳湖帆屬補題所藏《隋董美人墓誌》,檢《隋書・高祖紀》及后妃、
諸王《傳》,美人備內官,爲煬帝時所置。蜀王秀以開皇十七年入朝,
仁壽二年被禁廢,《誌》稱董美人以開皇十七年卒於仁壽宮,似難如此
巧合。嘉興張叔未廷濟已疑之。《誌》文作駢儷語,惝恍迷離,亦難辨
其身分。末題蜀王製,語頗不倫。楊堅既平江南,悉以陳宮人入宮,
或分賜諸王,致有聚麀之事。宣華、容華兩夫人,其著見於《后妃傳》
者也,董氏雖籍開封,料亦所謂亡國賤俘之一,偶以歌舞取容,終致夭
折,亦固其所。姑無論此誌真贋,要爲悽艷可傷耳。

隋宮舊事那堪說,桂蘂虞摧折。相思千里草芊芊,怎奈吹花迴雪
想當筵。　　妍詞可稱妍姿好,洛浦芳塵杳。重泉悵對月嬋娟,見說蠶
叢歸路有啼鵑。 　　　　　　　　　　　　　　《丈室閒吟》

臨　江　仙

病中侵曉燈下讀《南華》第六篇，戲書小閱

息踵須甘寥寂，擁衾難制呻吟。子桑衷素托琴音。驚心生老病，彈指去來今。　濠上安知魚樂，眼中常盼花深。更無人處一追尋。曠然觀物化，霜月滿江潯。　　　　　　　　　　　《丈室閒吟》

望　江　東

山谷倚此調，亦有瘦硬通神之感。病榻晨起拾禿筆蘸焦墨漫塗秋江小景，即次山谷韻寄奉子異詞長一笑

浩渺煙波帶紅樹，又喜見、帆歸路。霜天氣肅雁南去，愛身在、江頭住。　行行點點還重數，報芳訊、能傳與。嶺梅開後且分付，莫漫信、春來暮。

望　江　南

爲天侔作《甌江春漲圖》，漫題小閱

樓外柳，乍喜變鳴禽。草長汀洲春漸好，朝暾捧出漾波心。染得萬條金。

【補校】

"草長汀洲春漸好"，原作"草長更上汀洲春"，據手稿改。

臨　江　仙

湯靖貽我小花貓，又於十一月號《解放軍文藝》中獲見守衛南海

某處礁石上燈塔之劉德福同志孑然一身,日夕與驚濤駭浪相搏,三年無稍倦,相伴惟一畫眉鳥,能作人語,恒喚"老牛諧劉字守燈,學習雷鋒"八字。感成此曲

喜得汝來相慰藉,偎依忍喚狸奴。攤書未覺一身孤。幕天席地,吾亦愛吾廬。　震撼風濤標獨立或特立,八哥相伴何如。老牛形象我能摹。閃光燈塔,魂夢與之俱。　　　　　　　　《丈室閒吟》

四言詩

學文準則

莊騷左史,李杜白蘇。蘇辛姜李,面目各殊。文兼諸體,取精去粗。古爲今用,端如貫珠。

甲辰大雪前三日拂曉,寫贈湯靖同志。

臨 江 仙

與晉江丘生立字豫凡一別近卅年矣,每逢泉、廈客來,輒託代爲探訪。忽得生從馬尼拉寄到賀年片,驚喜欲狂,輒拈禿筆蘸焦墨塗鷺門惜別小幀以寄豫凡,知當於春節爆竹聲中爲發一大噱也

惜別鷺門將卅載,海濱猶記聞行。絃歌不是舊時聲。長堤驚一瞥,惡浪故曾經。曾於《移山填海》影片中見集美海堤,即從鼇頭宮截橫流而過,宛若長虹,舊時講舍歷歷在眼。記舊時往廈門市,須以小舟渡至彼岸,乃買公路汽車。某次歸程風濤大作,一葉掀舞,幾至蕩爲波臣,至今思之,猶有餘悸。　南普陀前尋舊夢,對牀風雨多情。豫凡既入廈門大學,予偶往遊南普陀寺,兼訪魯迅及陳石遺、羅莘田諸教授,輒宿豫凡齋中,情同昆季,沒齒難忘也。朝暾旋上眼常青。高歌相慰藉,坐愛百花明。　　　　《丈室閒吟》

一九六五年

鷓 鴣 天

夏瞿禪教授來書稱仲弘元帥
屬爲傳語,感呈此曲

小集耆英興轉濃,弘公曾約馬一浮、沈尹默、熊十力三老及傅抱石、夏瞿禪兩教授小宴,皆予舊好也。萬端經緯儘從容。迎陽韻協將雛鳳,轉綠花胎半死桐。　焦尾弄,絳雲烘,八年前夜坐春風。芒鞋竹杖猶能去,剗盡愁根贊大同。公屬瞿禪勸我放大心胸,多多出遊,看看新社會。久懷此願,苦乏機緣耳。　　　　　　　　　　《丈室聞吟》

虞 美 人

甲辰大寒節爲錢君匋題陸儼少畫《無倦苦齋圖卷》。君匋工篆刻,收藏趙之謙無悶、黃易倦叟、吳昌碩苦鐵三家鑿印各百枚以上,因以名齋

三家鐵筆資鎔冶,風度真蕭灑。荷鋤歸去理青編,自愛石田茅屋韻翛然。　習勤誰似君匋者,冷月窺窗罅。朝暾湧出絳雲烘,高舉紅旗三面樂融融。　　　　　　　　　　《丈室聞吟》

玉 樓 春

馬茂元以胡雲翼下世見告,亟赴萬國殯儀館弔之,至則已移入火葬場,賦此致悼

殫精詞苑先於我,歲晚虛懷相切磋。殷勤冀與發幽潛,鄭重仍期

385

商立破。　新編喜見爭流播，慣向燈前霏玉唾。憑棺一慟悵來遲，骨化心應紅似火。

木 蘭 花 慢

聞謝齒庵丈逝世北京賦此致悼

溯三原座上，纔瞻對，遽分攜。悵長江頭尾，妖氛一片，萬景都非。流離，念音信阻，看胡猻竊果踞峨眉。鸒鶒啄餘殘肉，鵁鶄宿傍危枝。　遲遲，麗日喜揚輝，萬姓願無違。乍排空御氣，玳梁翔集，短翼差池。妍詞，繼坡老後，奈相酬旋歎逐年稀。神黯鶺原舊痛，朔風誰更因依。

【補校】

“啄餘”，原作“任啄”，據手稿改。

浣 溪 沙

葉笑雪君江山故里，食貧治史絕勤，書來云正月初五日爲其五十誕辰，拈此寄祝

不爲窮愁始著書，端居寧歎食無魚。殫精索隱自怡如。　晚遇定將成大器，當年曾共歷危途。春陽煦育看花腴。

【補校】

“晚遇定將”，原作“定看晚來”，依手稿改。

七絕

甲辰歲不盡三日拂曉自題
所作雙峯紅樹小幀

突兀雙峯聳入雲，兒孫羅列豈離羣。何當移向峯頭住，放眼乾坤共策勳。

七絕

陳覺元寄示遊黃山新詠，
漫塗小幅，并綴一絕句報之

幾年魂夢繞天都，絕磴蟠松似可摹。怎得從容隨屐齒，山花迎面鳥相呼。

南 鄉 子

劉定一自江寧鄉間來，留宿
蕭齋者六日，傾談特契，賦此贈別

白下記前遊，難得人間硬骨頭。堪恨相逢遲廿載，悠悠，纜上征途事已休。　歲晚樂西疇，看管豬雞慶有秋。共沐陽光心自赤，同仇，誓爲興無氣尚遒。

七古

小五柳堂硯銘贈湯靖

樂苑一鐙長不熄，彊村晚歲曾易幟。杜陵懷抱眉山筆，縱橫掃蕩

387

誰能敵。可惜此意無人識，改造乾坤齊騁力。壁壘森然視不聿，去故就新心轉赤。神奇每自平凡出，積累致功莫輕忽。伯恭永用資警惕，作銘者誰曰龍七。

七絕

聞于髯右任逝世臺灣，絕命詞有"葬我於高山之上兮，以望故鄉"語，賦此遙弔

毛羽摧藏事可傷，霜髯摩挲轉悽惶。招魂楚些何嗟及借用元遺山《雙蕖怨》詞句，卻向峯頭望故鄉。

五律

秉農山志教授悼詞

教授以一九六五年二月二十一日二時十分在北京逝世，享年八十歲

俯仰常無愧，襟懷喜乍舒。殫精輝日月，析理注蟲魚。老至身忘倦，心期語豈虛。真儒嗟已杳，北望淚漣如。

七律

和蓉君元夕感懷

曾爲興邦鎮日忙，宵深斗室自徜徉。晶燈帶月籠梅影，綺夢成塵出畫堂。澡雪精神看灑脫，料量身世轉蒼茫。病來重唱江南好，圓缺隨緣莫感傷。

【補校】

"澡雪精神看灑脫"，原作"冰雪精神宥灑脫"，據手稿改。

木 蘭 花 令

乙巳清明前四日口占寄邱生豫凡馬尼拉

東風着意來無際，喜見陽春回大地。千重花柳欲迷人，萬古江山爭吐氣。　繁霜過後遙峯翠，冉冉朝霞迎面起。天涯客子早歸來，沉芷澧蘭咸自媚。

七律

用東蓀翁韻悼張雲川

間關幾度指彤雲，亂後誰能紀舊聞。雪滿長淮隨夢去，蓬飄短鬢匪思存。南冠憔悴終相解，北闕沈埋忍更論。悵望幽州臺上月，花林如霰落紛紛。

玉 樓 春

匑翁下世百日矣，小窗風雨中賦詞追悼

夢痕猶印燕臺雪，墮溷飄茵那忍說。年年相望海雲濃，舊約殷勤慳一訣。　天涯涕淚餘悽切，麗句清詞空在篋。勞歌唱罷總消魂，金綫泉邊腸百結。

七絕

陰雨初晴，復興公園漫寄

殘寒乍斂艷陽加，浩蕩東風未有涯。一片春光爭潑眼，櫻花如雪海棠霞。

七絕三首

甲辰端午前一日喜得冼玉清大家來問，報以三絕句，兼簡寅恪翁

病來庭戶冷於僧，萬念成灰卻未曾。傳到嶺南消息好，琅玕韻挾氣飛騰。

艾虎何曾解辟邪，自欣肝膽尚权枒。醉吟兼愛陳居士，飲啖佳來興未涯。

喜懼忘懷大化中，狂鯨跋浪待彎弓。君家世富英雄氣，共保修齡看大同。君家星海曾從予受文學於國立音樂專科學校，不知其母尚存否。

念 奴 嬌

臥病逾年，盛暑中兩度夢醒後賦此

目空今古，净乾坤塵垢，一時澄澈。箭射天狼看墮地，盤馬彎弓不發。技癢難禁，刀游無厚，詞筆風雷挾。大千震動，眼中知有何物。　我今那更茫然，辜恩十載，魂夢常相接。帝遣天吳移海水，浴罷朝陽晞髮。老桂吹香，黃金鑄淚，倘許酬毫末。乘時自奮，餘生肝膽猶熱。

【補校】

"目空"，原作"月空"，據手稿改。

滿 江 紅

病 中 書 感

暗省生平，迷途恨、枉抛心血。常自感、深深烙印，怎生消滅。穢骨欲將磨洗净，奇才每自平凡出。但生憎、歲月不饒人，芳華歇。

雕蟲手,那堪説。郢斤運,心常切。助琢成偉器,增輝日月。敵我分明知死所,海天摩盪看生色。導人羣、高舉大紅旗,長無絶。

滿　江　紅

揮扇雍容,環球事、力肩全責。曾幾日、炎洲小住,貽人軌則。飲水料應知冷暖,違天定自歸離析。但襟懷、坦蕩俠豪情,歡無極。
亞非會,期團結。誅不義,須貫澈。趁天風浩蕩,更誰能敵。紅海潮隨朝日漲,金甌角把狂鯨掣。待添籌、三五慶椿齡,旗一色。

鵲　踏　枝

七　夕

喜聽枝頭靈鵲語,指點蓬萊,此去無多路。牛女由來相憶苦,佳期空爲銀潢阻。　頓足低昂揚袖舞,拔幟歌壇,試琢驚人句。霞采連天天已曙,掣鯨身手傾城顧。

七律

玉清教授見示和寅老乙巳七夕之作,率依元韻奉酬,兼呈寅老一笑

一年一度愴佳期,凝想神光乍合離。乞巧無心羞皺面,駐顏有術樂觀棋。悲歡何與人間事,寥寂寧容上界欺。嶺表黃花恒早發,攀枝嚼蕊自昌詩。

附:　　　　　乙巳七夕　　　　　陳寅恪

人間三伏愁炎暑,天上雙星感合離。銀漢已成清淺水,金閨

方鬮死生棋。獻瓜供果緣何益，拈線穿針更自欺。百尺高樓羞乞巧，偶因根觸戲題詩。

和陳寅老乙巳七夕次元韻　　　　　冼玉清

捫足悵難同踏月，凝眸江水惜分離。微雲有意遮層漢，一局無心論劫期。曲院曬衣難免俗，華筵墮粉恐成欺。平生百計輸人巧，困臥醫廬且和詩。

七律

寄樸初香山

生憎病骨日支離，願化紅蠶尚有絲。未盡忘懷均飽暖，可能妨道是嗔癡。銀潢怒湧千層浪，霞采晴烘萬國旗。豎起骨梁真佛子居士襄贈日本長谷瑩潤長老詩句，餘年倘許遂披緇。

七絕四首

神田喜一盦先生以所著《日本填詞史話》見寄，兼荷贈詩，謹依原韻奉酬

燕子橋邊跡已陳，何德能堪錫鳳麟。禹域如今塵掃盡，老來欣作種花人。石遺翁晚居吳中燕子橋頭所謂聿來堂及福州匹園舊宅，翁下世後，均經易主久矣。

派演常州逸興飛，王半塘朱彊村一脈孰傳衣。晚來重籀坡仙集，願與先生共發微。

西江易幟自軒軒，別調船山百世存。妙喻公孫渾脫舞，更於何處敢稱尊。

沈鬱蒼涼二氏詞遯盦、海綃，賞音域外特驚奇。三山本自多靈藥，

把盞東風共此時。

七律

李印泉_{根源}丈下世，賦此致悼

丈以光緒五年四月十七日生於雲南騰衝，
一九六五年七月六日卒於北京

餘杭席上挹風儀，予卅年前在上海同孚路同福里章太炎先生席上始獲
識公。重見都門慰夢思。一九五六年二月應毛主席召北行，又獲謁公於京
邸，執手殷勤甚厚。早識汾陽開大業，長懷永曆是男兒。巋然同仰靈光
在，藐爾難酬圮上知。掃盡陰霾共歡抃，小王山下月明時。

浣 溪 沙

天津張牧石乞題《夢邊填詞圖》

七寶樓臺不染塵，萬花飛舞恰宜春。一燈相伴苦吟身。　好句
來時占蝶化，會心深處轉眉嚬。艷傳三影足精神。

七律

菉君大家寄示《中秋有懷寧滬舊遊》
之作，反其意而和之

誰道離人心上秋，何論楚尾與吳頭。天低大野看生色，語雜寒蛩
聽唱籌謂反華羣醜也。自放高歌凌浩蕩，休翻舊曲伴牢愁。金波朗浸
團圞影，拄杖猶堪作壯游。

七律

次蕘君韻弔叔雍

賦罷江南劇可哀，炎洲息影夢初回。惜陰遺帙將焉付，前歲君女姍以《惜陰堂詞總集提要》全稿見付，去夏予患心肌梗塞，慮先朝露，當轉託夏瞿禪君贈貯杭州大學文學研究室。鐉棄叢編定不灰。君所輯《惜陰堂彙刊明詞》鐉版粗備，迄未印行，僅存硃印校樣四十餘冊。姍承父命舉以見貽，他日當以獻之北京圖書館。蕭瑟暮年傷去國，飄搖弱羽誤多才。清詞未與身俱泯，域外應歌楚些來。君在星嘉坡大學任教詩詞，即歿於彼。

天　净　沙

乙巳中秋有懷劉嘯秋北婆羅洲

椰林瑟瑟涼生，滄波灧灧潮平。幾輩團圞並影。一輪光炯，素娥流照蓬瀛。

天　净　沙

重陽後有懷丘豫凡馬尼剌

重陽過了秋清，冰輪捧上波平。向晚風吹鬢影。試登峯頂，故園松菊多情。

鷓　鴣　天

爲葉生子琳題所撰《潿洲雜志》

渺渺滄波眼底收，珠圍翠繞是潿洲。南門鎖鑰防窺伺，北客淹行合獻酬。　漁艇鬧，綠桑稠，紅旗颭到海西頭。銀鷹迅起殲飛賊，今昔風光迥不侔。

　　葉君子琳任教潿洲中學，樂其風土，既發爲歌詠，復輯舊聞綴成此冊，不特足補州記與《合浦志》之遺缺，亦關心海防者之重要參攷資料也。因爲題小詞一闋，以廣其傳焉。遠道寄稿見示，嘉其華實並茂。

鷓　鴣　天

乙巳重陽後六日傍晚漫題
《楓林拄杖圖》小幀寄蘇繼廎

　　憶向江樓共校讐，辭源倒峽筆難收。酸甜苦辣成滋味，柴米油鹽數大頭。　時運轉，鬢絲稠。僭稱二老也風流。朝陽耀采心猶壯，拄杖楓林豁遠眸。

浣　溪　沙

乙巳重陽後八日坐雨江樓，
戲塗秋林小景，以博天侔大家一粲

　　愛浴秋陽幾樹楓，曉霜釀得醉顏紅。壯懷都在倚樓中。　慣狎波濤思浩渺，最宜歌詠看曈曨。綵毫飛舞定誰同。

七絕

讀《遐庵談藝錄》，
漫拈二十八字呈遐庵丈北京

　　壯心未已足延齡，願共先生鬢轉青。霜染楓林秋色好，最宜舒嘯並揚舲。

木 蘭 花 慢

傅抱石以一九六五年九月廿九日
午後一時零七分逝世南京，賦此誌悼

正天清氣爽，看健翮，好冲霄。奈午夢方酣，隨歸羽化，何處逍
遙。舜堯，人民六億，歎龍眠去後倩誰描。揮灑淋漓大筆，江山如此
多嬌。　明朝，滿眼大旗飄，隊隊逞英豪。聽雷音震迅，羣魔膽喪，四
野煙消。招邀，更同笑語，悵霜凋兩鬢不相饒。矯矯西江畫手，楓林
共把魂招。

浪 淘 沙

病中偶於敝篋檢得卅年前吳湖帆爲《詞學季刊》創刊號所作封
面，蓋取周清真"舊賞園林，喜無風雨，春鳥報平安"詞意，撫今追昔，
哀樂無端。漫綴此詞，付與順宜長女留玩

風雨怯憑欄，歌哭無端。一回搔首一辛酸。凝結那時家國淚，春
鳥相謾。　净洗舊峯巒，新繡江山。更看來者孰登壇。地覆天翻人
六億，壯我波瀾。

七律

冼玉清教授於十月二日逝世廣州，距最後見寄詩札纔
匝月耳，傳來惡耗，賦此紀哀

匝月俄傳赴玉京，琅玕碎語笛聲清。舊鄉文物猶臨睨，天末衰孱
總繫情。三友歲寒成嘯侶，萬重雲樹數歸程。女中君子勞相憶，藥裹

書籤照眼明。

【補校】

"書籤",一作"緘璫"。

一半兒四首

答 劉 嘯 秋

椰風瑟瑟鬢颼颼,淺醉閒吟酒一瓢。臨水怕吟歸國遥。月兒高,一半兒開懷一半兒惱。

河山新繡喜相招,地覆天翻轉富饒。不信且歸君試瞧。我能包,一半兒驚奇一半兒樂。

詩家同仰杜陵豪,廣廈千間幸見遭。窮卧豈愁風捲茅。首重搔,一半兒酸寒一半兒傲。

千門萬户彩旗飄,填海移山各自豪。爭艷火花明絳霄。迓歸僑,一半兒來遲一半兒早。

望江南三首

病中題夏映庵、吴湖帆畫
《上彊村授硯圖》獻之浙江博物館

論風誼,長憶上彊村。樂苑一燈傳教外,騷心九畹識真源。舊夢待重温。

棲神處,長憶道場山。夢杳衣冠勞悵望,溪清苕霅漾微瀾。兀傲許誰攀。

蘭成賦,蕭瑟動江關。暗雨飄燈迷處所,春陽焕彩壯波瀾。鼓吹換人間。

【補校】

"溪清",原作"溪凌",據手稿改。

清 平 樂

一九六五年十二月八日曹荻秋副市長
當選爲上海市市長,賦此致賀

幾年興滅謂興無産階級思想,滅資産階級思想也,迭把雄關越。七百萬人情熱烈,支援八方建設。　趕超攀上高峯,行行競出英雄。看更加强領導,爭傳喜報重重。

七絶三首

乙巳冬至後三日得邱豫凡從馬尼剌所寄賀片,并餽度歲資,漫占三絶致謝

歲暮天寒一布裘,鷺門風物眼中收。適有廈門蔡海燕君寄贈廈集風景片,有新建築物甚多,幾不復能辨認矣。即看樓閣參差起,直把絃歌震六洲。

故人依舊擁青氈,推食猶然卅載前。億兆生靈同飽暖,倚樓凝睇一欣然。

海客歸來定幾時,春風楊柳萬條絲。何當把臂江南岸,晞髮朝陽蔭彩旗。

一九六六年

七絕三首

乙巳歲晏寄懷日本諸吟侶

珠玉聯翩耀海東，天留一老扇唐風。湖南博士原先覺，促膝深談意未窮_{今關天彭詩老}。

轉親風雅協壎篪，杯酒論文□會期。料得遠游歸去後，清閒顧曲顯雄姿_{吉川善之、小川士解兩教授}。

倚瑟妍詞感易交，朝暾照檻語能豪。踏歌聯袂諸年少，料得掀然愛此曹_{神田邑盒先生}。

浣溪沙二首

乙巳除夕前一日，漫拈阮亭舊句發端，
并次原韻反其意寄石承揚州

北郭青溪一帶流，此間宜夏亦宜秋。老來猶自夢揚州。　　愛捧朝暾收宿霧，更吹高角洗清愁。吐虹豪氣壓層樓。

短艇如飛縱畫橈，絃歌互答五亭橋。壯懷橫掃瘴煙消。　　誰數秦王歌破陣，東方紅映水迢迢。五洲掀起最高潮。

浣 溪 沙

迭奏壎篪夢自驚，歲寒相對一燈青。廿年回首愴餘情。　　喜見移山完大任，各須忘我保修齡。艷陽天氣樂郊行。

鷓　鴣　天

張牧石收得朱漚尹先生
《落葉詞》手稿索題

金井梧桐露未乾,洞庭波闊水先寒。翩翩肯作迴風舞,淅瀝愁侵
縮臂環。　　尋鳳管,慘龍顏,舊時雙蝶戲花間。深宮事祕憑誰問,雲
起軒頭夕照殷。

往聞葉遐翁言,戊戌維新之議雖發自康、梁,而萍鄉文廷式
與宗室溥侗實在德宗、珍妃左右獻策。事敗,妃遭慘死,二氏亦
幾不免焉。

【補校】

"夕照",原作"夕陽",據手稿改。

卜　算　子

病起拄杖往復興公園,
見池畔鐵梗海棠盛開,口占一闋

鐵梗犯春冰,丹臉迎陽燄。比似寒梅未有香,莫道春猶淺。　　柳
漾萬條金,人語東風岸。生色都從動盪來,涼燠隨他變。

采　桑　子

丙午清明有懷王筱婧明溪、蕭宛卿長春

海棠明豔櫻花淡,紅滿江南。試把春探,老去行吟興尚酣。　　陰
晴未準情何限,惘惘難甘。風土能諳,塞北閩西合共參。

采 桑 子

清明後一日作

海棠一夜經風雨，色彩彌鮮。愛好天然，喜沐朝陽露顆圓。　　山花爛熳春方好，蝶舞蜂喧。飛瀑鳴絃，灑向寰區洗瘴煙。

【補校】

"露顆"，原作"露珠"，依手稿改。

卜 算 子

丙午孟夏爲子異先生六十壽

把筆走龍蛇，樂志親魚鳥。苜蓿闌干轉自甘，百計酬知好。　　百尺臥高樓，曠覽宜舒嘯。桃李成陰徧海隅，日致安期棗。

。

復旦版後記

龍楡生先生的《忍寒詩詞歌詞集》終於要出版了。這本凝聚了龍先生子女、門人以及學界同仁許多心血的著作，寄托了大家對於龍先生的感情和尊重。

遵照龍先生的遺囑，本書按照年代順序、採用詩詞混編的體例進行編排，雖與一般詩詞集有異，但能較爲清晰地展現作者的思想脉絡和心路歷程。

在整理過程中，我們發現某些作品有聲律不符的情況，鑒於龍先生没有手稿保存下來，大多作品都由抄稿整理而成，如今最早參與整理工作的學界前輩和龍厦材先生均已過世，似不宜妄改。此外，龍先生雖然最重視詞的聲律，但有時也强調要對聲律有所突破。故我們商討再三，決定基本上不做改動。

全書的校勘、增補工作如下：華東師範大學龐堅先生負責一校，上海社科院徐培均先生及黃思維先生負責三校，中國社科院文學所張暉先生負責一、二、三、四校並對龐堅先生、徐培均先生、黃思維先生等人的校樣加以統稿。對他們付出的勞動，我們深表感謝。

2012 年 8 月